범죄의 붉은 실

이 도서의 국립중앙도서관 출판예정도서목록(CIP)은 서지정보유통지원시스템 홈페이지(http://seoji.nl.go.kr)와 국가자료공동목록시스템(http://www.nl.go.kr/kolisnet)에서 이용하실 수 있습니다.
(CIP 제어번호: CIP2020010103)

범죄의 붉은 실

미스터 펫 단편집 | 이경민 옮김

엘릭시르

차례

일러두기

중국어권에서는 친밀한 관계에서 상대방의 이름 한 글자에 샤오小나 아阿를 붙여 애칭으로 부르기도 한다. 본 단편집에 등장하는 샤오추이, 아후이 등이 이에 해당한다.

살의라는 이름의 보고서

1. 살의의 발아

2005. 12. 22. 목요일

낮

요 며칠, 내 생활에 무슨 문제가 있느냐고 묻는다면 가장 간단한 대답은 '의욕 부족'이겠다.

물론 정말 이렇게 간단하면 좋겠지만.

창밖에는 맑고 파란 하늘이 빛나고 있다. 타이베이에서 이렇게 청명한 하늘을 누리기는 쉽지 않다. 그래서 전에는 이런 날씨가 되면, 업무 시작 전에 한동안 사무실 창밖의 먼 풍경을 즐기곤 했다. 그러고 있으면 공기도 정화될 뿐 아니라 신선한 공기가 아직 깨어나지 않은 뇌를 정돈해준다.

그러나 만 리 밖까지 구름 없는 맑은 하늘이라도 요즘의 내게는 전혀 효과가 없다.

이 며칠간 내 머릿속은 왜 엉망진창이 된 걸까?

지금 나는 이 정보산업 회사에서 관리부 부장을 맡고 있다. 지난달 말에 열린 인사관리 회의에서 나와 이사장, 사장 그리고 다른 실무진의 토론 결과 조직 구조를 개편해 현재의 생산 라인과 시장의 변화에 대응하기로 했다. 새로운 조직 구성 초안은 당연히 내가 책임지게 되었다.

그러나 회의가 끝난 일주일 전에, 나는 심각한 업무 권태증에 걸리고 말았다. 매일 사무실에 들어오면 펜을 쥐고 회사의 예전 조직도를 응시한 채 넋을 놓았다. 물론 다른 업무가 있으니 내내 그렇게 있을 수는 없다. 그러나 대부분의 시간을 뇌가 공회전하는 상태로 보내면서 업무에도 나쁜 영향을 미쳤다.

발병의 원인은 아직도 알 수 없다. 아니, 어쩌면 생각하지 않으려고 줄곧 스스로 억제하는 것일 뿐인지도 모른다.

업무상 대우에는 어떤 불만도 없다. 대학에서 방송학과를 졸업한 내가 십 년 안에 지금 부서의 부장까지 올라왔다는 점은 화려한 성과라고 할 수는 없어도 평탄하다고 할 수는 있을 정도다. 더구나 내 능력에 스스로 꽤 자신이 있어서 지금까지는 일을 하면서 버거웠던 적이 없다.

그런데 요즘 어떤 목소리가 귓가에 울렸다.

평범하군, 못난 놈.

정말 지금 이게 너한테 어울린다고 생각해? 사람들 입에 오르내리는 시나리오를 써내는 작가가 되고 싶다고 하지 않았어? 언제 안정된 월급이나 바라면서 이상을 희생시키는 하잘것없는 놈이 된 거야? 인생이 마라톤이나 격투기라면 넌 대부분의 사람과 비기고 있는 거야. 계속 비기기만 한다면 승률은 제로지! 다른 사람과 비기는 건 그렇다고 쳐. '그 인간'한테 지고 싶어? 네가 지기 싫어하고, 반드시 뛰어넘겠다고 맹세한 그 인간한테? 아니면 그 인간하고 비기기나 하면 된다고 말하고 싶어?

해치워버려! 그놈을 쓰러뜨려!

솔직히 말하자면, 이 목소리가 왜 나타났는지 아무래도 모르겠다. 내가 경쟁의식이 그다지 강하지 않은 건 인정한다. 나는 적당히 지낼 수 있으면 아무래도 좋다. 강하게 앞서나가는 날 상상해본 적도 없고, 다른 사람과 비기는 것에도 별다른 느낌이 없다. 목소리가 말한, 내가 줄곧 뛰어넘고자 한다는 그 인간에 대해서도 도무지 짚이는 데가 없다. 그렇게 굉장한 인물이 내 인생에 있던가?

하지만 목소리가 작가를 희망한 내 이상을 거론한 점은 의외로 좀 맞았다.

해치워버려! 그놈을 쓰러뜨려!

무슨 말일까? 정보일까, 아니면 경고일까?

요 며칠 동안 일할 때도 쉴 때도 이 목소리에 방해를 받으면서 생활 리듬도 무너지기 시작했다. 결국 의욕이라고는 전혀 없는 상태가 되어 이렇게 파란 하늘도 회색 하늘로 보이는 지경이 되었다. 분명히 좀 전에 일어났건만 꼭 밤새워 공부한 것처럼 머리가 무거워지더니 늘어지고 말았다…….

이런 상태는 벌써 일주일이나 지속됐고 생활에 심각한 영향을 미쳤다. 이러다 조만간 정신이 무너질지도 모르겠다.

머릿속이 꽉 막힌 기분을 풀고 싶어 1층 로비로 내려가 기분 전환을 하려고 몸을 일으켰다. 네 평쯤 되는 공간을 나서려는데 맑고 투명한 목소리가 오른쪽에서 들려왔다.

"마크."

고개를 돌리자 엷은 화장을 한 여성의 모습이 눈에 들어왔다. 손에 서류 무더기를 들고, 연한 남색 정장에 흰색 하이힐을 맞춰 신은 사람은 우리 회사의 인사 전문가로 직원 고용 업무를 전담하고 있다.

난 마음속 깊은 곳의 그림자를 수습하고 표정을 다듬어 딱딱하게 굳은 미소를 지었다.

"아, 린다. 안녕."

"안녕." 린다가 가볍게 고개를 끄덕였다.

"나한테 볼일이 있는 거야?"

"응, 오늘 4시에 새로 들어온 영업부 부장이 올 예정이야. 원래는 사장님이 직접 만나기로 했는데 정오에 호텔에서 열리는 회의에 같이 참석하면 좋겠다는 이사장님 전화를 받으셨거든. 그래서……."

"내가 새 영업부 부장을 맞아주면 좋겠다는 거야?" 어이없어하는 게 표정에 드러난 것 같다.

"응, 미안. 조직 개편으로 요즘 많이 바쁜 거 알아. 어쨌든 임시로 한 번만 하면 되는 일이기도 해서 너한테 부탁할 수밖에 없었어……."

나는 손을 내저었다. "괜찮아. 어쨌든 이것도 관리 업무의 하나라고 할 수 있으니까."

"그럼 부탁할게. 일 늘려서 미안해."

린다가 살짝 몸을 숙여 내게 감사 표시를 하고는 몸을 돌려 계단 통로 쪽으로 향했다.

나도 모르게 쓴웃음이 났다.

그렇다. 내 이름은 마크이고, 그녀의 이름은 린다다. 그러나 이 이름들이 본명은 아니다. 우리는 외국인도 아니다. 수많은 산업(특히 국제 기업)에서 기업 간의 합작 관계 때문에 종종 서양식

이름을 짓는데, 이런 현상은 타이완에서 특히 보편적이다. 그러나 모든 사람이 그렇게 하는 건 아니다. 여전히 직원 대부분은 업무에서 중국어 이름을 쓰고, 영문 메일을 쓸 때는 중국어 이름을 알파벳으로 표기한다.

이 점에 생각이 미치자 나도 모르게 서둘러 달려가 린다의 등에 대고 물었다.

"린다, 미안한데, 그 새로 오는 영업부 부장 이름이 어떻게 돼?"

"응? 그게…… 그분은 전에 영문 이름을 써본 적이 없나 보더라고. 다들 중국어 이름으로 불렀는데 위안 씨였던 것 같아……."

"위안 씨란 말이지? 알았어."

필요한 정보를 얻은 후 나는 몸을 돌려 엘리베이터가 있는 문으로 향했다. 이름은 나중에 인사하면서 알면 된다. 다만 그의 성이 나와 같은 위안이다. 한 회사에 부장 두 사람의 성이 위안인 경우는 흔치 않은 편이다.

손목시계를 보니 오후 3시 반이었다.

미팅 전에 기분 전환을 좀 하고 싶어서 엘리베이터를 타고 1층으로 내려왔다.

1층의 로비는 천장이 높은 공간으로 사방을 둘러싼 통유리창이 존재를 느낄 수 없을 정도로 깨끗하게 닦여 있었다. 바깥 풍경은 여전히 사이언스파크의 인파로 북적였지만 곧바로 내리쬐는 햇볕은 내게 여전히 매력적이었다. 햇볕만으로도 1층의 로비는 냉기가 사람을 밀어붙이는 사무실보다 몇백 배 좋다.

로비의 안내 데스크에선 어깨까지 닿는 긴 머리에 진한 화장을 한 여성이 키 크고 마른 남자와 대화하고 있었다.

난 정문 앞의 접객 구역에 앉아 아무 생각 없이 사방을 둘러보며 시간을 보냈다. 조금 시간이 지나 시선이 안내 데스크로 향했다.

안내 데스크에 있는 진한 화장의 여성은 우리 대표전화 관리 담당, 간단히 말하자면 안내 데스크에서 일하는 사람이었다. 이름은 베키. 이따금 사내 방송을 하는 목소리를 듣는데 내가 베키의 목소리를 주로 들을 때는 전화를 돌려줄 때다.

남자 쪽은 내게 등을 돌리고 있어 어떻게 생겼는지 볼 수 없었지만 난 그가 회사 사람은 아니라고 생각했다. 그가 베키와 앞서 무슨 이야기를 했는지는 몰라도, 이때 베키가 전화기를 들고 번호를 누르기 시작하는 모양새가 방문객 같았기 때문이다. 그래서 나는 그 남자가 우리 회사 직원을 찾아온 사람이려니 했다.

칠팔 분 정도 지난 다음 베키가 아무 말 없이 수화기를 내려놓았다.

"죄송합니다. 관리부 부장이 자리를 비운 것 같네요." 소파 쪽으로 베키의 목소리가 들려왔다.

"이런……. 골치 아프게 됐군요. 인사부 직원이 제게 미팅이 있을 거라고 알렸는데요."

잠깐……. 관리부 부장? 면담?

그 남성이 찾는 사람이 나라는 사실과 상대방이 누군지 깨닫자, 난 소파에서 일어나 안내 데스크 쪽으로 걸어갔다.

"아, 저기 계시네요!"

베키가 날 보고는 큰 소리로 외쳤다. "마크, 여기예요! 새로 오신 영업부 부장님이에요! 부탁합니다!"

이때 남자도 내 쪽으로 몸을 돌려 모습을 보였다. 각진 얼굴, 턱밑으로 짧게 난 수염과 곱슬머리. 가무잡잡한 피부가 무척 건강해 보였고, 반듯하게 다림질된 정장에서 품위가 드러났다.

"안녕하세요."

우리 두 사람은 거의 동시에 이 말을 했고, 거의 동시에 손을 내밀었다. 그러나 맞잡으려던 손은 마치 약속이나 한 듯 손가락으로 상대방을 가리키는 모양새로 바뀌었다. 상대방의 표정은 그가 얼마나 놀랐는지 선명하게 드러냈고, 짐작건대 내 표정도 그럴 것이다.

"너, 너는 설마……."

내 기억 속에는 지금 내 눈앞에 있는 남자가 있다.

이때 그 악마의 목소리가 다시 귓가에 울렸다.

해치워버려! 그놈을 쓰러뜨려!

그렇지 않으면…… 네가 그놈에게 당할 거야!

—

밤

2층 접객실에서 이뤄진 미팅은 저녁 7시까지 이어졌다.

그동안 화제는 회사의 제도와 환경, 신입 직원이 반드시 알아야 할 사항 외에 우리의 과거를 둘러싼 기억을 중심으로 돌아갔다. 사실 후자가 전자의 두 배쯤 차지했다.

상대방과 시시콜콜한 대화를 나누면서 나는 천천히 과거를 기억해냈고, 동시에 마음속의 무언가를 깨달았다.

남자의 이름은 위안하오더, 대학 동창이다.

대학 동기 사이에서 난 그다지 튀는 사람이 아니었다. 성적도 고만고만해서 뛰어나다고 할 수 없었으며, 리더십과 사교성 쪽으로도 보통 사람과 별다를 바가 없었다. 솔직하게 말하자면 특색이 없는 사람이었다. 이런 사람은 무리에서 잊히는 정도까지는 아니어도 다른 사람에게 깊은 인상을 주기 어렵다. 나중에 누가 동기들에게 나에 대해 물으면 "어…… 걔는…… 내 대학 동창이야"처럼 칭찬도 험담도 아닌 대답이 나올 것이다.

당시의 나는 그런 스스로에게 딱히 불만이 없었다. 그저 무리 속에서 내가 할 일에 최선을 다하면 그걸로 충분하다고 생각했다. '경쟁의식'이란 내게 인연이 없는 단어였다.

아마도 나는 적극성이 결여된 사람일 것이다. 그때는 그렇게 생각했다.

위안하오더란 녀석을 만날 때까지는.

그는 대학 2학년 때 방송학과로 과를 옮겨왔고, 나도 이때 그를 알게 되었다. 처음에 그를 봤을 때는 그저 모든 걸 우습게 보는 눈빛과 냉소가 마치 내게 시비를 거는 듯 느껴졌을 뿐이었다. 나중에 나는 그 느낌이 조금도 틀리지 않았다는 사실을 알게 되었다.

내가 곁에 있는 동기와 이야기를 나눌 때마다 그는 갑작스럽게 끼어들어 화제의 주도권을 자기 쪽으로 끌고 가 원래 대화하던 나를 한쪽 구석으로 밀어냈다. 내가 다른 사람과 교류를 하는 수많은 시간이 그런 식으로 빼앗겼다. 내가 친구라고 부르는 무리와 놀러가는 약속을 할 때면 그도 항상 한 발을 들이밀었는데, 누구와도 친근하게 잘 지내는 그가 내게는 전혀 말을 걸지 않았다. 이런 점 때문에 나는 그가 날 노리는 게 아닌가 의심하게 되었다.

내게 먼저 말을 거는 친구가 점점 줄고 있다는 사실을 깨달을 무렵, 드디어 난 그의 본질을 제대로 볼 수 있었다.

그렇다. 그는 타인의 친구를 빼앗는 인간이었다.

이런 식의 암투란 여자들 사이에서나 생기는 일인 줄 알았던 내가 이렇게 쓴맛을 보게 될 줄은 꿈에도 몰랐다.

난 그가 왜 이러는지 알 수 없었다. 의식적이든 무의식적이든(난 전자라고 보았다), 그의 행동은 내 인간관계에 심각한 영향을 끼쳤다. 이쯤 이르자 그에게 적의가 생겼다.

작정하고 날 멀리한다면 상관없지만 그의 행동은 아주 비열했다.

과 학습실에서 다음 날 제출해야 하는 통계 숙제에 매달려 있던 날이었다. 그때 학습실에는 나와 그 둘뿐이었다. 나는 문제 하나에 한 시간이나 골머리를 싸매고 말았다.

이때 내 눈길 끝에 그의 스프링 노트가 들어왔다. 그는 그 문제의 답을 쓰는 자리를 이미 채우고 다음 문제를 계산할 준비를 하고 있었다.

난 마음을 먹고 그에게 가서 가장 비굴한 태도로 답을 가르쳐 달라 청했고, 당연히 야박하게 거절을 당했다.

그는 냉담하게 말했다. "미안, 가야 해서." 그렇게 말하고 서둘러 노트를 집으려던 그의 손이 미끄러졌다. 노트가 바닥에 떨어졌다.

난 한 가닥 남은 마지막 선의를 보이고자 허리를 굽혀 노트를 주웠고, 그 순간 날 분노하게 할 만한 사실이 눈에 보였다. 그가 전에 쓴 문제의 답안 가운데 몇 쪽의 내용이 낯익었다.

내 숙제를 누구에게 빌려준 기억은 없었다. 다만 노트를 두는 보관함을 잠근 적도 없었다.

너무 놀란 나머지 난 그 노트를 쳐다보기만 할 뿐 아무 말도 하지 못했다.

"언제까지 보고 있을 거야?"

마치 내 마음속을 읽은 듯 그가 내 손에서 노트를 뺏더니 몸을 돌려 학습실을 뛰쳐나갔다.

서둘러 자리를 떠나는 그의 뒷모습을 보는 내 머릿속에는 한 단어만이 떠다녔다.

후안무치厚顔無恥.

이 사건 외에도 일일이 손으로 꼽을 수 없을 정도로 많은 일이 있었다. 내 광고 촬영용 콘티를 도둑질한 그의 점수가 나보다 높았고(자기 아이디어를 더했을지도 모르지만 핵심은 내 구상을 도용

했다), 조별 과제에서 아무것도 하지 않고 다른 조원과 똑같이 좋은 성적을 받았으며, 시험 때 부정행위를 저지르는 건 말할 나위도 없었다. 그 답은 그가 머리를 굴려서 나올 답이 아니었다.

언제부터 시작되었는지는 알 수 없다. 난 각 분야에서 그를 뛰어넘어 당당한 껍데기를 벗겨내 갈가리 찢어버리고 싶었다. 이런 욕망이 마음속에 싹트면서 나는 남의 필사적인 노력을 훔치고도 당당하고 부끄러움도 모르는 인간을 이기고자 뭔가에 씐 사람처럼 모든 분야에서 미친듯이 노력했다.

그도 내 결심을 알아챈 것 같았다. 내가 처음으로 학기 말에 과에서 다섯 손가락 안의 성적을 기록했을 때 날 쳐다보던 그의 표정에 미미한 변화가 일어났던 걸 기억한다. 그후 개학한 뒤 첫 조별 발표에서 금세 예전 표정으로 돌아간 그는 끝내주는 무대 매너로 교수님과 다른 학생(나 빼고)의 환호와 갈채를 받았다. 우리는 이렇게 한 번씩 주고받으며 경쟁했다. 그러나 흔히 말하는 선의의 경쟁은 절대 아니었다.

내가 한 번 그를 이긴 이후로 상황이 점점 더 고통스러워졌기 때문이다.

이후 큰일이든 작은 일이든, 그러니까 작게는 학기 중의 간단한 보고서부터 크게는 한 학기의 기말 성적에 이르기까지 모두 그를 이기고 싶었다. 그때의 나는 일종의 행위 의식에 빠져 있던 것 같다. 내가 만약 저 불로소득하는 인간을 제치지 못하면 과거의 내 노력에 의미가 있음을 증명할 방법이 없다고. '자신의 노력'이라는 말에 대한 고집은 어쩌면 내가 그에게 갖는 경쟁의식의 주요 원인일지 모르겠다. 따라서 노력해서도 그를 이길 수 없다면, 설령 비기더라도 나는 사뭇 낙담하고 후회할 게 분명했다.

누군가는 내가 알량한 자존심 때문에 이렇게 병적인 상태가 되었다고 생각할지 모르겠다.

맞다. 병적인 상태였음을 인정한다. 그러나 위안하오더라는 인간만이 내 병적인 상태를 불러일으켜, 나를 질투와 분노로 지독하게 비틀리고 집착하게 만들 수 있었다.

그와의 크고 작은 경쟁은 대부분 비긴 상태에서 끝났다. 보고서, 시험, 주제 토론, 과 학생회 간부 등등. 아, 그리고 빌어먹을 친구들은 모두 그에게 빼앗겼다!

대학 생활의 후반부를, 나는 이렇게 땀과 절망의 악순환 속에서 보냈다.

정말 뭔가에 씐 것 같았다.

졸업하면 모두들 앞날을 위해 분주해지는지라 이 과거지사는 기억 속에 먼지투성이로 남겨둘 수 있었다.

그런데 하늘은 이 연극을 끝내고 싶지 않았나 보다. 십 년이

지난 후에 그를 같은 회사에서 만나게 하다니. 우리는 다시 같은 자리에서 같은 배를 타게 되었다.

1층 로비에서 그를 만났을 때는 그저 낯이 익은 사람이구나 생각하다가 이삼 초 뒤에야 그가 위안하오더라는 사실을 차차 떠올렸다. 상황도 시간도 변해, 그의 일은 거의 잊고 있었다. 하지만 상대방은 더 심각했다.

"아, 누구시더라? 어디선가 만난 적이 있는 것 같은데……."

그의 난처한 미소를 보니 일부러 모르는 척하는 것 같지는 않았다.

"네 대학 동창이야."

난 즉시 명함을 건네면서 우리의 관계를 설명했다. 이렇게 담담한 반응에는 나조차 놀랐다. 그에 대한 불쾌감은 여전히 남아 있지만 세월이 지나니 깊디깊었던 미움도 없었던 일이었던 듯 마음속에 묻을 수 있게 되었나 보다.

그가 명함을 받아들고 이름을 보더니 눈을 빛내고는 쾌활한 표정으로 말했다.

"맙소사, 너였구나! 졸업하고 오랜만이네. 지금은 어때? 이따 얘기 좀 들려줘."

"보다시피 그냥 그래."

활기찬 모습을 보여주는 그에게 나 역시 스스로를 억누르고 최대한 자연스러운 모습을 보였다.

우리는 2층으로 올라가 예정된 미팅을 시작했다. 나와 그는 대학에서 대화를 나눠본 적이 몇 번 없었고 거의 원수처럼 대립했다. 이번 미팅 시간이 과거에 단둘이 대화한 시간보다 길지도 모른다.

온화한 분위기를 꾸미는 동시에 회사의 제도, 업계 상황 등을 화제로 그와 이야기를 나눠야 한다. 나는 스스로 이렇게 타일렀다.

회사에 대한 설명이 끝나자 곧이어 우리 대학 시절의 얘기로 넘어갔다.

그가 대학 다닐 때 일어났던 일을 몇 가지 이야기했지만 모두 평범하고 소소한 일이었다. 무거운 화제로 감정을 상해 이 화기애애한 분위기를 망치지 않도록 노력하는 것 같았다. 그러나 그가 잡다한 화제를 말할수록 어쩐 일인지 내 머릿속에서는 과거의 불쾌한 일들이 하나씩 스치기 시작했다.

젠장, 생각나지 말라고!

내 뇌는 점점 부자연스러운 무언가를 만들어냈고, 그것은 불안정하게 요동쳤다.

“참, 회사 다니는 것 말고 평소에 어떻게 시간을 보내?”

내 속내를 알아챈 듯한 눈빛이었다. 그가 대학 시절에서 일상생활로 화제를 바꿨다.

"텔레비전을 보거나 기껏해야 소설을 읽지."

나는 질문에 대충 대답했다.

"소설? 음, 난 요즘 비는 시간에 시나리오를 써. 최근에 신인 시나리오 공모전 생긴 거 알아? 거기에 투고해보려고. 성공한다면 영화사에서 가져가서 영화로 만들어질 기회가 생기는 거지! 그렇게 보지 마. 나한테는 아마추어 시나리오 작가가 되겠다는 꿈이 있단 말야."

"그 공모전, 촹허문화에서 개최하는……."

"아, 너도 아는구나?"

당연히 안다. 그렇게 말하고 싶었지만 한마디도 입 밖에 낼 수 없었다.

시나리오 작가가 되는 건 초등학교 때부터 꾼 꿈이었다. 대학에 들어간 뒤로 난 꾸준히 글을 썼고, 완성한 작품이 만족스러우면 필명으로 대학의 교지나 사회단체에서 개최하는 공모전에 투고했다. 대학 졸업 후에도 글은 계속 썼지만 문학상 공모전에 참가한 결과는 항상 실망스러웠다. 그저 실력이 아직 부족하니 조금 더 힘내서 다음에 당선되도록 하자며 매번 스스로를 위로할 수밖에 없었다.

위안하오더가 말한 신인상은 나도 안다. 안 그래도 투고할 소재를 구상하는 중이다.

방금 그 말은 자기는 벌써 쓰기 시작했다는 뜻인가?

그렇다면 우리는 다시 경쟁자가 된다.

안 돼. 지고 싶지 않다.

그 뒤로 이어진 대화 내용은 내가 이 투고 생각에 매몰되는 바람에 전혀 기억나지 않는다.

7시가 되자 그가 시계를 보며 몸을 일으켰다.

"아, 미안해. 저녁때 일이 있어서 먼저 가야 할 것 같아."

"나, 나도 그래."

멍하던 상태에서 정신이 돌아온 나는 서둘러 그를 따라 자리에서 일어났다.

우리는 1층 로비로 돌아와 함께 건물 동쪽의 후문으로 나왔다. 바깥의 하늘은 이미 짙은 남색으로 물들어 있었다. 겨울의 밤은 항상 이르게 온다.

"택시?"

"아냐. 차 가져왔어."

그가 고개를 젓고는 잘 가라는 듯한 손짓을 했다. 나도 그에게 손을 흔들었다. 이때 그가 갑자기 흔들던 손을 입가에 대고 말했다.

"십 년이나 지나서 같은 회사에서 다시 만나게 될 줄은 몰랐다. 예전에 경쟁하던 때가 정말 그립네. 앞으로도 지고 싶지 않으니까 열심히 할 거야. 너도 힘내!"

속을 뒤집는 것인지 격려하는 것인지 알 수 없는 말을 마친 그가 몸을 돌려 외제 차에 올라 거들먹거리며 떠나갔다. 나를 그렇게 혼자 먼 곳에 남긴 채.

이때 내 머릿속은 하얗게 비어 있었다. 좀 전 그의 입가에 걸려 있던 웃음만이 머릿속 깊은 곳에 낙인처럼 남았다.

내가 대학에서 그를 처음 만났을 때 느꼈던 감각. 우습다는 듯, 냉소를 띤 눈빛.

그날 밤 집으로 돌아온 나는 조금씩 검은 그림자에 얽히는 기분을 느끼며 침대에서 이리저리 몸을 뒤척였다.

같은 회사, 같은 직위.

시나리오 작가가 되고자 하는 같은 바람.

같은 외제 차, 같은 브랜드의 정장.

그와의 크고 작은 경쟁은 대부분 비긴 상태에서 끝났다.

그가 내 앞에 나타나기만 하면 평화로운 생활은 사라진다. 그는 몽마처럼 끊임없이 내 생활을 갉아먹고, 그를 이겨 자존심을 지키려고 하면 나를 다른 절망에 빠뜨린다.

그가 오늘 떠나갈 때의 눈빛과 냉소는 촉매제처럼 검은 그림자에 형태를 부여했다.

마침내 어둡게 불타는 무엇이 가슴속에서 솟아올라 머릿속 한가운데를 치고 들어왔다.

내게 드디어 그를 완전하게 이길 수 있는 것이 생겼다.

살의.

2. 살의의 성장

2005. 12. 23. 금요일

낮

전날 밤 잠을 이루지 못한 탓에 아침에 관리부 부장실로 들어섰을 때는 이미 삼십 분이나 늦은 10시 30분이었다. 전에는 한 번도 없었던 일이다. 사무실로 들어와 바로 의자에 깊숙이 앉아 무겁게 숨을 내쉬었다.

역시 그 녀석이 나타나니 일상생활까지 어수선해지는 걸까.

머리가 아직 맑아지지 않았다는 핑계로 나는 아예 정신의 나태에 굴복해 눈을 감고 생각에 빠졌다. 머릿속에는 온통 그 녀석 생각뿐이다. 그러나 다른 일도 내 사고로 끼어들면서 그 녀석과 이어졌다.

나는 일주일 전부터 나타난 업무 태만과 어디서 왔는지 알 수 없는 경고의 목소리를 떠올렸다.

해치워버려! 그놈을 쓰러뜨려! 그렇지 않으면 네가 그놈에게 당할 거야!

한 주 동안 날 괴롭힌 목소리가 무얼 말하고 싶어 했는지 이제야 이해했다. 어제 세 시간 동안 미팅을 하면서 지난일이 주마등처럼 스쳐 지나갔다. 목소리가 말한 '뛰어넘겠다고 맹세한 사람'은 그를, '비긴다'는 말은 우리가 승패를 주고받았던 경쟁을 가리키는 것이 틀림없다. 그러므로 '해치워버려! 그놈을 쓰러뜨려!'라는 말의 뜻은…….

살의다.

그 말은 경고라기보다 차라리 예언이다. 어제 그와 함께 회사 문을 나선 후 내 마음속에는 확실히 어두운 불꽃이 피어올랐다. 겉으로는 평온한 척했지만 여전히 그를 혐오하고 있던 것이다. 나뿐 아니라 상대방도 그러하리라. 어제의 짐짓 우정 어린 듯 보인 대화는 사실 폭풍 전야의 고요일 따름이다.

'살의'라는 두 글자와 그의 얼굴이 엇갈리고 겹치며 머릿속을 떠돌았다.

난 고개를 젓고 말았다. 계속 이렇게 생각하다간 정신이 무너질지 모른다. 지금은 근무시간이야!

무거운 뇌는 상태가 영 나아지지 않았다. 아무래도 커피 한잔 마시면서 정신을 차려야 할 것 같다.

사무실 한쪽에는 작은 개인 냉장고가 있다. 우리 회사는 관리직 대우가 꽤 괜찮은 편이어서 개인 사무실에 소형 냉장고와 텔레비전을 설치해주는데, 일하면서 수시로 기분 전환을 하고 싶어 하는 내게 확실히 큰 도움이 된다.

냉장고를 열었다. 안에는 남색과 검은색의 캔커피만 있었다. 검은색 캔을 꺼내 뚜껑을 따서 단숨에 마셨다. 난 커피를 자주 마시지만 커피 애호가는 아니다. 커피의 효과는 그저 노곤할 때 정신을 일깨우기 위할 뿐이어서 캔커피면 충분하다.

다 마신 후 다시 냉장고를 열었다. 남은 남색 캔커피를 힐끗 보고는 고개를 숙여 쓴웃음을 지었다.

저 커피는 마실 수 없는 커피이기 때문이다.

커피의 유통기한이 지났다는 뜻이 아니다. 정말로 '마실 수 없다'.

나흘 전에 시나리오 신인상 공모에 영감을 받고자 경찰인 친구의 집을 방문했다. 경찰을 다룬 극본을 쓸 생각이어서, 경찰의 사건 수사 과정과 관련된 자세한 이야기를 듣고 현실에 부합하는 글을 쓰고 싶었다.

용건을 마친 후 최근에 일어난 사건에 대해 수다를 떠는데 그때 친구가 가방에서 남색 캔커피를 꺼냈다.

"이게, 엄청난 물건이야."

그가 목소리를 낮췄다.

"그 독극물 사건의 전리품이야?"

내가 의미심장한 표정으로 미소를 지었다.

사실 이 경찰 친구는 절대 좋은 놈이 아니다. 좀 험하게 말하자면, 쥐새끼다. 그는 직무를 이용해 경찰청의 물건을 함부로 빼돌려 팔았다. 그중에는 경찰 제복, 경찰 곤봉, 권총집 같은 경찰용 물품과 범죄 현장에서 쓰인 날붙이, 탄약, 독극물 같은 형사 사건의 증거품도 포함되었다. 물론 이런 물품을 가지고 나오는 일은 대단히 어려워서 그는 언제나 관리상의 허점을 노렸고, 그렇게 몰래 들고 나온 양은 아주 적었지만 그것으로 푼돈이나마 벌 수 있었다.

그의 고객은 경찰 마니아, 범죄자 그리고 특이한 수집벽이 있는 사람이었다. 난 그의 범죄 행위를 알지만 신고하지 않는다. 남 일에 상관하고 싶지 않기도 하고, 그가 들고 나온 물건이 나 같은 소시민은 평소에 볼 수 없는 것이라 시나리오 소재로 잘 어울리기 때문이기도 하다. 그를 감옥에 보내 훌륭한 취재원을 잃을 마음은 없다.

남색 캔 속에 든 커피는 나도 일전에 텔레비전에서 본 적이 있다. 최근 일어난 편의점 독극물 사건과 연관된 물증이었다. 범인의 수법은 타이완에서 예전에 일어났던 천면인 사건•과 닮은 데가 있다. 범인은 집에서 독을 미리 주입해둔 음료를 편의점으로 가지고 가 독이 없는 같은 음료와 바꿔 무고한 손님을 해쳤는데 범죄 수법이 거칠어 금세 체포되었다.

이 커피는 범인이 독을 넣은 음료 중 하나일 것이다.

"범인이 음료를 바꿔친 수법이 조잡하기는 해도 독을 넣은 방식은 굉장히 뛰어났어! 이거 봐, 위에 주사 흔적이 전혀 없다고."

내 경찰 친구는 범인의 재능을 존경이라도 하는 듯 감탄 어린 말투로 말했다.

그에게서 캔을 받아 살펴봤다. 기술만 보면 확실히 깔끔해서 흔적이 조금도 남아 있지 않았다. 나도 모르게 감탄하고 말았다. 캔커피에 독을 넣을 수 있는 능력에 더해 마술처럼 바꿔치기 하는 기술까지 익혔다면 범인은 진작 원하는 바를 이루지 않았을까.

나는 혀로 입술을 축였다.

• 2005년 타이중 시에서 일본의 '글리코 모리나가 사건'을 모방해 일어난 범죄. 음료에 독을 타 사상자 네 명을 냈다. 글리코 모리나가 사건의 범인이 에도가와 란포의 소설 속 인물인 괴인 이십면상에서 착안해 자신을 '괴인 이십일면상'이라고 불렀고, 타이완과 홍콩 등지에서 괴인 이십면상이 '천면인'으로 번역되는 까닭에, 타이중 시에서 일어난 모방 범죄의 범인 역시 천면인으로 불리면서 이 사건을 가리키는 이름 중 하나가 되었다.

"이거 나한테 팔래? 가져가서 연구해보고 싶어."

"이걸 왜?" 그가 내 갑작스러운 요구에 놀랐다.

"독살 시나리오 쓰게? 됐다. 이거 팔아봐야 몇 푼 나오지도 않으니……. 그냥 가져가. 그래도 범죄용으로는 쓰지 마. 그랬다가는 내가 마음대로 들고 나온 게 다 들통나니까."

그는 내가 되는대로 내뱉은 이유를 이상하게 여기지 않고 시원시원하게 캔을 넘겨주었다.

그 남색 캔커피가 지금 내 사무실 냉장고에 있다.

그 녀석을 독살하는 것도 좋겠다. 문득 그 생각이 스쳤다.

아니다. 지나치게 티가 난다. 그랬다가는 경찰 친구가 금세 내 짓이라고 알아챌 것이다.

나는 쓸데없는 생각을 내쫓으려고 노력하며 다시 자리로 돌아와 업무와의 전투를 시작했다.

오후 3시, 책상 앞에서 건물의 평면도를 노려보며 뭔가 영감이 떠오르기를 빌었다. 오후 1시에 휴식 시간이 끝난 후부터 벌써 두 시간째 이러고 있지만 머릿속이 하얗게 비어 아무것도 떠오르지 않았다. 며칠 안에 반드시 생각해내야 한다. 이렇게 스스로에게 말했지만, 뇌는 여전히 파업이라도 하는 듯 사고에 조금도 진전이 없었다.

우선 6층의 평면도를 파보기로 했다.

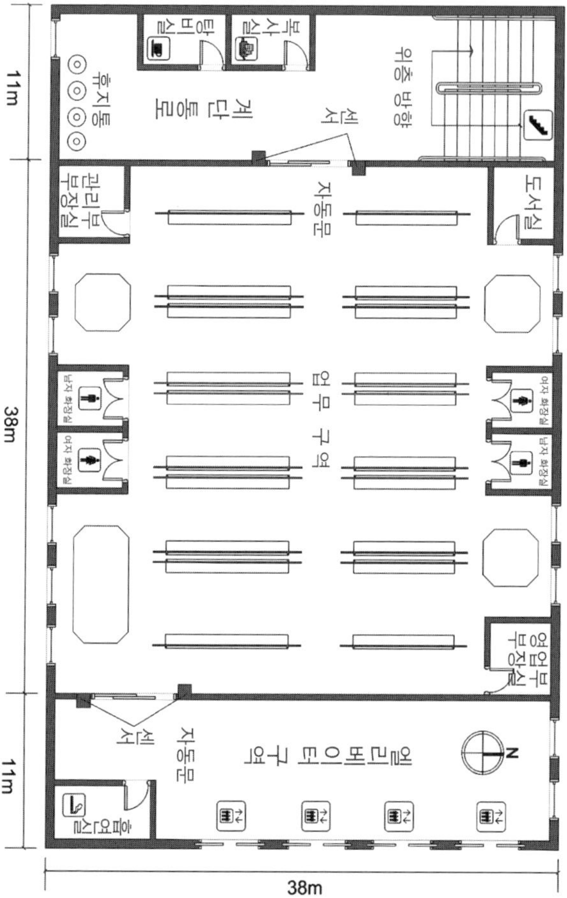

11m
38m
11m
38m
탕비실
복사실
위층 방향
휴지통
계단통로
센서
자동문
관리부장실
도서실
업무 구역
남자 화장실
여자 화장실
여자 화장실
남자 화장실
영업부장실
센서
자동문
엘리베이터 구역
N
흡연실

[그림1] 6층 평면도

일반적인 오피스 빌딩에 비하면 우리 회사는 상당히 넓다. 6층에 위치한 주요 업무 구역은 좁고 긴 사무용 책상이 각 열 대씩 두 줄로 나란히 배치되어 책상 하나에 대략 네댓 명이 작업을 한다. 그러니까 한 층에 백 명 가까운 직원을 수용할 수 있다는 말이 된다. 당연히 6층의 관리부와 영업부 직원은 겨우 서른 명 남짓으로 그렇게 많지 않아서 한 사람당 세 배쯤 넓은 공간을 받는다. '넓다'라는 말만으로 이런 광활한 느낌을 표현하기는 어렵지 싶다.

나와 그 녀석의 사무실, 즉 관리부와 영업부 부장실은 정사각형의 업무 구역에서 각각 서남쪽과 동북쪽 구석에 자리하며 약 네 평 크기다. 일반 직원에게 분배된 공간보다 크지는 않지만 독립 공간이라 다른 공간에 비해 사생활이 보호된다.

건물 동쪽은 엘리베이터를 타는 곳으로, 엘리베이터는 모두 네 대이고 남쪽에 있는 작은 방은 직원용 흡연실이다. 서쪽은 계단이 있고 중앙에서 살짝 남쪽으로 치우친 자리에는 복사실과 탕비실이 있다. 더 남쪽으로 가면 대형 휴지통이 놓여 있지만 각 직원의 발치에 이미 쓰레기통이 있어 그곳은 잘 사용되지 않는다.

화장실은 남쪽과 북쪽에 한 군데씩 있어, 넓은 공간에서 사무를 보는 사람에게는 무척 편리하다고 할 수 있다.

1층과 2층을 빼면 다른 층도 모두 6층과 비슷하게 배치되어 있다.

책상의 지도를 골똘히 쳐다보며 고민하고 있는데 책상 위의 내선 전화가 갑자기 울렸다.

"여보세요? 마크?"

수화기를 들자 저쪽에서 젊은 여성의 목소리가 들렸다. 상대가 누구인지는 금세 알아챘다.

"어, 베키! 무슨 일이야?"

"케빈이 와 있다고 알려주려고."

모르는 이름이라 나도 모르게 물었다. "케빈? 케빈이 누구야?"

"마크, 일부러 그러는 거야? 새로 온 영업부 부장이잖아. 어제 너랑 미팅했던. 오늘 첫 출근일이라 건물을 한 바퀴 돌아보게 안내해야 할 것 같아서……."

"아, 그렇구나. 그런데 그건 우리 관리부 일은 아니지 않아? 인사부 린다한테 말해야지."

"알아. 그래도 두 사람은 동창이니까 먼저 알려주고 싶어서."

"그래, 그래. 알았어. 고마워."

대충 대꾸해주고 전화를 끊었다.

'케빈'이란 말이지. 그렇지만 린다가 어제 그는 외국 이름을 써본 적이 없다고 하지 않았던가? 마음을 바꿨나 보다. 그래도 이름이 꽤나 평범하다. 난 '새뮤얼'이나 '커스트'처럼 흔치 않은 이름을 쓸 줄 알았다.

갑작스러운 통화로 생각이 끊겼다. 정신노동에 지친 나는 눈을 감고 잠시 쉬기로 했다.

그러나 삼십 분도 쉬지 못하고 다시 대화 소리에 정신이 들고 말았다. 열어놓은 사무실 문 밖에서 남자와 여자의 말소리와 함께 사무실 쪽으로 가까워지는 발소리가 들렸다. 그중 하나는 하이힐 소리였고 발걸음 소리로 미루어 린다가 틀림없었다. 다른 한쪽의 남자 소리는 분명히 새로 온 영업부 부장일 것이다.

린다가 머리를 디밀며 내게 미소를 지었다.

"미안, 마크. 지금 케빈에게 각 부서 부장을 소개하고 있어."

뒤쪽에서 얼굴을 보인 남자가 앞으로 한 걸음 나서며 굳은 표정으로 내게 인사를 했다. "안녕." 그의 얼굴을 본 탓에 불쾌해진 마음을 숨긴 채 나도 억지로 웃는 얼굴을 꾸며 대답했다. "안녕, 케빈." 상대방 또한 의미 깊은 미소를 돌려주었다.

내가 그를 비꼬려고 그의 영어식 이름인 케빈을 곧바로 불렀다고 생각하는지도 모른다.

곁에서 보고 있던 린다가 이제야 알았다는 듯이 말했다.

"그렇구나. 두 사람은 어제 만났지!"

"아냐, 우리는 전부터 아는 사이였어. 같은 과 동기거든."

"정말? 대단한 우연이네. 나중에 할 얘기가 많겠……." 여기까지 얘기한 린다가 문득 생각났는지 내게 물었다. “참, 마크, 케빈의 사원증은 언제 나와?”

“어, 사원증? 보통은 사진을 제출하고 업무일 이틀 정도면 받을 수 있지. 우리 부서의 애나한테 데리고 가면 케빈에게 임시 사원증을 줄 거야. 그게 있으면 저녁에도 보안 시스템을 통과할 수 있어. 정식 사원증을 받은 다음에 임시 사원증을 애나에게 돌려주면 돼.”

“알았어. 그리고 한 가지 더 있는데……. 케빈의 사무실이 정리중이거든. 관리직 사무실을 안내하고 싶은데 네 사무실을 십 분 정도 빌릴 수 있을까?”

린다가 공손히 두 손을 모으며 말했다.

그러니까 십 분은 더 저 자식 얼굴을 봐야 한다는 거지? 장난하냐? 난 싫다.

“그래, 마침 화장실에 가려던 참이니까 그동안 안내해줘.”

자리를 피할 핑계가 필요했다.

“고마워.”

난 몸을 일으켜 좀 전까지 연구하고 있던 층별 평면도와 건물 단면도 그리고 몇 가지 문서를 잠시 책상에 두고 재빨리 화장실로 떠났다.

밤

말 그대로 기력이 다한 몸을 겨우 끌고 집으로 퇴근했다. 앞으로도 오늘처럼 바쁘겠지.

그러나 아무리 피곤해도 그를 향한 살의를 줄일 수는 없었다.

위안하오더. 이 녀석은 내 대학 생활을 망쳤을 뿐 아니라 이제 나머지 인생도 부수려 하고 있다. 예전 일을 생각만 하면 솟구치는 분노를 건잡을 수 없다. 오늘 그와 얼굴을 마주한 시간은 겨우 몇 분이었지만 그 면상을 보면 내 결심만 확고해진다.

난 그를 죽이기로 했다. 실행은 빠를수록 좋다.

물론 사람을 죽이면 형을 받으므로 살의를 실행한들 내 나머지 인생은 조금도 나아지지 않는다. 그러므로 살인을 하더라도 체포되지 않을 방법을 찾아내야 한다. 난 수많은 범죄소설과 추리소설을 읽었고, 거기에는 간단하면서도 경찰을 속일 만한 수법이 제법 있었다. 예컨대 알리바이 위조만 해도, 알리바이를 조작할 많은 수법을 봤다. 소설의 범인은 모두 단서를 남겨 잡혀갔지만, 그건 그들이 단서가 될 만한 부분을 고려하지 못했기 때문이다. 그러니까 철저하고 주도면밀하게 궁리한다면 완전범죄도 가능하다는 말이다.

마찬가지로, 경찰을 속일 방법도 찾아야 한다. 지나치게 복잡할 필요 없이, 간단하면서도 알아채기 어려운 맹점을 찾으면 목적을 달성할 수 있다. 그래, 마술처럼! 쇼에서 관객을 속이듯 경찰의 눈을 속이는 거다.

바로 이 부분이 내가 아침부터 내내 머리를 쥐어짜는 이유다.

우선 일을 벌일 시간과 장소를 결정해야 한다.

어떤 상황에서 기회를 만들 것인가.

손을 쓰려면 그와 접촉해야 한다. 관리부 부장과 영업부 부장의 직무에는 근본적인 차이가 있다. 한쪽은 내근직이고 한쪽은 외근직이다. 우리는 회사 안에서나 볼 수 있다.

아무래도 실행 장소는 회사 외에 없을 것 같다. 그럼 시간은? 낮에는 회사에 사람이 너무 많다. 수많은 동료가 보는 가운데 움직일 수는 없다. 저녁이 되기를 기다려 직원 대부분이 퇴근한 다음이 아무래도 낫겠지.

관리직이니 분명히 야근도 할 것이다. 내일부터 그의 업무 스타일을 관찰해야겠다. 그래, 그렇게 하자.

여기까지가 귀갓길에 차를 몰면서 한 생각이다. 거의 여기에만 몰두하고 있던 까닭에 많은 시간을 들이지 않고 생각을 정리할 수 있었다. 어떻게 하면 저녁에 회사에서 그를 살해하고 혐의에서 벗어날 수 있을지 그 방법을 찾는 것이 핵심이다.

검은 가죽으로 된 서류 가방에서 두툼한 서류 뭉치를 꺼냈다. 이 문서에는 특히 중요한 두 가지가 들어 있다. 하나는 반쯤 연구를 마친 6층 평면도, 다른 하나는 회사 건물의 단면도다. 오늘 내가 신경 써서 이 도면을 손에 넣은 데는 다른 이유가 없다. 완전범죄를 성공할 방법을 찾고 싶었기 때문이다. 이 도면들을 집으로 가져온 목적 또한 조용한 곳에서 계속 궁리를 하고 싶었기 때문이다.

6층의 평면도는 충분히 살폈다. 다른 층도 크게 다르지 않을 것이다.

건물의 단면도를 보면, 5층은 인사부와 경리부 업무 구역, 3, 4층이 이 회사에서 가장 중요한 곳인 연구 개발과 상품 기획 부서다. 1층은 접객을 위한 로비이고 2층은 1층 로비의 높은 천장이 차지하는 공간을 빼면 회의실과 접객실이다. 층간 이동에는 두 가지 방법이 있는데, 서쪽의 계단과 동쪽의 엘리베이터다. 도면들로 볼 때 한 층에서 다른 층으로 가려면 반드시 서쪽의 계단 통로를 통하거나 동쪽의 엘리베이터를 타야 한다. 그리고 어떤 식이든 1층 외에는 각각 자동문을 지나야 엘리베이터나 계단에 닿을 수 있다.

각 층의 자동문은 평소에는 자동으로 열리고 닫히지만 정해

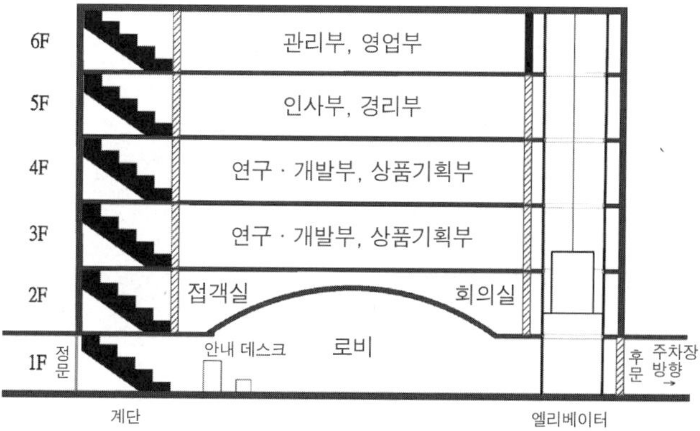
6F
관리부, 영업부
5F
인사부, 경리부
4F
연구 · 개발부, 상품기획부
3F
연구 · 개발부, 상품기획부
2F
접객실
회의실
1F
정문
안내 데스크
로비
후문
주차장 방향
계단
엘리베이터

[그림2] 건물 단면도

진 시간(저녁 7시)이 되면 보안 시스템이 작동해 자동으로 움직이지 않는다. 통과하려면 사원증을 문 옆 센서에 읽혀 문을 열어야 한다.

자동문이 열리는 간격은 약 이 초로, 거의 열리는 순간 닫히는 듯 보인다.

1층을 제외한 각 층 양쪽의 자동문은 도어록 시스템의 제어를 받는다(그림2 사선 부분). 그 밖에 1층에서 주차장으로 가는 후문에는 야간에 보안 직원을 두지 않아서 역시 도어록 시스템이 장치되어 있다. 이 도어록 시스템은 저녁 7시가 지나면 사원증을 읽혀야 출입이 가능하게 되어 있다.

도어록 시스템에 대해서는 좀더 자세히 설명해야 할 부분이 두 가지 있다.

첫째, 2층에서 6층까지 도어록 시스템과 사원증은 상호 독립되어 있어서 각 사원증은 사용 가능한 층이 특정되어 있고 통용되지 않는다. 그러니까 6층의 사원증으로 6층의 동쪽과 서쪽 자동문은 열 수 있지만 5층의 문은 열 수 없다. 임시 사원증도 예외가 아니어서 정해진 층에서만 쓸 수 있다. 1층의 후문 시스템만 모든 층의 사원증을 쓸 수 있다.

그러므로 각 층의 직원에게 상응하는 사원증만 발급된다는 점을 알 수 있다. 내 업무 장소는 6층이고, 내 사원증은 저녁이면 6층에서만 사용이 가능해서 다른 층으로 가려면 반드시 그 층의 직원이 열어주거나 1층의 보안 직원이 열어주어야 한다. 몹시 불편한 방법이지만 출입을 관리하기에는 효율적이기도 하다.

둘째는 내가 일하는 6층의 엘리베이터로 통하는 동쪽 자동문이다. 회사의 도어록 시스템이 다음 세대로 업그레이드될 계획인데, 지금으로서는 6층의 동쪽 자동문만 새 시스템으로 바뀐 상태다(그림 2 검은색 실선 부분), 동쪽의 문과 다른 층은 차차 바뀔 예정이다.

새로운 도어록 시스템은 무엇이 다른가? 간단히 말하자면, 카드를 긁었을 때 카드 소지자의 직원 번호를 컴퓨터에 기록한다는 점이다. 그렇게 되면 누구의 카드가 언제 사용되었는지 한눈에 알 수 있다. 카드를 쓴 사람이 반드시 카드 소유자가 아닐지 모른다는 점은 누구나 알지만, 사건 조사에서는 이런 자료가 확실히 도움이 된다.

마지막은 건물 보안 직원의 당직 상황이다. 나는 맨 아래에 깔린 서류를 꺼내 읽었다.

건물의 야간 보안 직원의 당직은 시간대가 나뉜다. 첫 번째는 저녁 7시에서 다음 날 새벽 1시까지, 두 번째는 새벽 1시부터 아침 7시까지다. 보안 직원 두 사람이 교대하면서, 새 당직자가 로비를 지키고 이전 당직자가 위층을 돌며 이른바 야간 순찰을 한다.

이 순찰 업무는 상당히 엄격하다. 먼저 엘리베이터 네 대 모두를 잠시 1층에 세워, 도둑이 엘리베이터를 타고 후문으로 도망가는 걸 방지한다. 회사 규정에 따라 직원의 초과근무 시간은 새벽 1시를 넘기지 못하게 되어 있으므로 순찰 인원은 각 층을 계단으로 이동하며 불을 켜고 회사에 남아 있는 직원이 있거나 신원이 불분명한 사람이 숨어 들어오지 않았는지 확인한다. 순찰 범위는 각 층 화장실까지 포함한 모든 구역이다. 로비를 지키는 사람은 정문과 계단 쪽을 감시하여 신원이 불확실한 사람이 그곳으로 드나들거나 도망가지 못하도록 한다.

순찰 업무가 끝나면 순찰 인원은 퇴근하고 다른 한 사람이 계속 로비에서 경비를 선다.

이상이 회사 건물의 도어록 관리 상황이다.

그를 죽일 시간은 일단 밤 10시로 정했다. 우리 회사의 '부서별 초과근무 현황'은 대충 이렇다. 5층의 인사부와 경리부는 늦어도 8시면 사람이 없다. 6층은 업무가 많아(특히 요즘) 9시에서 10시까지 일하기도 하는데 우리 관리직은 그래서 더 늦기도 한다. 제일 늦는 곳은 3층과 4층으로, 자정까지 초과근무를 하고 나와서도 그 두 개 층의 불이 모두 환하게 켜진 걸 보기도 한다.

가장 가능성이 높은 상황을 생각해보자면, 밤 10시를 지나도록 그가 자기 사무실에서 초과근무를 하고, 그때 6층에 그와 나 둘만 남는 것이다. 그럼 난 어떻게 그를 살해해야 할까? 살해한 다음에는 어떻게 처리해야 경찰의 의심을 받지 않을까? 이 문제를 둘러싸고 나는 뱅글뱅글 돌기 시작했다.

네댓 시간 후, 풀이 죽은 나는 다음과 같은 결론을 내렸다.

그 시간대에 그를 죽이고 이후에 아무에게도 들키지 않은 채 회사 건물을 나가는 일은 불가능한 듯하다.

왜냐고? 우선 건물을 벗어나는 동선을 생각해보자.

동쪽 엘리베이터로 나가려면 먼저 사원증으로 자동문을 열어야 한다.

그렇다. 6층 동쪽의 도어록 시스템은 업그레이드된 것이라 내가 출입한 시간 기록이 남기 때문에 자료를 조사하면 내가 제일 먼저 용의자가 될 것이다.

서쪽 계단으로 나간다면?

서쪽은 아직 시스템 업그레이드가 이루어지지 않아 내 사원증으로 열어도 상관이 없다. 이어서 계단으로 5층, 4층, 3층, 2층으로 내려간다. 이 시간 동안 내 사원증으로는 6층의 문만 열 수 있기 때문에 난 각 층의 계단에서 업무 구역으로 들어갈 수 없다. 당연히 그 층에 있는 사람에게 문을 열어달라고 부탁할 수도 없다.

계단 통로에서 계속 내려가 1층에 도착한다. 이때 내 앞에 있는 것은…… 으아, 보안 직원이다. 이 방법도 안 된다.

6층 동쪽과 2층에서 5층 서쪽의 도어록 시스템에 더해서 1층 로비에 앉아 있는 보안 직원의 눈이 나의 도주를 막는 벽을 만들고 있었다. 전에 추리소설에서 본 적이 있는…… 뭐라더라……. 맞다, 밀실! 이게 바로 일종의 밀실 살인 아닌가?

갑자기 튀어나온 명사에 흥분하는 동안 어떤 생각 하나가 머릿속에서 모양을 갖췄다.

만약 내가 위안하오더를 자살로 위장하고 이 '건물 밀실'을 성공적으로 탈출해 들키지 않는다면 어떻게 될까?

그의 자살은 더욱 믿을 만해지고 경찰 쪽에서는 어느 정도 타살이라고 의심하더라도 범인이 밀실에서 도망나간 방법을 알아내지 못할 것이다. 만약 자살 위장이 완벽해서 어떤 단서도 남지 않는다면, 용의자가 몇이 되든 의심의 단계에서 머물고 말 것이다.

내일부터 주말이다. 내게는 자살 위장과 밀실 탈출 방법을 찬찬히 궁리할 이틀이 있다.

여기까지 생각하자 입술 끝이 위로 올라가는 게 느껴졌다.

자극으로 흥분한 미소였다.

3. 살의의 개화

2005. 12. 26. 월요일

낮

주말에 쉬고 나면 월요일에 바짝 기합이 든 정신으로 회사에 출근할 수 있다. 이렇게 생각하는 사람은 너무 천진난만하다. 지난 주말에는 정말로 뇌세포를 쥐어짜며 완벽한 방법을 찾았고, 포근한 이불 속에서도 이 문제를 궁리했다. 그 탓에 주말 이틀 내내 잠을 자지 못했다.

사무실에 앉아 다크서클이 내려온 눈을 뜨려고 노력하면서 서류와 도면 몇 장을 노려보고 있지만, 대뇌는 여전히 돌지 않는다. 수없이 많은 방법을 구성해도 여전히 마지막 한 걸음 앞에서 계획을 확정하지 못했다.

나는 한숨을 쉬며 손안의 서류를 내려놓고 사무실을 나왔다. 점심시간을 이용해 잠깐 담배를 피우고 싶었다. 애연가는 아니지만 업무상 스트레스가 심해지면 한두 개비 정도 피우곤 한다.

관리부 부장실에서 동쪽으로 가는 길에 세로로 배열된 사무책상 줄을 지나면 바로 엘리베이터 구역으로 가는 자동문 앞에 닿는다.

지금은 낮이라 이 문이 자동으로 열린다. 그래야 한다. 그러나 문 앞에 섰는데도 문이 열리지 않았다. 고장인가?

오렌지색 작업복에 붉은색 모자를 쓴 남자가 재빨리 다가와 몸을 약간 굽히며 말했다.

"미안합니다. 지금 보안 시스템 테스트중이라 사원증이 있어야 열리도록 잠가두었습니다."

보안 회사에서 파견한 엔지니어인가 보다.

순간 머릿속이 반짝했다. "아, 그렇군요. 오늘 테스트가 있다는 걸 깜빡했네요." 양복 주머니에서 사원증을 꺼내 문 옆의 센서에 대니 삐 소리가 나며 자동문이 천천히 옆으로 열렸다.

"불편을 끼쳐 죄송합니다."

엔지니어가 나와 함께 자동문을 지나 엘리베이터 구역으로 가면서 말했다.

자동문을 나와 오른쪽으로 가면 바로 흡연실이다. 막 그쪽으로 가려고 할 때였다. 엘리베이터 문이 딩동 하는 도착음을 내며 열렸다.

엘리베이터에서 적지 않은 사람이 나왔다. 열네댓 명쯤 되는 듯했다. 대개 6층 직원으로 밖에서 점심을 먹고 막 회사로 돌아온 것이다. 난 보통 도시락을 가지고 다녀 동료와 나가서 밥을 먹는 일이 흔치 않은 탓에 오후에 회사 주변으로 사람들이 오가는 모습이 약간 낯설다.

그들은 즐겁게 대화를 나누며 자동문으로 향했다. 슬쩍 훑어보니 대부분 영업부 직원이다. 무리의 맨 뒤에서 혐오스러운 얼굴을 보았다. 그 녀석은 린다와 무슨 재미있는 얘기를 하는지 한참 이야기꽃을 피우고 있었다. 내가 보고 있을 때 두 사람도 마침 얼굴을 돌려 눈빛이 마주쳤다.

할 수 없이 오른손을 흔들며 인사했다. 린다도 내게 웃어 보였다.

"안녕, 마크. 밥 먹으러 나가는 거야?"

"아냐. 도시락 싸 왔어. 지금은 담배 한 대 피우려고. 그나저나…… 네 사무실은 5층 아냐?"

손가락으로 아래층을 가리키며 물었다.

"케빈한테 개인 자료를 받을 게 있어서 올라왔어." 린다가 옆의 남자를 가리켰다. "아, 참. 물어볼 게 있어. 방금 케빈이 얘기해줬는데, 어제 애나한테 받은 임시 사원증에 문제가 있나 봐. 5층 전용이라 6층에서 쓸 수가 없다네? 오늘 교환하려고 애나에게 갔는데……."

"아, 애나가 휴가라 수요일에나 출근할 거야."

내 말에 옆의 남자가 눈썹을 찌푸렸다.

얼른 말을 이었다. "어, 그래도 내일이면 정식 사원증이 나올 테니 내가 다른 사람한테 부탁해서 갖다주라고 할게."

"지금 임시 사원증도 애나에게 반납해야 하지 않아?" 그가 갑자기 끼어들었다.

"나한테 주면 내가 애나 대신 반납할게."

보안 회사와 관련된 업무도 보는 린다가 말했다.

"알았어. 린다 네 자리가 5층 동쪽의 자동문 근처였던 걸로 기억하는데, 맞지?"

"응. 내가 자리에 없으면 임시 사원증을 내 자리에 두고 메모 남겨줘."

그가 알겠다는 표정을 지으며 고개를 끄덕이고는 자동문 쪽으로 몸을 돌렸다.

정말이지 재미없는 놈이다. 이런 작은 일도 다른 사람한테 시켜서 나한테 묻냐? 설마 나하고 직접 말하고 싶지 않아서 다른 사람을 귀찮게 한 건가?

속으로 한숨을 쉬며 오른쪽의 흡연실로 향하려고 할 때였다.

옆에서 젊은 직원의 목소리가 들렸다.

"응? 왜 이러지? 문이 안 열려."

"죄송합니다. 보안 테스트중이니 카드로 문을 열어주세요."

아까 봤던 보안 엔지니어가 공손하게 말했다.

"악, 이럴 수가. 좀 전에 사원증을 서류 가방에 두고 왔는데."

"나도." 옆에 있는 여자 직원도 거들었다. "케빈도 없는데, 린다, 넌 가져왔어?"

린다가 엷게 웃으며 고개를 저었다. "내 카드는 5층 전용이라 여기 문은 못 열어."

"그럼 다들 지금 사원증이 없는 거잖아, 어쩌냐. 아저씨, 대신 열어주시면 안 돼요?"

여자 직원이 엔지니어에게 물었다.

"내가 열게." 내가 양복 주머니의 사원증을 꺼내 센서에 댔다.

삐 소리가 나고 문이 열렸다.

"마크, 고마워." 여성 직원이 웃으며 인사했고, 다른 사람들은 그녀의 뒤에 붙어 문을 지나 사무실로 들어갔다. 난 계속 센서 옆에 서 있었다. 자동문이 열려 있는 시간이 한 번에 이 초로 너무 짧아 이 많은 사람이 한꺼번에 지나기는 무리였다. 그래서 문이 닫히려고 할 때 다시 카드를 댈 요량이었다. 그렇게 몇 번을 반복해 사람들이 모두 문을 통과할 때까지.

원래는 그럴 작정이었지만 정확한 타이밍을 전혀 맞추지 못했다.

문이 아직 닫히지도 않은 상태에서 두 번째로 카드를 긁고 말았다. 센서의 액정 화면에 뜬 02:00라는 숫자가 반짝이더니 04:00로 바뀌었다. 내가 한 번 더 사원증을 센서에 대자 삐 소리가 나더니 화면 숫자가 다시 06:00으로 변경되었다.

이게 뭐지? 나도 모르게 호기심이 일었다.

궁금증은 오래지 않아 풀렸다. 화면의 숫자가 대략 일 초가 지나자 05:00로, 다시 일 초가 지나자 04:00로 바뀌었고, 그 이후로도 계속 줄어들었다. 그리고 숫자가 00:00으로 돌아가자 자동문이 삐 소리를 내며 닫혔다.

나는 순간 깨달았다. 이 보안 시스템은 연속 인식이 가능해 자동문이 열려 있는 시간을 연장할 수 있었다.

그게 꽤나 흥미로워서, 몇 번이나 시험해보지 않을 수 없었다.

곧 테스트 작업을 마친 듯한 엔지니어가 시험하고 있는 내 곁으로 다가왔다.

"재미있으세요?"

"네, 이런 기능은 처음 봐서요. 이번에 시스템을 업그레이드하면서 생긴 기능인가요?"

엔지니어가 고개를 저었다.

"아뇨, 이건 저번부터 있던 기능이에요."

"지금까지 누가 쓰는 걸 본 적이 없는데요?"

"그건 도어록 시스템이 밤에만 쓰이니까 그렇지 않을까요? 밤에는 출입하는 사람이 많지 않으니까요." 그가 부드럽게 웃었다. "게다가 저희 회사에서 드린 기술 매뉴얼에도 이 기능이 언급되어 있지 않아 아는 분도 얼마 없었을 테고요."

그의 말에 난 고개를 끄덕였다. 이때 궁금한 점이 생겼다.

"이번 업그레이드 시스템에서 이 기능을 쓴다고 쳐보죠. 그럼 제가 연달아 카드를 긁으면 시스템에 기록되잖아요? 자료에는 제가 연속으로 카드를 긁었다고 남나요, 아니면 한 번 긁은 걸로 기록되나요?"

"네?" 이 질문이 놀라웠던 듯 상대방은 동그랗게 뜬 눈으로 날 쳐다보았다.

—

밤

오늘 귀가한 내 몸 상태는 요 며칠과 마찬가지로 피로로 만신

창이다. 하지만 다른 점이라면 오늘은 피로감이 온몸을 휘감아도 통쾌한 기분이 들었다는 것이다.

위안하오더를 죽이려는 계획 때문에 머릿속의 생각은 엄청나게 늘었다. 이 생각들은 점점 구체적인 과정이 되었고, 이것이 완벽한 계획으로 잡힐 때는 바로 나의 살의를 실천하는, 그 인간을 향해 잘 가라고 말하는 때다. 오늘 떠오른 영감은 한마디로 가뭄의 단비와 같았다.

이제 마지막 단계만 남았다. 책상 앞에 앉아 나 자신에게 말했다.

먼저 흉기다. 어떤 흉기를 써야 현장 상황이 자살처럼 보일까? 과학수사의 발달로 요즘은 자살과 타살 사이의 미세한 차이가 모두 발견된다. 교살이나 척살刺殺 같은 건 강력한 외부 힘으로 사망에 이르는 방식이라 많든 적든 피해자의 상처와 힘을 쓴 방향 등에서 단서가 노출될 수 있다. 독살도 괜찮은 방법이지만 독약을 구하는 방법 역시 문제다. 구입을 하거나 타인에게서 얻어내는 등의 행동은 잠재적인 번거로움을 만들지 모른다.

이걸 쓸 수밖에 없다. 책상 한쪽의 서랍을 열어 안쪽에 넣어둔 글록 17을 꺼냈다. 미국 범죄 수사물에 자주 나오는 이 권총은 재질이 무척 가벼워 금세 능숙해진다. 당연히 밀수로 손에 넣었지만 밀수를 한 사람은 내가 아니라 어쩌다가 알게 된 무기 판매상이다.

권총 자살이 타이완에서 흔치 않기는 하지만 지금은 총기 밀수가 범람하는 사회라 가능성이 없는 것도 아니다. 수많은 범죄소설을 읽은 경험으로, 권총 사용이 과학수사와 연관되는 건 대개 초연반응, 탄두와 탄피 등이라는 건 안다.

자살로 위장할 거라면 가짜 유서도 준비해야 한다. 이 부분은 문제가 없다. 주말을 이용해 유서를 만들어 디스크에 넣어놓았다. 대충 업무 스트레스를 견디지 못해 권총 자살을 선택한다고 썼다. 컴퓨터로 작성한 유서는 약간 믿음직하지 못하지만 지금처럼 컴퓨터로 어지간한 문서는 다 만드는 시대에는 이게 더 자연스럽게 보일지 모른다.

이제 남은 문제는 밀실뿐이다.

아무래도 관건은 역시 6층 동쪽 문, 2층에서 5층까지 있는 서쪽 문과 1층의 보안 직원이 구성하는 '빌딩 밀실'을 어떻게 깨느냐에 있는 것 같다. 다시 서류 가방에서 각 층 평면도와 빌딩 단면도를 꺼내 낮부터 했던 궁리를 계속했다.

그를 죽이고 자살로 위장한 다음에 꼭 빌딩에서 나가야 하는 건가?

이 질문은 지금까지 한 번도 고려하지 않았던 맹점을 일깨웠다. 어디로도 도망가지 못할 상황에 처했다 하더라도(일단 이렇게 가정해보자), '어디로도 도망가지 못한다'의 원인은, 내가 금요일에 추론한 대로라면 야간의 도어록 관리 시스템 때문이다. 바꿔 말해서, 아침이 되면 6층에 있는 나는 밀실에 갇힌 게 아니게 된다. 그렇다면 나는 왜 그를 죽인 뒤에 회사에 계속 남아 다음 날 아침이 오기를 기다리지 않는가.

아침이 되면 도어록 시스템은 해제된다. 난 자유롭게 어떤 문도 드나들 수 있게 되어 어떤 경로로도 후문에 닿아 밖으로 나갈 수 있고, 한동안 시간을 보낸 뒤 회사로 돌아와 집에서 막 출근한 것처럼 꾸밀 수 있다. 그렇다면 경찰은 혐의를 내게 두지 않을 것이다.

아니다. 고개를 저었다. 보안 직원의 야간 순찰을 잊고 있었다.

새벽 1시가 되면 보안 직원 한 명이 건물 순찰을 돌고 다른 한 명이 로비를 지킨다. 그동안은 엘리베이터를 쓸 수 없으므로 빌딩에 남기라도 하면 틀림없이 독 안에 든 쥐가 된다. 화장실조차 보안 직원이 순찰을 돌기 때문에 6층에서 몸을 숨길 곳을 찾기란 불가능에 가깝다. 더구나 정말 그런 곳이 있다면 시체도 함께 숨겨야 할 것이다. 그렇지 않으면 순찰하는 직원이 시체를 발견할 테고 경찰이 순식간에 벌떼처럼 들이닥치면 그때는 날개가 있어도 도망가기 어렵다.

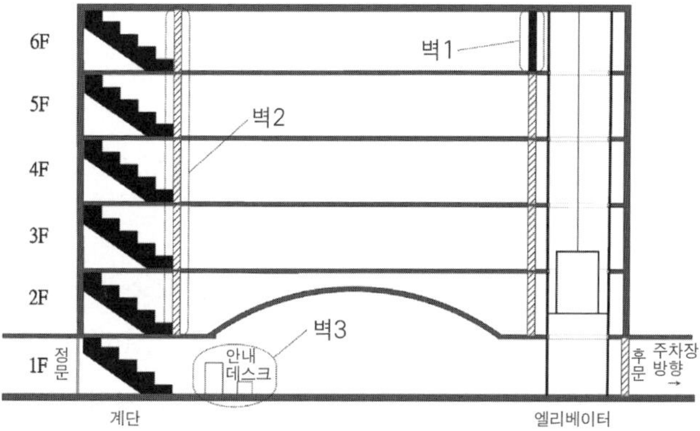

[그림3] 빌딩 밀실 설명도

그리고 정말로 시체를 숨기려고 할 경우에는 현장과 시체의 상태가 일치하지 않는 문제가 일어날 수 있고, 그렇게 되면 감식반의 눈을 속일 도리가 없게 된다. 그럼 은밀한 장소에서 죽이면 어떨까? 안 될 일이다. 경찰에게는 이쪽이 훨씬 부자연스럽게 보일 것이다. 그때는 깊은 밤일 텐데 그런 장소에서 자살할 필요가 있을까? 경찰은 분명히 그렇게 생각하겠지. 그렇다면 자살 위장이라는 목표를 달성할 수 없다.

아무리 궁리해봐도, 결국 그를 죽이고 새벽 1시 전에 이 '빌딩 밀실'을 떠나야 한다.

어떻게 떠나지?

밀실을 이루는 세 겹 벽을 종이에 표시하고 이 난관을 하나씩 돌파할 방법을 궁리했다(그림3).

첫 번째는 1층 로비의 보안 직원. 그가 내내 1층을 감시하기에 내가 서쪽 계단으로 1층으로 내려가 정문으로 떠날 방법이 없다. 이 장벽은 어떻게 돌파할 것인가. 생각할 법한 유일한 방법은 그를 따돌리는 것이다. 그러나 무슨 수를 써도 그와 접촉하는 걸 피할 수 없고, 그렇게 되면 그의 기억에 남아 경찰에게 단서를 제공할 여지가 있다. 그가 스스로 자리를 떠나는 일은 없을까? 예컨대 화장실에 간다거나? 가능성은 있지만 확정할 수 없다. 게다가 그가 언제 화장실을 갈지 알려면 그가 보지 못하는 곳에서 그를 감시하고 있어야 하는데 1층 로비의 계단 통로 근처에는 그런 장소가 전혀 없다.

두 번째 장벽은 2층부터 5층의 서쪽에 설치된 자동문이다. 그 문들은 각 층의 사원증이 있어야 열 수 있다. 위안하오더를 죽이는 날은 충분한 준비 시간을 위해 사나흘 후로 잡았다. 발급에는 이틀 정도 걸리니까 그전에 다른 층의 사원증을 신청하기는 어렵지 않다. 하지만 그렇게 하면 잠재적인 위험이 생긴다. 신청 기록이다. 만약 경찰 쪽에서 사원증 쪽으로 수사 방향을 잡고 조사를 한다면 난 의심을 받게 될 것이다.

다른 사람에게 사원증을 빌린다면? 기록은 남지 않겠지만 내게 사원증을 빌려준 사람은 경찰에서 해당 층의 사원증을 가진 직원을 조사할 때 신문을 받게 될 것이다. 그럼 그는 내게 사원증을 빌려줬다고 말할 테고 그렇게 되면 나는 마찬가지로 경찰의 의심을 받게 된다.

세 번째 장벽인 6층 동쪽 자동문은 어떻게 할 것인가. 그 문은 보안 시스템에 카드를 댄 기록이 남는 기능이 있어서 사건 후 내 사원증으로 그곳을 떠나면 내 무덤을 파는 짓이 된다.

내 사원증이 아닌 위안하오더의 사원증을 쓴다고 해도 역시 피해자의 사원증이다.

피해자가 죽기 전에 그 문으로 드나들었다고 경찰이 추측하게 할 수는 있다. 동쪽 엘리베이터에는 흡연실이 있어서 죽은 사람이 그 문을 드나들었다고 해도 이상하지 않기 때문이다.

그렇지만 사원증이 죽은 사람의 주머니나 근처에 없다면 말짱 도루묵이다. 경찰에서는 금세 범인이 피해자의 사원증을 써서 그 문을 드나들었음을 알아낼 것이다. 만약 범행 현장을 자동문 근처로 바꾸고 문을 열기 직전에 사원증을 시체의 주머니에 밀어넣는다고 해도 경찰이 알아채기가 너무 쉽다.

그를 죽인 다음 그의 사원증으로 동쪽 문을 연다고 하자. 그 순간부터 시체 옆으로 돌아와 사원증을 그의 상의 주머니에 넣고 다시 동쪽 문으로 달려 엘리베이터 구역으로 뛰어드는 동안 문은 내내 열려 있어야 한다. 만약 살인 현장이 그의 사무실이라면 문은 얼마나 열려 있어야 하지?

평면도를 보았다. 그의 사무실은 내 사무실과 마찬가지로 자동문까지 38미터, 왕복 76미터다. 만약 보통 사람이 100미터를 12에서 14초 속도로 달린다고 본다면 적어도 9초 이상이 걸린다는 말이다. 반환점에서 사원증을 시체 옷 주머니에 넣는 시간을 고려하면, 적어도 11초는 잡아야 한다. 자동문이 11초 동안 닫히지 않고 열려 있을 가능성이 있을까?

갑자기 점심 때 엘리베이터 구역에서 있던 일이 대낮의 천둥처럼 갑작스럽게 떠올랐다.

회사 보안 시스템에서 카드를 연속으로 긁으면 문이 열려 있는 시간을 연장할 수 있다고 하지 않았나.

그때 오렌지색 작업복을 입은 아저씨는 이렇게 대답했다.

"연달아 카드를 긁어도 한 번으로 기록됩니다. 이때 시간도 처음 인식한 시간 한 차례로 남지요."

이 기능을 아는 사람은 아마 꽤 적을 텐데 경찰이 이 부분에 생각이 미칠까?

이 장벽은 넘어갈 수 있을 것 같다. 그래, 그렇게 해보자!

마음속에 오랫동안 드리워졌던 먹구름이 한순간에 말끔하게 가셨다. 나도 모르게 천천히 이를 드러내며 웃음을 지었다. 위안하오더, 이번에는 아무래도 내가 이기겠다.

그리고 넌 두 번 다시 만회할 기회가 없지 않을까?

4. 삶의 열매

2005. 12. 27. 화요일

낮

아침에 일어나니 머릿속이 아주 맑은 것이 지난 며칠간의 혼란한 느낌이 완전히 사라지고 없었다. 어젯밤 계획에 진전이 있던 덕분에 전보다 일찍 자기로 하고 11시에 침대에 들었다. 이 좋은 기분은 사무실로 오는 동안에도 유지되어 마치 지난날의 업무 활기를 완전히 되찾은 듯했다.

업무 진행도 순조로워서 낮 시간이 되었을 때는 이미 한 주 동안 밀린 업무를 대부분 일단락 지었다. 이 상태면 오늘 열리는 관리직 회의에서도 구체적인 조직 방침을 제출할 수 있을 것 같다. 마음속의 큰 바윗덩어리를 내려놓은 기분이었다.

점심시간이 될 무렵 책상 위 전화기가 울렸다.

"여보세요? 마크?"

익숙한 여성의 목소리였다.

"베키?"

"안녕? 사장님이 각 부서 부장에게 오늘 오후에 열리는 관리직 회의에서 제출할 것들 잊지 말라고 전하라 하셔서."

"문제없어. 준비 다 했거든." 자신만만한 어조로 대답했다.

"다행이네. 아, 잠깐만, 한 가지 더 있어." 수화기 저쪽의 목소리가 내가 전화를 당장 끊을까 걱정하는 듯 촉박했다.

"무슨 일인데?"

"방금 보안 회사에서 케빈의 사원증을 보내왔어. 애나에게 몇 번이나 전화를 했는데 아무도 받지를 않네. 오늘 휴가야?"

"아, 응. 어제부터 이틀 휴가라 내일 출근할 거야. 괜찮으니까 케빈에게 1층 안내 데스크에서 너한테 직접 받으라고 전화해줘. 애나 쪽에는 애나가 내일 출근하면 내가 말해둘게."

"그래. 그럼 이따가 케빈에게 전화해서 그러라고 전할게. 고마워."

간단한 대화 후 통화가 끝났다.

마음속에 파문이 이는 건 어쩔 수 없었다. 그 녀석과 나는 분명히 소속 부서가 다른데 어째서 매일 접점이 생기는 걸까? 큰일이든 작은 일이든 공무든 잡무든 매일 그의 얼굴을 보는 것 같다. 곧 있을 관리직 회의에서도 얼굴을 봐야 한다. 여기까지 생각하자 간신히 평화로워진 마음에 다시 어둠이 몰려왔다.

회의 전에 먼저 보고 자료를 복사하기로 하고, 초조해진 마음을 떨치려고 노력하며 책상의 서류를 정리했다.

2층의 공간은 1층 로비의 솟아오른 부분이 차지하는 탓에 회의실이나 접객실 같은 곳이 다른 층에 비해 넓지 않다. 그러나 각 회의실이 최대 스무 명을 수용할 수 있어서 용도로는 충분하다. 그렇게 보면, 다른 층 공간이 지나치게 넓어 2층이 조금 협소하다는 착각을 불러온다고 할 수 있다.

회의는 2시부터 시작이다. 십 분 전에 회의실에 도착한 덕분에 보고 내용을 정리할 틈이 있었다.

내가 앉을 적당한 자리를 고른 다음 곧 있을 회의의 흐름을 예상해보았다.

우선 각 부서에서 업무 보고를 한다. 달마다 한 번씩 있는 관리직 회의에서 내가 보고하는 부분은 회사와 관련한 행정 사무 상황, 정책 연구와 어떤 구체적인 건의의 유무 여부다. 소프트웨어 판매를 주로 하는 정보산업 회사로 말하자면 이런 보고 내용이 대단히 중요하지는 않아서 매번 가벼운 마음으로 회의를 맞는다.

그러나 오늘은 다르다. 회사 조직 구조를 개편할 예정이라 지난주 각 부서와 토론한 결과에 따라 구체적인 방침을 제시해야 하기 때문이다. 그렇지만 구체적인 계획은 다 짜두었고, 회의에서 제출하기만 하면 돼서 사실 걱정할 일은 없었다.

곧 회의가 시작될 시간이었다. 사장과 각 부서의 부장도 속속 회의실로 들어왔다. 물론 영업부 부장도. 그는 회의 탁자에서 딱 내 맞은편에 앉았다.

저 낯짝은 언제 봐도 혐오스럽다.

회의는 금세 시작됐다. 우선 각 부서에서 업무 보고를 했고, 난 지난주에 각 부서와 토론한 결과와 오전에 만든 조직도를 회의 참가자에게 문건으로 만들어 돌렸다. 사장은 내 보고에 그런대로 만족했는지 아무런 반대 의견을 내지 않았다.

각 부서 부장의 보고가 모두 끝난 후 사장이 자리에서 일어나 가볍게 목소리를 가다듬었다.

"먼저 새로 온 영업부 부장을 환영합시다. 케빈은 전에 B사에서 영업부 과장을 지냈습니다."

한차례 박수 소리가 울리자 그가 살짝 일어나 모두에게 인사를 했다.

그 뒤로 서로 인사하는 시간이 이어졌다. 케빈의 대학을 묻자 역시 당연히 나와 그가 대학 동창이라는 데로 이야기가 흘러갔고 나도 대화에 끼게 되었다. 예전 일을 얘기하고 싶은 마음은 전혀 없었으므로 대충 몇 번 맞장구나 쳐주면서 이 화제가 빨리 끝나기를 바랐다.

내 난처한 상황이 수습될 무렵 사장이 크고 밝은 목소리로 말했다.

"여러분, 좋은 소식이 하나 있습니다."

자리에 있던 사람들이 일제히 대화를 멈추고 사장을 쳐다보았다.

"미국 K사의 최고 경영자가 오늘 이사장에게 전화해서 우리 회사의 상품에 큰 흥미가 있다며 장기 프로젝트를 진행하고 싶다고 했습니다."

사람들이 한참 귓속말을 주고받았다. K사라면 미국 컴퓨터 하드웨어 제조사로 이름이 높은 곳이라 합작을 할 수 있다면 무척 기대할 만하다. 대외 업무는 관리부와 크게 상관은 없지만 나도 다소간 흥분되었다.

사장이 다시 목소리를 냈다. "그래서 신임 영업부 부장 케빈이 우리 연구 개발부 엔지니어와 함께 직접 로스앤젤레스에 가서 미팅을 해주면 좋겠는데 어떻습니까?" 사장이 내 맞은편에 앉은 사람을 쳐다보았다.

녀석이 놀란 표정으로 일어났다.

"제가…… 영광입니다. 그런데 일정은 어떻게 됩니까?"

"이번주 목요일에 바로 미국으로 갑니다. 아마 한 달가량 머물게 될 거고, 항공표와 숙식은 곧 수속해드릴 겁니다. 괜찮겠습니까?" 사장이 미소 지으며 말했다.

"모레요? 그렇게 빨리……." 그는 뭔가 중얼거리는 듯했지만 금세 웃는 얼굴을 회복하고 대답했다. "문제없습니다!"

"좋습니다. 회사에 멋진 선물을 가져와주세요."

그가 재빨리 자리에 앉았다. 사장의 호탕한 웃음소리를 들으며 나는 생각하는 걸 멈출 수 없었다.

모레 출발한다고? 그것도 한 달짜리 장기 출장…….

그러니까 회사에는 오늘과 내일 이틀만 나온다는 건가?

밤

겨울은 이미 다가와 있었다. 화장실의 온도는 사무실보다 약간 높았지만 저절로 몸이 떨렸다.

너무 춥다. 밖은 벌써 어두워졌다. 나는 지금 회사 6층 북쪽의 남자 화장실 한 칸의 변기에 앉아 있지만 큰일을 보는 건 아니다. 그저 앉아서 신문을 읽으며 시간을 보내고 있다. 오래 앉아 있던 탓에 다리가 저리기 시작해 좀 있다가 일어나 몸을 움직여야 할 것 같다.

나도 모르게 쓴웃음이 났다. 정말이지 음습하고 처량한 풍경이다. 내가 어쩌다 이런 꼴이 된 걸까?

이게 다 그 녀석 때문이다. 오늘 관리직 회의로 내가 움직여야 할 시간이 당겨졌다.

모레 비행기에 탑승해야 하는 까닭에 내일 저녁에는 짐 정리를 해야 할 테니 회사에 있을 리 없다. 따라서 오늘밤 서둘러 그의 목숨을 끝내지 않으면 한 달 뒤를 기다려야 하는데 내 마음속 살의가 그때까지 지속될지 알 수 없다. 뭐, 그럼 범죄를 저지를 필요가 없지 않느냐고? 전혀 그렇지 않다. 그때가 되어 다시 그를 보면 난 여전히 분노하고 괴로워하지만 살의가 이미 사라진 상태일 것이다. 해치우고 싶은데 해치울 수 없는 그 심정은 내 정신을 부숴버리고 말 것이다. 대학 때 무수히 경험했다.

그러므로 손쓸 타이밍은 오늘밤뿐이다.

손목시계를 보니 시침이 10을 가리키고 있다. 움직일 때가 되었다. 변기에서 일어나 이 음습하고 좁은 공간에서 나왔다.

손에 쥔 서류 가방을 열고 내용물을 확인했다. 광택 없는 글록 17 권총과 조작한 유서를 담은 디스크가 얌전히 서류 가방에 들어 있다. 이것들은 오후의 회의가 끝난 다음, 두 시간짜리 외출을 신청해 집에 가서 가져왔다.

회사로 돌아와 곧바로 내 사무실 문을 잠갔다. 그다음에 화장실 한 칸에 숨어 신문을 보며 시간을 보냈다. 아무에게도 내가 회사에 남아 있다는 사실을 알려서는 안 되기 때문이다. 그 녀석의 시체가 발견되면 경찰 쪽에서는 오늘밤 회사에 남아 있던 직원을 조사할 테고 그때 내 이름이 거론된다면 경찰은 날 주시할 것이다.

서류 가방에는 흰 장갑 한 켤레도 있다. 지문이 남는 걸 방지하기 위해 장갑을 가방에서 꺼내 손에 꼈다. 다른 두 물건은 사전에 물수건으로 닦아두었다.

확인을 끝내고 서류 가방의 지퍼를 채웠다.

드디어 시작되었다. 불안하게 뛰는 마음을 억누르며 화장실의 문을 열었다.

먼저 6층에 그 녀석과 나 말고 다른 직원이 연장 근무를 하고 있는지 확인해야 한다. 이건 조금도 번거로운 일이 아니다. 불이 켜진 상황만 살피면 지금 사무실에 남아 있는 직원이 얼마나 있는지 짐작할 수 있다.

내가 화장실에서 나오자 밖은 거의 암흑천지였다. 단 한 군데를 빼면 불빛이라고는 보이지 않았다. 위안하오더의 사무실 쪽에서 빛이 새어 나오고 있었다. 그 외에는 모든 곳의 불이 꺼져 있었다. 그렇다면 6층에는 확실히 나와 그 둘뿐이라는 말이다. 내 운을 자축하지 않을 수 없었다.

다만 신중을 기하기 위해 살금살금 6층의 구석구석을 모두 살펴보고 다른 사람은 아무도 없다는 사실을 확인했다. 모든 확인을 마친 후 난 업무 구역 가운데에 섰다.

난 글록 17을 서류 가방에서 꺼내 녀석의 사무실 입구로 향했다. 문이 닫혀 있어서 문을 열기 전까지 우리는 상대방을 볼 수 없었다. 이 긴장되는 상황에서 사건을 실행할 장소를 향하는 길은 유난히 길고 멀었다.

사무실 문을 두드렸다.

"잠기지 않았습니다. 들어오세요."

위안하오더의 목소리가 틀림없다. 권총을 양복 주머니에 숨기고 문손잡이를 비틀었다.

"네가……." 문이 열리자 그의 표정이 순식간에 구겨졌지만 금세 평소의 표정으로 돌아왔다. "무슨 일이야?"

"개인적인 일로 얘기를 좀 하고 싶어서."

나는 마음대로 의자를 끌어다 앉았다. 이런 행동은 다소 실례지만 상대방을 죽이려는 내가 상관할 바는 아니다. 그 역시 신경 쓰지 않는 듯 냉소하는 얼굴로 나를 마주했다.

저 냉소……. 대학에서 처음 만났을 때, 회사에서 재회하고 헤어질 때 그는 이렇게 냉소하는 표정을 지었다.

내가 먼저 입을 열었다.

"우리 대학 때 기억해?"

"응?" 그는 놀라워했지만 곧 표정을 되돌렸다. "이런 시간에 일부러 찾아와서 대학 때 일을 얘기하려는 거야?"

"그런 셈이지. 물어보고 싶은 게 있어."

"말씀하시죠."

"대학 때 내가 눈에 거슬렸어?"

"맞아."

깜짝 놀랐다. 내 단도직입적인 질문에 이렇게 깔끔한 대답을 할 줄은 몰랐다.

난 놀란 마음이 얼굴에 드러나지 않도록 무던히 애를 썼다.

"그리고 그때 내가 가진 모든 걸 빼앗고 싶었어?"

"모든 것이라고 하면 과장이지만, 확실히 '네가 가진 것을 빼앗겠다'는 생각은 했지."

"……."

"왜인지 알아? 네가 너무 태평했기 때문이야. 네가 엄청나게 노력하는 인간이라면 괜찮아. 그렇지만 넌 평소에는 아무런 노력도 하지 않는 모양을 하면서 어디에서도 중상위를 차지했단 말이지. 사교 생활도 성적도 좋았어. 난 그때 네 그런 점이 눈에 거슬려서 네가 가진 걸 빼앗아야겠다고 생각했어. 나중에는 좀 노력하는 모습을 보여주기는 했는데, 그건 네가 나한테 적대 의식을 가져서 노력한 거지 내면으로는 조금도 성장하지 않았다는 걸 알았거든. 어때? 내 말이 틀려?"

심장이 쥐어짜이는 기분이었다. 그의 말은 사실이다. 그러나 그것 때문에 내게 그런 짓들을 했다니 지나치다.

"그럼 지금은?"

"지금?" 그는 잠시 생각하더니 예의 그 냉소하는 표정으로 되돌아왔다. "모르겠어. 네가 보기에는 어때?"

그가 한 말이 무슨 의미인지 이해할 수 없어 침묵했다.

"스스로 성장을 했다고 느낀다면……." 그가 아무 말도 하지 않는 내 모습을 보고 입을 열었다. "널 새롭게 보겠지."

그 말을 듣자 순식간에 모든 게 이해가 됐다.

재회하고 지금까지 그는 줄곧 예전의 냉소하는 표정을 하고 있었다. 즉, 날 새롭게 보지 않는다는 뜻이다.

그러므로 그는 전처럼 날 절망의 길로 몰아갈 것이다.

여기서 뭘 더 망설일까.

양복 주머니를 만지작거리다, 더 고민할 필요가 없다는 판단을 하고 총을 꺼냈다.

내 손의 물건을 본 위안하오더의 표정이 무너졌다. "너, 너한테 왜 그런 게 있어? 잠깐 기다려봐!" 그 당황하는 얼굴이 좀 전의 냉소한 사람에게서 나왔다고는 믿어지지 않았다.

난 의자에서 일어나 말없이 그의 뒤로 돌아 총구를 그의 오른쪽 관자놀이에 댔다. 자살로 위장하려면 여기에 총을 쏴야 할 것이다.

그러나 아직 총을 쏠 수는 없다. 위장 작업이 하나 남았다.

"긴장하지 마." 난 주머니에서 담뱃갑을 꺼내 한 개비를 그의 입에 밀어 넣었다. 그의 얼굴 근육이 공포로 경련을 일으켰고 그 때문에 입술에 끼운 담배도 같이 부들거렸다. "일단 담배 한 대 피우면서 마음을 진정시켜."

"대, 대체 뭘 어쩌려는 거야?"

난 대답하지 않고 왼손으로 윗도리 안쪽 주머니에서 라이터를 꺼내 그의 담배에 불을 붙였다.

"자, 한 모금 빨아."

총을 쥔 오른손에 나도 모르게 힘을 준 탓인지 그가 얌전히 담배를 한 모금 빨아들였다가 연기를 내뱉었다.

난 담배를 그의 입에서 빼내 일이 초쯤 가만히 있었다.

끝으로 내 오른손이 방아쇠를 당겼다.

위안하오더의 관자놀이에서 붉은 혈액이 터져 나왔고, 그의 상반신은 힘없이 책상 위로 쓰러졌다.

지금 내 심장박동은 평소와 다르지 않다.

사실 살인 사건의 범인이 가장 긴장하는 순간은 보통 범죄를 저지르기 전이고, 피해자가 사망한 후에는 오히려 평온하게 느낀다는 말을 들은 적이 있다. 틀림없는 말이다.

살인 후의 여운에 도취할 시간이 없었다. 새벽 1시의 야간 순찰 전에 빠르고 완벽하게 뒤처리를 해야 한다.

우선 담배다. 담배를 엘리베이터 쪽 흡연실에 두어 그가 피살 전에 그곳에 갔다는 증거를 만들어두어야 하기 때문에 재가 바닥에 떨어지면 안 됐다. 난 서둘러 서류 가방에서 미리 준비한 재떨이를 꺼내 담뱃불을 눌러 끄고 그의 엄지를 담배꽁초에 눌러 지문을 남겼다.

다음은 자살 증거 조작이다. 권총을 죽은 그의 오른손(그가 자주 쓰는 손이 오른손이라고 확신한다)에 쥐여주고, 다시 서류 가방에서 두툼한 책을 꺼내 그의 손을 쥔 채 책에 한 발 쏘았다. 이렇게 하면 그의 오른쪽 소매에 초연 반응을 남길 수 있다. 두 번째 총알이 나간 빈 탄환과 총에 맞은 책은 잊지 않고 회수해 경찰에게 두 번째 발사를 들키지 않도록 했다.

그다음은 유서다. 서류 가방에서 가짜 유서를 저장한 디스크를 꺼냈다. 그러나 그 녀석의 컴퓨터를 보고는 저절로 놀란 소리가 나오고 말았다.

그의 컴퓨터에는 디스크 드라이브가 없었다.

빌어먹을. 나도 모르게 중얼거렸다. 요즘은 인터넷을 쓰는 탓에 회사에서 직원에게 나눠주는 새 컴퓨터에는 디스크 드라이브가 없다. 완전히 내 잘못이지만, 난 회사의 이 정책을 욕하기 시작했다. 이제 어쩌지? 인터넷으로 보낼까? 하지만 그랬다가는 회사 내부 인터넷 서버에 전송 기록이 남는다. 하아, 됐다. 할 수 있는 걸 해보자. 이렇게 생각하는 한편으로 네트워크 드라이브를 열었다.

다시 한번 숨이 멎는 결과가 나타났다. 아무리 해도 내부 인터넷에 접속할 수 없었다. 당혹스러웠다.

어쩌지? 머릿속이 하얗게 변해갈 때 그의 폴더에서 어떤 파일이 눈에 띄었다.

파일을 열었다.

12포인트로 67장이나 쓴 큰 파일이었는데, 그 내용에 빨려든 나는 글을 읽어나가기 시작했다.

파일을 3분의 2가량 읽었을 때 문득 하늘이 날 돕는다는 기분이 들었다. 내용이 저자 본인의 고통과 절망으로 가득해 유서로 삼기에 꽤 적절했기 때문이다. 저자의 심정을 풀어낸 것인지, 그저 허구의 창작인지 알 수 없지만 어쨌든 이 내용은 날 위기에서 구했다. 이 파일을 쓴다면 경찰은 '사망한 사람은 자살했다'라고 확실히 믿어줄 것이다.

그러나 계속 읽어가니 후반부의 내용은 내 의도와 어울리지 않았다. 더 읽을 시간도 없고 내용을 손봐야 했으므로 후반부는 전부 삭제하기로 했다.

그런데 삭제 키를 누르기 전, 갑자기 어떤 생각이 떠올랐다.

이 파일의 내용은 어쩌면 이후에 써먹을 수 있을지 모른다.

그러나 내용을 어떻게 가지고 나가지? 인터넷도 디스크도 쓸 수 없고 본체에는 프린터가 연결되어 있지 않은데다 손으로 옮겨 적을 시간은 더더욱 없다.

쓸 방법은 하나뿐이었다.

난 서류 가방에서 디지털카메라를 꺼내 파일의 내용을 한 장 한 장 조심스럽게 찍었다.

이 미련한 짓을 하느라 그의 사무실에서 나왔을 때는 이미 11시 반이었다.

6층 동쪽의 자동문 앞으로 갔다. 물론 지금 자동문은 내가 다가가도 자동으로 열리지 않는다. 나는 어제 생각해둔 트릭을 쓰기로 했다. 죽은 사람의 사원증을 연속으로 긁어 이 문을 통해 빌딩을 나가는 방법.

양손에는 각각 그의 사원증과 방금 그가 피운 담배꽁초를 담은 재떨이를 들고 머리로는 경찰의 추측을 가늠했다. 경찰에서는 죽은 사람이 자신의 사원증으로 동쪽의 흡연실에 도착해 거기에서 담배를 한 대 피운 후 다시 자기 사무실로 돌아와 권총 자살을 했다고 짐작할 것이다. 그렇다면 도어록 시스템에는 한 번씩 나가고 들어간 기록, 즉 모두 두 번의 기록이 남아야 한다.

난 그의 사원증을 문 옆 센서에 연달아 네 번 인식시켰다. 연속으로 삐 소리가 나고 화면에는 08:00이라는 표시가 떴다.

충분하다. 심호흡을 한 다음 문이 완전히 열리자 동쪽 흡연실로 달렸다. 흡연실로 들어가 재떨이 안에 든 담배꽁초와 재를 바닥에 어지럽게 흩뿌렸다. 그리고 자동문으로 달려 업무 구역으로 들어갔다.

시간은 여유로웠다. 오랜만에 격렬하게 몸을 움직였더니 조금 숨이 차는 듯했다.

마지막 단계는 다시 문을 열고 죽은 자의 곁에 사원증을 둔 다음 이곳으로 돌아와 이 문 밖으로 나가는 것이다.

서류 가방을 문 옆에 두고 이따가 이곳으로 돌아올 때 바로 들고 가기 위한 준비를 했다.

지난번에 계산해보니 적어도 왕복 11초가 필요했다. 그러니 연속 인식은 여섯 번이면 충분하다. 오른손을 센서로 뻗어 아까와 똑같이 했다. 한 번, 두 번…… 다섯 번, 여섯 번.

그러나 화면에 떠오른 숫자는 날 얼어붙게 했다.

12:00가 아닌 10:00이었기 때문이다.

한 번 덜 세었나 하고 다시 한번 사원증을 센서에 댔다. 삐 소리는 분명히 울렸으나 화면의 숫자에는 전혀 변화가 없었다.

최대한도. 머릿속에 이 네 글자가 떠올랐다. 보안 회사에서 문이 열린 상태를 유지하는 최대 시간을 설정한 게 틀림없다. 누군가 이 기능을 이용해 자동문을 무제한으로 열어둔다면 관리에 문제가 일어날 수 있다고 보았을 것이다.

절망스러웠다. 초조한 마음에 빠져 어쩔 줄 모르는 동안 십초가 지나 삐 하며 자동문이 닫혔다. 내 마음을 덮은 어두운 그림자에 발목이 잡혀 이 상황을 조금도 눈치채지 못했다.

어째서 사전에 몇 번 더 시험해보지 않았지? 아냐, 오늘 행동에 옮긴 건 완전히 우연이야. 난 원래 주도면밀하게 계획을 세울 작정이었는데 사장의 말 한마디에 망가진 거잖아. 좀 전의 유서도 그래, 그 녀석의 컴퓨터에 디스크 드라이브가 있는지 조사해볼 생각도 못 했지. 완벽해 보이는 계획에는 사실 수많은 구멍이 숨어 있었다.

아냐, 지금은 이런 일을 고민할 때가 아냐. 이러다 새벽 1시가 되면 엘리베이터도 쓸 수 없어져.

난 머리통을 두드리며 도망갈 방법을 필사적으로 쥐어짰다. 그러다 문득 내 오른손이 양복바지 오른쪽 주머니의 어떤 단단한 물건에 닿았다.

그래! 아직 이게 있었다. 완전하지는 않아도 시험해볼 가치는 있어!

갑자기 온몸이 가벼워졌다. 마치 무거운 짐을 내려놓은 듯한 기분을 느끼며, 나는 서류 가방을 들고 몸을 돌려 업무 구역 반대 방향으로 향했다.

5. 살의의 관찰

사건 발생 후 삼 주간의 신문 보도

「네이후 회사원 권총 자살 사건」 자오○○ 기자 《타이베이 보도》

오늘 새벽 1시경, 타이베이 네이후 구 ○○루에 위치한 R 정보산업 회사 빌딩의 6층 사무실에서 총격으로 사망한 남성의 시체가 발견되었다. 사망한 사람은 해당 회사의 관리직을 맡고 있는 위안하오더(34세) 씨이다. 위안하오더 씨가 발견되었을 때 그는 사무실 책상 앞에 앉은 채 상반신이 책상 위에 엎어져 있었고, 오른손에 미국제 권총 글록 17을 쥐고 있었다. 현장에 도착한 경찰은 자살 가능성이 상당히 높지만 타살의 가능성도 배제하지는 않는다고 밝혔다.

이 사건의 조사를 책임지고 있는 네이후 경찰서의 셰 반장은 사망한 위안 씨가 총을 쥔 채 책상에 엎어져 있고, 사무실 컴퓨터에 유서로 보이는 파일이 저장돼 있었으므로 일단 권총 자살을 한 것으로 보고 있다고 말했다. 그러나 자세한 결과는 아직 조사중이며 타살의 가능성을 배제하지는 않는다고 설명했다. 위안 씨의 손에 있던 권총은 밀수품으로 밝혀져 경찰에서는 이 단서를 따라 조사할 예정이다.

「자살 현장의 의문점 많아 경찰은 범인이 건물 경비라고 확신?」

샤오○○ 기자《타이베이 보도》

12월 28일 새벽 1시, 타이베이 네이후 구 R 정보산업 회사 빌딩에서 발생한 자살 의혹 사건은 경찰의 초동수사 이후 의문점이 점점 늘고 있다. 오늘 오후 이 사건의 발견자이자 당일 밤 빌딩 보안을 담당했던 쑤런청(45세) 씨가 중요 참고인으로 경찰서에 출두해 신문을 받았다.

네이후 경찰서의 셰 반장은 검시 결과에 따르면 사망한 위안 씨의 사망 시간이 전날 밤 10시부터 12시 사이로 추정되며, 최초 발견자인 쑤 경비가 그 시간대에는 "회사 직원 중 누구도 정문으로 드나들지 않았다"고 주장했다고 밝혔다. 그러나 경찰 조사에 의하면, 해당 회사의 보안 시스템은 각 층이 독립되어 있고 보안 직원 외 다른 직원은 누구도 여러 층의 통행증을 동시에 소지하지 못한다. 발견 장소의 동쪽 보안 시스템에는 사망한 사람의 출입 기록만 조사되었다. 이로 판단하건대 다른 직원이 후문으로 출입했을 가능성은 없다. 경찰은 이 사건이 타살이라면 경비인 쑤 씨의 혐의가 크다고 보고 쑤 씨를 경찰서로 연행해 신문했다.

당일 밤 당직이었던 다른 보안 직원 훙허마오(38세) 씨는 직장 선배인 쑤 씨가 평소에 온화하고 성실해 그렇게 무서운 살인 사건을 저질렀을 리 없다며, 경찰 측에서 상세한 조사로 그의 결백을 밝혀주길 바란다고 호소했다.

「노점상 옌 씨 증언으로 경비 석방」 랴오○○ 기자《타이베이 보도》

12월 28일 네이후 구에서 발생한 자살 사건은 며칠 전부터 자살과 타살 사이에서 교착 상태에 빠졌다. 경찰은 오늘 오전 중요 참고인의 증언을 듣고, 해당 빌딩 부근에서 심야 노점을 여는 옌수이무(50세) 씨의 증언을 들은 후 쑤 씨의 혐의를 취소한다고 발표했다.

증인 옌 씨의 말에 따르면, 당일 밤 9시 55분쯤 그는 R사 빌딩 정문 앞에서 노점을 정리하고 귀가할 준비를 했다. 1층 로비에 앉아 있던 경비 쑤 씨가 마침 그 모습을 보고 간식으로 사오러우쭝• 두 개를 샀다. 두 사람은 한참 이야기를 나눴는데 쑤 씨가 그에게 안내 데스크 안쪽으로 앉으라고 권했고, 옌 씨도 거절하기 어려워 안내 데스크에서 두 시간 반가량 그와 대화했다. 옌 씨는 그동안 어떤 직원도 드나들지 않았고, 쑤 씨 또한 안내 데스크에서 한 걸음도 벗어난 적이 없으므로 쑤 씨가 사건과 관련이 있을 가능성은 없다고 말했다.

네이후 경찰서 셰 반장은 조사를 거쳐 증인 옌 씨와 용의자 쑤 씨가 면식이 없어 증언이 공정함을 인정했다. 이에 따라 경찰은 옌 씨의 증언을 받아들여 용의자 쑤 씨의 혐의를 무효화하기로 결정했다. 사건은 자살 쪽으로 향하고 있다.

그 밖에 사망자가 자살에 쓴 권총은 현재 수감된 무기판매상 정룽위(37세) 씨의 밀수품으로 판명되었다. 경찰에서 그를 신문했으나 정 씨는 고객이 너무 많고 장부를 적는 습관이 없다고 말해, 사망한 본인이 구입했는지 여부는 밝힐 수 없게 되었다.

「네이후 빌딩 권총 사망 사건, 자살 사건으로 종결 예정」

웨이○○ 기자《타이베이 보도》

오늘 경찰에서는 장시간 경찰을 괴롭힌 네이후 구의 자살

● 찹쌀에 고기나 새우, 버섯, 밤, 땅콩, 팥 등 여러 가지 소를 넣고 댓잎처럼 넓은 잎으로 감싸 쪄내는 중화권의 전통 음식.

의혹 사건을 자살 사건으로 종결하기로 했다.

사건을 담당하고 있는 셰 반장은 사망한 사람의 컴퓨터에서 옮겨 적은 유서 내용으로 볼 때 사망한 위안 씨가 생전에 고민에 시달리다 정신과 의사의 진료를 받았으나 호전되지 못했고, 회사의 조직 개편을 맞아 업무 스트레스까지 겹쳐 권총으로 자살한 것으로 추측된다고 밝혔다. 사건이 일어난 현장의 동쪽 흡연실에서 사망한 위안 씨의 타액이 묻은 담배꽁초가 발견되어 당시 위안 씨가 극심한 스트레스를 받아 담배를 피워 부담을 덜어보려 했으나 여전히 괴로움을 견딜 수 없어 스스로 목숨을 끊은 것으로 보인다.

사건 발생 일주일 전에 이직해, 해당 회사의 영업부 부장을 맡아 회사에서는 '케빈'이라는 이름으로 불리는 위안리원(34세) 씨는 사망자가 대학 동창이며, 며칠 전 회사에서 재회해 기뻤는데 그다음 주에 이렇게 부음을 듣게 되어 몹시 비통하다고 말했다. 그는 죽은 위안하오더 씨가 회사에서 '마크'라고 불리며, 사교성과 친화력이 뛰어나 동료들로부터 좋은 평을 듣던 그에게 이렇게 우울해하는 면이 있을 줄은 몰랐다며…….

6. 살의의 접목

2006년 1월 17일 화요일

낮

(이하 공백)

—

밤

달이 밝아 별이 희미하다. 열어놓은 창 아래로 바깥 풍경이 눈에 들어왔지만 내게는 감상할 여유가 없다. 실내에 있는 컴퓨터 모니터와 책상에 흩어져 있는 원고 뭉치가 시선을 끌었다.

창허문화에서 개최하는 신인상 공모가 두 달 후면 마감이다.

지금까지 아무런 구상을 한 게 없는 탓에 지금 회사 6층 서남쪽 관리부 부장실의 책상에 고개를 처박고 영감을 얻고자 괴로워하는 중이다. 아니, 엄밀히 말하자면 이곳은 오늘 영업부 부장실이 됐다. 회사 조직 개편으로 업무 구역에 대대적인 이사 바람이 부는 바람에 오늘 정식으로 이 사무실로 들어왔다. 집에서 보내는 한적한 분위기보다는 저녁의 회사 근처에서 느끼는 이렇게 다소 소란스러운 느낌이 더 좋다.

삼 주 전에 회사 건물에서 일어난 사망 사건, 그러니까 관리부 부장의 권총 자살 사건의 영향으로 회사의 조직 개편 계획은 거의 두 주 정도 연기되었다. 경찰에서 회사 내부의 모든 직원을 조사하고 신문한 탓에 내 미국 출장도 잠시 밀렸다. 한동안 이렇게 천지가 뒤집히는 듯한 일들의 결과로 요 몇 주는 일에만 빠져 지낼 수밖에 없어서 공모전에 신경을 쓸 여유가 전혀 없었다. 소소한 자업자득이라고 할 수 있겠다.

그러나 내 마음은 이런 일로 낙담하지 않는다. 반대로 아주 상쾌하다.

경찰을 포함해서 단 한 사람도 내가 한 짓이라는 걸 알아채지 못했다. 내가 위안하오더를 총으로 죽이고 현장을 자살로 꾸몄다. 처음부터 끝까지 아무도 날 의심하지 않았고, 다음 날 임시 사원증을 받아 간 린다도 예외가 아니었다.

그렇다. 임시 사원증이 내가 빌딩에서 도망갈 수 있도록 도와준 구명줄이었다. 정말이지 상상도 하지 못했다.

오후 회의를 끝낸 후 임시 사원증을 린다에게 반납하려고 양복바지 오른쪽 주머니에 넣어두었다. 그러나 사장이 회의에서 미국으로 출장을 가야 한다고 나에게 말하는 바람에 계획을 실행하기 위해 머리를 굴리기 시작했고, 차를 몰아 집으로 돌아가 총과 디스크를 가져오느라 이 일을 완전히 잊고 말았다.

사원증 반납을 잊었던 것이 내 목숨을 구할 줄이야.

너무나 기묘한 기분이다. 사건을 저지르기 전에 나 자신의 계획은 완전무결한 듯했지만, 막상 실제로 실행에 옮기자 허점을 수도 없이 드러냈다. 그렇지만 실수를 저지른 후에는 부주의했던 일이 날 구했고, 이제 와서 그 과정을 돌아보니 만감이 교차한다.

사건 며칠 전의 일을 회상해보면 이렇다.

그와 면담하던, 우리 두 사람이 재회한 그날 밤, 난 그에 대한 살의를 불태우기 시작했다.

다음 날, 정식으로 회사에 출근했다. 그날 오후에 린다가 그의 사무실에서 내게 회사의 부장실 내부를 소개했다. 위안하오더는 날 보고 싶지 않았는지 핑계를 대고 화장실에 갔다. 바로 그때 그의 책상에서 다량의 서류를 발견했다.

내가 린다에게 말했다.

"고마워. 혼자 좀 살펴볼게."

그렇게 핑계를 대고 린다를 떼어냈다. 린다가 자리를 뜬 후 난 사무실에 혼자 남아 건물 단면도, 각 층 평면도와 보안 시스템 설명서 등 갖가지 문건을 가져다 서쪽 복사실에서 몰래 복사했다. 내 움직임이 꽤 빨랐는지 복사를 마친 후에도 위안하오더는 화장실에서 돌아오지 않았다.

복사를 마치고 난 후에는 점심시간이라는 한정된 시간을 이용해 회사의 초과근무 상황과 층별 상황 등 자료를 철저히 모았다.

그날 저녁과 뒤이은 주말 이틀 동안, 난 집에서 그 자료들을 연구하며 보안 시스템의 허점을 찾기를 바랐다.

그다음은 월요일로, 그날 점심 때 위안하오더가 보안 시스템의 카드 연속 인식 기능을 발견했다. 나는 마침 바로 그 옆에서 그가 엔지니어에게 묻는 걸 들었다. 그는 회사의 안전을 생각해 엔지니어에게 물었겠지. 엔지니어의 대답을 듣기는 했지만 난 곧 자리에서 벗어났다. 젠장. 그때 계속 엿들었다면 연속 인식 기능에 10초라는 제한이 있다는 걸 알았을 텐데. 그랬다면 다른 트릭을 만들어 다음 날인 화요일에 사건을 저지를 때 그렇게 조마조마해할 필요가 없었을 것이다.

원래 범행 예정일은 그 주의 목요일이나 금요일이었다. 그때면 임시 사원증을 반납했을 테고, '빌딩 밀실'에서 빠져나올 방법을 고민할 때 애나가 내게 잘못 준 5층 전용 사원증으로 '두 번째 벽'을 넘을 방법을 궁리해내지 못했을 것이다. 범죄 예정일에는 그 사원증을 반납한 뒤라 사용할 수 없었을 것이기 때문이다.

다음 날 사장이 회의에서 발표한 내용 때문에 난 즉흥적으로 그날 계획을 실행하기로 결정했다. 그를 죽인 다음 내 머릿속에는 동쪽의 '카드 연속 인식 트릭'만 있었지 주머니 안에 반납을 잊은 5층 사원증이 있다는 건 까먹은 채였다. 그러니까 이 말은 내가 서쪽 계단으로 5층을 드나들 수 있음을 뜻했다. 그쪽 시스템은 업그레이드가 이루어지지 않아 내가 임시 사원증을 쓴 기록이 컴퓨터에 남을까 걱정할 염려가 없다.

난 당황한 나머지 양복바지 주머니에 손을 넣고야 이 '마법의 도주 도구'의 존재를 깨달았다.

6층 서쪽의 계단으로 드나드는 건 새로 받은 정식 사원증으로 해결된다. 난 계단을 통해 5층으로 가 앞서 말한 임시 사원증으로 5층의 업무 구역으로 들어갔다.

미리 관찰해두었던 부서별 초과근무 정황대로 5층에는 한 사람도 없었다. 이때 문득 경찰에서 사건 발생 후 5층에 임시 사원증을 가진 직원이 있는지 조사할지 모른다는 데 생각이 미쳤다. 그렇게 되면 나도 조사를 받게 된다.

이 카드를 최대한 빨리 처리해야 한다.

회의 전에 원래는 이 카드를 린다에게 건네야 했다는 것이 떠올랐다. 그리고 린다가 자신이 자리에 없으면 임시 사원증과 함께 메모를 남겨두면 된다고 말했던 것도 기억났다.

그럼 지금 메모를 써서 화요일 오후에 린다가 자리에 없어 책상에 올려놓았다고 꾸미면 어떨까?

물론 이는 완벽한 방법이 아니다. 린다의 주의력이 날카롭다면 들킬 수 있다. 그런데 그때 눈에 뜨인 어떤 것에 난 미친듯이 기뻐했다.

린다의 자리에 '병가'라는 안내 표지가 있었다.

바꿔 말하면, 린다는 오늘(적어도 오후에는) 출근하지 않았고 내가 화요일 오후에 정말로 린다를 찾아갔는지 아닌지 린다가 증언할 방법이 없다. 내가 쓴 메모는 자연스럽게 섞여 들어갈 수 있었다.

난 메모를 적어(화요일 오후 4시라고 또렷하게 밝히는 걸 잊지 않았다) 임시 사원증과 함께 린다의 책상에 올려놓았다. 물론 그전에 카드 연속 인식으로 5층 동쪽의 문을 6초 동안 열어두었다. 다행히 린다의 자리는 동쪽 문 근처라 나는 5층에 임시 사원증을 남기고 아무런 장애 없이 5층의 엘리베이터를 타러 갔다.

엘리베이터를 타고 나서는 모든 것이 간단했다. 1층으로 내려온 다음 동쪽 후문으로 건물을 나왔다.

이것이 사건을 저지른 후 건물에서 도망 나온 모든 과정이다.

경찰에서는 사건 조사를 시작한 지 얼마 되지 않아 각 층의 사원증을 여러 장 가진 직원을 조사했다. 메모가 효과를 발휘했는지, 린다는 나를 전혀 의심하지 않았고 내가 5층 사원증을 받았던 일을 경찰에 알리지도 않았다. 처음부터 끝까지 경찰은 나를 한 번도 의심하지 않았다.

계획부터 실행까지 일주일이 걸리지 않았다. 이렇게 완벽한 결말은 정말이지 기적이다.

내가 지금 앉아 있는 사무실은 그 녀석이 전에 쓰던 사무실이다. 냉장고, 사무 책상과 의자까지 난 아무것도 옮겨 오지 않았다.

전에 시체가 있던 곳이라 다들 기피하는지도 모른다. 내가 사무실을 이쪽으로 옮기도록 해달라고 먼저 요구하자 관리부의 여자 직원들이 하나같이 경악하는 표정을 지었다.

그 사람들은 이해하지 못한다. 이 사무실은 내가 처음으로 빼앗은 그 녀석의 물건이다. 대학 시절에 그는 내 친구를 빼앗았고, 내 평온한 생활을 빼앗았다. 어떤 분야에서는 내가 그를 이긴 적이 있을지 몰라도 그의 무언가를 확실하게 빼앗은 적은 없다.

그래서 그의 사무실과 모든 내부 물품을 하나도 남김없이 빼앗았다. 아, 뭐라고 말할 수 없을 정도로 유쾌하다.

지금 나는 그에게 빼앗은 사무실에서 컴퓨터의 이미지 몇 장을 읽을 준비를 하고 있다.

그렇다. 내가 그의 컴퓨터에서 디지털카메라로 찍은, 나중에 그의 유서가 된 문장의 후반부 내용이다. 전반부는 삭제하지 않아서 아직도 그의 컴퓨터에서 볼 수 있지만 내가 삭제한 후반부는 디지털카메라로 찍은 사진으로 볼 수밖에 없다.

아직 전반부의 유서 비슷한 내용만 봤지만 대략 알 만했다.

전반부는 정신 질환을 앓는 사람이 자신의 괴로운 심리 상태를 스스로 기술하는 내용이다. 주인공은 기업의 관리부 부장으로 설정되어 있고, 그를 괴롭히는 원인은 악마의 목소리 외에도 회사의 조직 개편을 위해 조직 개편안을 만들어 보고해야 한다는 것이 있었다. 내용이 이렇기 때문에 의심스럽지 않을 수 없었다. 이 내용은 허구일까, 그 자신의 이야기일까?

나는 후자로 기울었다. 그는 나처럼 자기 자신을 기술하는 글쓰기를 좋아해 자신의 일상생활을 소설처럼 쓰는 성향의 사람이다. 그렇다. 이 글은 일종의 일기다. 그저 소설과 무척 닮은 일기일 따름이다.

난 지금 그의 글을 보는 한편 나 자신의 '소설 일기'를 쓰고 있다.

쓴웃음이 나왔다. 나와 그는 단 한 가지가 다르다. 그는 낮에 일어난 일을 주로 쓰는 반면, 난 밤의 나 자신을 주로 쓴다. 낮에 일어난 일은 대체로 지나치게 밝아서 내 창작 성향과 맞물리기 힘들다.

이걸 완성한 후 시나리오로 만들려고 했던 걸까? 알 수 없지만, 대단히 흥미로웠다. 이 글을 내 소설과 섞는다면 독자는 주인공을 한 사람이라고 볼까, 아니면 두 사람이라고 볼까?

투고할 시나리오를 그렇게 만들자. 난 그의 창작 영감마저 빼앗아 오기로 결정했다.

손목시계를 보니 벌써 한밤중이다.

그의 일기 후반부 내용은 바로 나와 재회한 그날부터 시작된다. 이 내용을 보고 경찰이 이 부분을 보면 안 되겠다 싶어 파일에서 후반부를 삭제했다.

후반부 첫날의 내용이 당시 그의 진짜 속마음이었는지는 알 수 없다. 그렇다고 한다면, 그는 나와 다시 만나기 전에 이미 위험이 도래하리라 예감하고 악마의 목소리를 들었다는 말이 된다. 재회 전에는 나와 마찬가지로 상대방을 거의 잊고 있었음에도 마음속에 꿈틀거렸던 불안은 피차의 증오가 결코 사라지지 않았음을 드러내는 가장 훌륭한 묘사다.

첫날의 내용을 읽은 후 조금 피곤해졌다. 멈추지 않고 생각했더니 졸음이 몰려왔다.

책상에서 좀 전에 냉장고에서 꺼내 와 방금 뚜껑을 딴 남색 캔커피를 집어 들어 한 모금 마셨다. 시원한 커피가 목을 적셨다. 정신을 가다듬고 둘째 날의 내용을 읽을 준비를 했다.

그와의 크고 작은 경쟁은 대부분 비긴 상태에서 끝났다. 보고서, 시험, 주제 토론, 과 학생회 간부, 친구…….

어쩌면 '살의' 도…….

(이하 공백)

작가 후기

이전에도 소설과 산문의 중간쯤 되는 글을 잡지에 발표한 적이 있습니다만, 엄밀히 말하자면 이 작품이 저의 첫 추리소설입니다. 제4회 런랑청추리문학상 투고작이기도 하고요. 문학상 공모전에 참가한 이유는 상금 오만 위안 외에 대학 동호회에 창작 분위기를 끌어오고 싶었기 때문이었습니다. 당시 저는 이미 학생 신분을 벗어나 월급을 받는 직장인이었지만 매주 열리는 모임에는 계속 참가했습니다. 동호회 회원들끼리 서로 투고를 약속하고 독려하는 분위기에서 이야기가 완성됐습니다.

이때는 마침 일본 추리소설이 타이완에서 대량으로 번역되던 시기였습니다. 그 덕에 저는 '서술 트릭'에 어느 정도 지식이 생겼고, 당시 제 머릿속에서 가장 의외성이 높은 것 같은 구성을 꺼내어 글로 만든 것입니다. 독자가 서술을 이해하는 데 어려움을 느낄까 걱정이 되어 컴퓨터 프로그램으로 평면도도 그렸는데요, 몇 년 후 한 친구가 "그 작품에 도면은 사실 필요 없었다고 봐"라고 말해서 울어야 할지 웃어야 할지 난감하기도 했습니다.

이 작품은 문학상 결선에 머물렀지만 제게는 상당히 좋은 결과였습니다. 심사를 맡으셨던 지칭 선생님과 두쥐안워런 선생님의 조언도 받았습니다. 친구들의 반응도 긍정적이었고요. 줄거리가 두 등장인물의 관계에 집중돼 단순하면서도 폭발적인 의외성을 띤 것이 처음 작품을 낸 창작자치고는 제법 괜찮았나 봅니다.

무대가 되는 빌딩은 당시에 다니던 회사를 모티프로 삼고 트릭 때문에 약간 손을 봤습니다. 나중에 한 독자가 엘리베이터 배치가 건축법에 어긋난다고 지적하셔서 식은땀이 나기도 했어요. 그런데 말입니다만, 타이완 기업은 정말로 영문 이름 짓는 걸 좋아합니다. 왜일까요?

얼어붙은 여름

황정판이 아침 조깅을 마치고 집에 돌아왔을 때는 해가 중천에 떠 있었고, 높이 걸린 한여름의 강렬한 태양 탓에 그는 계속 땀을 닦아야 했다.

녹색 옷을 입은 사람이 문 앞에서 쉬지 않고 초인종을 누르다 정판을 발견하고는 고개를 돌렸다. 그의 곁에는 '중화우정中華郵政'이라는 글자가 찍힌 125cc 오토바이가 서 있었다. 구세주라도 만난 듯 샐샐 웃는 얼굴 위로 솟아오른 콩알만 한 땀방울이 안전모의 끈을 따라 흘러내리며 목과 옷깃을 적셨다.

"등……."

"고마워요."

집배원의 말이 끝나기도 전에 정판이 그의 손에서 우편물 두 통을 낚아챘다.

"등기는 두꺼운 쪽입니다. 여기에 사인해주세요."

정판은 펜을 받았지만 땀에 젖어서 미끄러운 손으로는 펜을 제대로 잡을 수가 없어서 글씨가 비뚤배뚤했다. 서명한 자리도 땀으로 젖었다.

"이렇게 더운 날에 낮까지 운동이라니 대단하시네요!"

"이 정도 온도가 딱 좋죠."

정판은 집배원의 의례적인 인사를 상대하고 싶지 않아 주머니에서 열쇠를 꺼내 몸을 돌려 문을 열고 뜰로 들어섰다.

문밖의 오토바이가 엔진 소리를 길게 내며 떠나갈 때 정판이 마침 연 현관문 안쪽에서 더운 열기가 그를 맞았다. 흐름이 멈춘 공기가 창밖에서 곧장 쏟아지는 오전의 햇빛을 받은 상태여서, 실내는 이미 숨막힐 정도의 건조와 더위로 가득차 있었다.

정판은 거실로 걸어가 선풍기의 단추를 눌렀다. 연일 이어진 혹서로 실내 온도가 삼십오륙 도에 육박해도 그는 에어컨의 온도 조절 기능에 문제가 있다고 생각해 계속 에어컨을 켜지 않았다.

또한 그는 버스에 타고 싶어 하지도, 백화점, 편의점, 오피스 빌딩 등 냉기가 강한 장소에 발을 들이고 싶어 하지도 않았다. 그는 냉기로 만들어지는 실내외의 온도 차를 한순간도 견딜 수 없었다.

몸을 소파에 묻고 편지 두 통을 유리 테이블에 늘어놓은 정판이 두꺼운 등기 쪽을 뜯었다.

홍신소의 보고서와 청구서였다. 그는 자잘한 항목을 훑어 다 읽은 후 "흥" 하더니 테이블의 전화 수화기를 들어 보고서 오른쪽 아래 구석에 적힌 번호로 전화를 걸었다.

전화벨 소리 한 번에 바로 받는 소리가 들렸다.

"네, 홍싱 홍신소입니다."

"지난주에 의뢰한 황정판입니다. 보내주신 보고서, 잘 받았습니다."

"아, 그렇군요. 안 그래도 전화를 드리려고 했습니다! 금액 문제는 번거로우시겠지만……."

"전화 받으신 분이 사장님 되시죠? 정말로 수상한 점이 전혀 없었습니까?"

"저언혀 없었습니다. 선 선생은 최근 출퇴근뿐이고, 매일의 행동은 보고서에 쓰인 그대로입니다. 의심스러운 구석은 하나도 없었습니다!"

"그럼 일주일 더 조사해주십시오."

"아, 대단히 감사합니다. 하지만 황 선생님, 이 건은 다시 조사해도 소용이 없을 것 같습니다. 그 사람은 조금도 빈틈을 드러내지 않아요. 물론 그 사건을 그 사람이 저질렀다는 전제하에서 그렇다는 겁니다."

"그게 무슨 뜻입니까?"

"솔직히 말씀드리겠습니다. 부인의 죽음에 큰 충격을 받으신 것 압니다. 하지만 경찰도 선 선생의 알리바이를 증명하지 않았습니까? 부인이 밀회하신 그날…… 아, 살해되신 그날, 그 사람은……."

"당신은 계속 조사나 하면 됩니다. 틀림없이 그 사람이 범인입니다. 지난해 그 사람이 이렇게 더운 날 내 아내를 불러내 목을 조른 겁니다. 난 그런 놈을 많이 봤어요. 그런 놈들은 비슷한 날씨가 되면 사람을 죽였던 과정을 떠올리면서 불안해하다가 빈틈을 드러내죠."

"선생님의 심정을 저도 이해하지 못하는 바는 아닙니다……." 전화 저쪽에서 한숨 소리가 들려왔다. "좋습니다. 다음주에 다시 보고서를 보내드리죠."

"고맙습니다."

—샤오핑, 정말 돌아오지 않을 거야?

일 년 전의 일을 떠올리자 정판의 눈가에는 다시 눈물이 가득 고였다.

후회와 증오의 심연으로 빠지기 전, 테이블에 놓인 다른 편지

한 통이 보였다. 봉투의 보낸 사람 자리는 비어 있었다.

누가 보낸 거지? 일을 그만둔 이후 동료와는 더이상 왕래하지 않았고, 오랫동안 연락하지 않던 동창이나 친척일 리도 없었다. 아는 사람이라면 이름을 적지 않을 이유도 없다.

그는 의문을 품은 채 편지 봉투를 열었다. 안에는 두 번 접은 종이 석 장과 사진 같은 종이 두 장이 들어 있었다.

종이 위의 문자는 타이핑해 출력한 것이었고, 글자는 컴퓨터에 내장된 기본 서체였다.

황정판 선생님께

안녕하십니까. 송구스러움을 무릅쓰고 선생님의 협조를 청하고자 이렇게 편지를 드립니다.

오해하지 말아주십시오. 우리가 일면식도 없기는 하지만 제가 사람을 잘못 찾은 건 아닙니다. 저는 선생님의 상황이라면 반드시 저를 도와주시리라 믿습니다.

먼저 제 소개를 하겠습니다. 저는 작은 무역회사의 사장입니다. 사 년 전, 친구에게 돈을 빌려 창업을 했는데 장사 수완이 없어 연달아 손해를 보았고, 지금은 파산 단계에 이르러 월급을 받지 못한 직원들도 하나둘 떠나고 있는 실정입니다. 그렇지만 도산은 별것 아닙니다. 엄청난 금액의 빚이

제 목을 조르고 있지요.
이 어마어마한 부담은 모두 돈을 빌려준 그 친구 때문입니다.
그놈은 융자회사를 운영하는데 흔히 말하는 사채업입니다.
원래 저는 돈을 빌려 창업할 마음이 전혀 없었으나 제가 회사를 열려고 한다는 얘기를 들은 그놈이 당장 달려와 저를 도와주겠다며, 친구니까 이자 같은 건 잘 봐주겠다고 했습니다. 그놈의 감언이설은 저를 움직였죠.
회사에 처음 손해가 났을 때 그는 확실히 어느 정도 융통성을 발휘해 매월 갚아야 하는 상환 금액을 깎아주었습니다. 그러나 회사 사정이 점차 나빠지자 흡혈귀의 본성을 드러내 빚을 받아내며 사정을 봐주지 않았습니다. 제가 필사적으로 빌어도 상의할 여지조차 주지 않았죠.
어쩔 수 없이 저는 건물을 팔아 현금을 마련할 수밖에 없었고, 아내는 이로 인해 다른 사람과 도망가고 말았습니다.
황 선생님, 아내에게 버림받는 고통, 아내를 떠나보내는 고통을 선생님은 잘 아시겠죠?
모든 건 그놈 탓입니다. 저는 그놈을 죽이고 싶습니다.
그러나 함부로 손을 썼다가는 당장 경찰의 조사 대상이 될 겁니다. 제게는 충분한 동기가 있으니까요.
돈을 써서 살인 청부업자를 고용하는 것도 방법이지만 저는 그쪽으로 연줄이 없습니다. 게다가 상대방의 입을 막으려면 틀림없이 거액을 써야겠지요. 저는 궁지에 몰린 상태라 그런 큰 금액을 부담할 수 없습니다.

황 선생님, 이런 상황에서 보면 저와 선생님은 같습니다.

편지에 두 장의 사진을 동봉합니다. 한 장은 지난해 신문 스크랩을 복사한 것으로, 전에 이 기사를 봤던 기억이 나서 선생님께 부탁하기로 결심한 것입니다. 다른 한 장은 잡지에서 오린 인물 사진인데, 그 앙상한 얼굴을, 선생님은 재가 된들 잊지 못하시겠지요?

이 사람의 이름은 선뎬샹이고 직업은 치과 의사. 지난해 부인께서 교외에 있는 그의 별장에서 교살되셨지요.

기억에 의지해 사건과 관련된 보도를 찾았는데, 가십 잡지에서 선생님의 비통한 표정과 선 선생과 벌인 격렬한 다툼을 사진으로 싣고 생생하게 묘사해 제 눈을 끌었습니다. 저는 보도를 읽고, 그 사람에 대한 선생님의 원한이 대단히 강렬하리라는 걸 깊이 확신했습니다.

그렇지요? 그 사람을 죽이고 싶을 정도로 미워하시지요?

황 선생님, 이것이 제가 선생님을 찾은 이유입니다. 우리는 둘 다 극도로 죽이고 싶은 대상이 있지만 혐의를 받을까 봐 머뭇거리며 손을 대지 못하고 있습니다. 그러나 이 문제를 해결할 방법이 있습니다.

저는 평소에 추리소설을 읽는 취미가 있는데, 일본 작품에서 교환 살인이라는 소재를 종종 봅니다.

솔직하게 말씀드리지요. 우리의 상황을 고려하면, 죽이고 싶어 하는 대상을 교환하는 게 가능합니다. 선생님은 제 친구를, 저는 그 치과 의사를 죽이는 거죠. 한쪽이 실행하는 시간에 다른 한쪽이 알리바이만 따로 준비해두면 됩니다. 선생님은 제 친구를 모르고, 저와 치과 의사는 일상생활에 어떤 접점도 없습니다. 그러므로 범인은 절대 경찰의 조사를 받을 리 없고 혐의가 있는 쪽은 완벽한 알리바이가 있기에 죄를 물을 수가 없어지죠.

편지에 제 전자우편 주소를 적었으니 제 생각이 실행할 만하다고 생각하시면 자세한 상의를 할 수 있도록 연락 주시길 바랍니다.

이런 황당한 요구에 난처하실 수 있겠습니다. 용서를 구합니다.

그럼 안녕히 계십시오.

이름 없는 동지 올림

—

편지를 내려놓은 정판에게 제일 먼저 든 생각은 '이 인간, 머리에 문제가 있군'이었다.

익명 편지를 써 보내 교환 살인이라는 황당한 계획을 함께하자고 요구하다니 어떻게 생각해도 너무나 의심스러웠고, 기사만 읽고 자신의 집 주소를 알아내 이렇게 사생활을 침해하는 행동을 한다는 게 소름 끼쳤다.

그럼에도 정판은 그에게 왠지 모르게 친근감이 들었다.

편지 속의 말투는 무척 절실했으며 나름의 논리가 있어서 미친놈이 쓴 것 같지 않았다. 제안은 많이 과했지만 어쩌면 이 사람이 정말로 채무에 쫓겨 막다른 길에 몰렸다는 증거일 수도 있었다.

무엇보다 중요한 것은 그가 추리소설 읽기를 좋아한다고 말함으로써 정판 마음속의 동지 의식을 건드렸다는 사실이다. 그가 말한 것처럼, 자신은 선덴샹을 죽이고 싶을 정도로 미워하며, 그가 자기도 증오하는 대상이 있음을 말했을 때 그의 제의를 읽기도 전에 정판의 머릿속에는 교환 살인이 떠올랐다. 이것이 추리소설 팬의 공명일까.

'이 사람과 나는 동류다. 연락해볼까…….'

정판은 편지 봉투 안에 든 사진을 꺼내 자세히 살펴보았다.

편지 내용대로 스크랩한 기사 복사물과 잡지의 사진이었다. 흥신소의 보고서에서 본 얼굴이 또 등장했다. 꿈속에서는 진작 그의 손에 수십 번 갈기갈기 찢어진 얼굴이었다. 기사의 글에는 빨간 펜으로 중요한 부분에 표시가 되어 있었고, 살인 현장을 설명한 그림에는 여러 개 동그라미와 함께 설명이 적혀 있었다. 글자를 갈겨써서 뚜렷하지는 않았으나 수많은 물음표와 느낌표는 알아볼 수 있었다.

'사회 범죄 사건을 연구하면서 꼼꼼하게 단서를 찾는 미스터리 열성팬인가?'

지난해의 기사를 보자니 돌이키고 싶지 않은 기억이 떠올랐다.

샤오핑과 함께 지낸 시간은 완전무결하다고는 할 수 없어도 그의 인생에서 가장 빛나던 시기였다.

"정판은 충동적인 성격에 진중하지 못한 것만 빼면 다른 건 다 좋아."

성격처럼 크고 건장한 체격의 정판과 곱고 아름다운 샤오핑은 항상 다른 사람이 부러워하는 연인이었고, 두 사람이 예식장으로 들어가던 날에는 축하 손님 또한 끊이지 않았다.

"당신은 열심히 집을 지켜줘, 돈 버는 일은 내게 맡기고."

샤오핑에게 일을 하지 말라고 설득한 이유는 사실 자신의 독

점욕 때문이었다. 외모가 출중한 샤오핑은 어디를 가도 남자의 시선을 끌었다. 물론 정판이 젊은 나이에 관리직이 되어 수입이 괜찮은 이유도 있었다.

그러나 회사 업무가 날이 갈수록 복잡하고 힘들어지면서 근무일의 늦은 귀가는 어느새 당연한 일이 되었고, 주말에도 근무를 해야 겨우 일정을 맞추는 때도 있었다.

남편이 가정에 이렇게 소홀해지면서 혼자 집을 지키며 교류가 부족해진 아내에게 문제가 일어났다.

처음에 들었던 마음속 작은 의심은 결국 확신이 되었다. 그리고 흥신소의 보고서에는 상대방의 이름과 신분이 뚜렷하게 적혀 있었다. 선덴샹. 아내가 치통으로 치료차 갔던 치과 병원의 의사.

"당신은 내 수입이 그 사람보다 못해서 그 사람과 만나는 거야?"

보고서의 내용을 보면 선덴샹은 체구도 왜소하고 생김도 그저 그래서 여성의 호감을 살 만한 타입이 아니었다.

모든 걸 알고 있다고 폭로한 그날 밤, 샤오핑은 아무런 설명도 하지 않은 채 그저 울면서 돈의 문제가 아니라고 고개를 저을 뿐이었고, 정판의 협박과 위협이 계속되자 그제야 낮은 목소리로 치과 의사와 헤어지겠다고 말했다. 그러나 그와 사귄 이유에 대해서는 여전히 단 한마디도 설명하지 않았다.

이틀 뒤 오후, 불행의 순간이 다가왔다. 전날 밤 회사에서 밤을 새우고 회의를 하던 그는 경찰의 전화를 받았고, 아내가 어떤 별장에서 시체로 발견되었다는 소식을 들었다. 사건이 일어난 후 그 별장은 선녠샹 소유라고 밝혀졌다.

그때는 마침 한여름이었고, 도시 전체에서 그해 최고 온도를 기록하고 있었다. 회사에서 늘 에어컨 찬바람을 맞아 버릇한 까닭에 외부의 높은 열기를 만나자 오래지 않아 땀이 비 오듯 흘러내려 등을 적셨다. 경찰서에 도착한 다음에는 절차에 따라 시신 확인을 위해 병원에 갔다. 지하실에서 두 눈을 꼭 감은 아내의 시체와 어두운 자주색을 띤 목 졸린 흔적을 본 정판은 하마터면 토할 뻔했다. 더불어 너무 낮은 시체 안치소의 온도에 그는 줄곧 소름이 끼쳐 떨었다.

그 순간부터, 정판의 여름은 한겨울이 되었다.

온도 차가 크게 나는 찬 곳에 들어서면 시체의 환각, 오한, 구역질 등의 증상이 즉각 나타나 한순간도 머무를 수 없게 됐다. 심각할 때는 기온이 조금만 떨어져도 몸이 이상하게 추위를 느꼈다. 이런 상황에서 짐작할 수 있듯, 출근은 전혀 불가능했고 회사에서는 우선 그에게 집에서 휴양하도록 권했지만, 날이 길어지면서 스스로 회사를 그만둘 수밖에 없었다.

병원에 갈 도리가 없었기에, 그는 개인적으로 상담의를 청했지만 효과를 보지 못했다. 우스운 일은 가을과 겨울로 들어서면 이 증상들이 마치 다 나은 것처럼 완전히 사라진다는 점이었다.

그동안 경찰에서는 이 사건을 살인 사건에 초점을 맞춰 조사를 진행했다.

그의 아내의 사망 시각은 그날 새벽 2시에서 오전 10시로 추정되었는데, 범위가 이렇게 넓은 까닭은 지나치게 높은 기온으로 시체의 사후경직이 가속돼 정확한 판단이 어려워졌기 때문이다. 게다가 샤오핑은 당시에 체중 조절을 위해 하루에 적은 양의 아침 한 끼만 먹었기 때문에 살해되기 전에 위장이 이미 텅 빈 상태였다. 그 탓에 음식물 소화 정도로 사망 시간 추정에 도움을 받을 수 없었다.

정판도 당연히 알리바이 확인을 받았는데, 다행스럽게도 초과근무하는 수많은 직원이 그 시간대에 그가 회사에서 프로젝트를 서두르느라 사무실에서 한 걸음도 떠나지 않았음을 증명해주었다.

이상한 점은 별장의 주인 선덴샹에게도 알리바이가 있다는 사실이었다. 그때 그는 치과의사협회에서 여는 1박 2일의 여행에 참가해 머나먼 타이완 섬 최남단의 헝춘 반도에 있었다. 정판은 경찰에 강력하게 주장했다.

"선톈샹의 알리바이는 틀림없이 위조한 겁니다. 시체를 이동하는 속임수 같은 걸 쓴 거예요."

경찰 쪽에서는 받아들이지 않았다.

신문과 잡지의 취재를 받았을 때 그는 한차례 감정 제어 능력을 잃었고, 그의 붉게 부은 두 눈과 격렬한 감정 상태는 과장을 좋아하는 매체의 소재가 되었다.

그러나 사건 수사는 지지부진 진전이 없었다. 이 사건에 대한 대중의 관심은 점차 식어갔다.

정판은 흥신소에 조사를 맡겼고 필요할 때면 직접 나서기도 했는데, 미행 기술이 서툴다 보니 몇 번이고 상대에게 들켰다. 심각하게 몸싸움을 벌인 적도 있었다. 그때에 이르러서야 정판은 아내가 선톈샹을 사랑한 진짜 이유를 깨닫게 되었다.

정판의 손아귀에 붙잡혔을 때, 왜소한 선톈샹은 전혀 맞서지 않은 채 깊은 눈빛으로 그를 응시하기만 했다.

진중함을 드러낸, 충동적인 성격의 정판에게는 없는 두 눈.

'죽여버리고 싶다.'

도대체 어디에서 이 살의가 싹텄을까? 아내의 죽음 때문일까, 이 증상을 없애고 싶어서일까, 아니면 자신에게 없는 것을 가진 상대방에 대한 질투 때문일까? 알 수 없었다.

황 선생님, 안녕하십니까?

선생님의 호의 어린 회신을 받았습니다. 대단히 감사합니다. 여기에서는 몇 가지 의문에 대해 답을 드리는 데 중심을 두고자 합니다.

첫째, 저는 물론 진심입니다. 다만 제가 신분을 드러낼 수 없는 점을 용서해주십시오. 만약 선생님께서 '저쪽은 이쪽을 아는데 이쪽은 저쪽을 모른다'는 점이 우리 두 사람의 공동 작업에 심각한 영향을 미친다고 보신다면 저로서는 포기할 수밖에 없습니다.

둘째, 우리 사이에 어떻게 신뢰를 가질지에 대한 염려는 하지 않으셔도 됩니다. 저는 선생님을 백 퍼센트 믿습니다. 제가 먼저 행동하여 목표 대상에 손을 쓰겠습니다. 치과 의사의 죽음을 확인하신 뒤에 저 대신 그 녀석을 죽여주십시오. 그렇다고 의심은 하지 말아주십시오. 저는 물건을 먼저 내주고 나중에 수금을 하는 바보가 아닙니다. 선생님이 반드시 저를 도와주시리라는 확신이 있기 때문입니다. 어째서 그러한지에 대해서는 일단 비밀로 부치고 싶으니 양해해주십시오.

셋째, 임무 달성의 확인 방식에 관해, 만약 선생님께서 시체를 보는 데에 거부감이 없으시다면 치과 의사를 죽인 현장 사진을 보내드리겠습니다. 제가 직접 찍을 것이고 합성이 아니라는 점을 보장합니다. 선생님 또한 선생님의 방식으로 치과 의사의 생사를 확인하실 수 있으시겠지요. 사채업자 친구의 사망 확인은 제가 한 정도에서 맞춰 처리해주십시오.

넷째, 선생님 말씀이 맞습니다. 저는 확실히 선생님 부인의 사건 발생 현장에 초점을 맞춰 추리를 했습니다. 이 부분은 가십 잡지의 자세한 자료에 감사해야겠군요. 선생님도 미스터리 팬이라고 하시니 무척 기쁩니다. 우리의 거리가 좀 더 가까워진 기분이 드네요.

사채업자 친구에 대한 기본 자료와 평소 행동 노선을 보내니 참고하시기 바랍니다. 날을 잡아 실행하기 가장 좋은 장소가 어딘지 말씀을 나누도록 하겠습니다. 물론 선생님께 치과 의사 관련 자료가 있다면 제게 제공해주셔도 좋습니다.

요즘 날씨가 매우 덥습니다. 기온 변화에 조심하시고 항상 건강하시길 바랍니다.

이름 없는 동지

—

보낸 이메일에는 그날 밤에 회신이 왔는데, 정판은 내용을 읽으며 등줄기로 한기가 스미는 기분이 들었다.

편지 속 말투로 봤을 때 '동지'는 정판에 대해 무척 잘 아는 듯 보이는 반면, 정판은 그에 대해 아는 바가 전혀 없었다. 그는 '자신이 먼저 실행을 하고 정판이 확인한 후 자신을 도와줘도 좋다'고 말했다. 어째서 선뎬샹이 죽은 후 정판이 그의 사채업자 친구를 반드시 죽이리라 확신하는 걸까? 그가 전에 한 말처럼, 두 사람은 일면식도 없는 사이인데 어떻게 자신을 이렇게까지 믿을 수 있단 말인가?

그는 그저 '선생님이 반드시 저를 도와주시리라는 확신이 있습니다'라고 말할 뿐이다.

또한 정판은 그가 마지막에 붙인 '기온 변화에 조심하라'는 인사에도 소름이 끼쳤다. 공손한 말이었지만 알 수 없는 악의가 느껴졌다.

'내 승상을 알고 있는 게 아닐까?'

저쪽은 이쪽을 아는데 이쪽은 저쪽을 모른다는 점은 분명히 정판을 망설이게 했으나, 그로서도 바로 거절하기는 어려웠다. 솔직하게 말하자면 이런 기회는 다시 없이 귀했기에 놓치고 싶지 않았다. 마음속 어딘가에는 '그를 믿고 싶다'는 목소리가 있었다.

'저 사람이 정말로 나 대신 살인해준다면 나도 그의 약점을 잡

은 셈이니 배신당할 걱정은 할 필요가 없지 않을까?'

'아냐, 너무 순진한 생각이야.'

정판은 고개를 저으며 손끝에 잡히는 수화기를 들어 홍신소의 전화번호를 눌렀다. 이번에도 상대방은 바로 전화를 받았다.

"네, 홍싱 홍신소입니다." 여전히 사장의 목소리다.

"접니다. 제 의뢰에 대해……."

"어제도 움직임이 없었습니다! 다음주쯤 보고서를 보내드리려고……."

"아닙니다. 한 사람을 더 조사하고 싶어서요. 별도 사안으로 처리해주십시오."

"네? 누구를 조사하실 생각이십니까?"

정판은 모니터에 띄운 '사채업자 친구'의 기본 자료를 보았다.

"한루원이라는 서른 살 정도된 남자고, 대부업체를 운영합니다."

"아! 그 사람은 제가 얼핏 압니다. 다른 건에서 조사 요청이 있었거든요. 만약 그의 기본 자료가 필요하시다면……."

"자료는 저도 있습니다. 제가 요청하는 건 그 사람에게 돈을 빌려 무역 회사를 열었다가 경영 상태가 나빠져 파산을 눈앞에 둔 친구가 있는지 조사해달라는 겁니다."

의뢰 내용을 자세하게 설명한 후 정판은 전화를 끊었다.

요 며칠, 정판은 동지와 자주 접촉했다. 물론 내막을 캐기 위해서였다.

오로지 이메일로만 이루어지는 통신 방식은 행간을 더 잘 읽을 수 있었다. 접촉 횟수가 늘어나면서, 상대방의 말투는 점차 친근해졌지만 무심코 던진 몇 마디에서는 종종 상대방의 다른 꿍꿍이가 보였다.

저와 아내의 이혼 수속 때문에 방금 호적 담당 부서에 다녀왔습니다. 그거 아십니까? 그곳은 에어컨을 너무 세게 트는데다 송풍구가 바로 대기석을 향해서 아주 견디지를 못하겠더군요.

여기까지만 읽어도 불편한 느낌이 목구멍까지 솟아오르고 몸에도 오한이 들기 시작한다.

여름이 되면 오히려 추운 곳이 늘어나는 기분이 들지 않으십니까? 타이완 사람은 이렇다니까요. 에어컨을 세게 틀지 않으면 죽을 것처럼 굴지요. 실내외 온도 차가 이렇게나 크다니. 뒤집어 생각해보면 겨울이 훨씬 낫습니다.

'틀림없이 뭔가를 암시하고 있어…….'

동지가 계획을 실행에 옮길 날을 정하자고 해서 정판은 자신이 7월 11일 토요일 저녁에 남쪽 지방에서 열리는 동창의 결혼 피로연에 가야 한다고 말했다. 원래는 딱히 가고 싶은 마음이 없었으나 이 일정이라면 알리바이를 증명할 기회로 삼을 수 있었다.

좋습니다. 그럼 그날 저녁에 실행하도록 하지요.

정판은 전혀 그의 행동을 말리지 않았고, 이는 두 사람의 계약이 성립했음을 의미했다. 그러나 자신의 손을 더럽히지 않고 선덴샹을 해치울 수 있다는 사실은 정판에게 너무나 매력적이었다. 치과 의사가 죽으면 아내의 복수를 한 셈이 되고, 증상들도 사라질지 모르며, 그자의 얼굴을 계속 꿈에서 보지 않아도 될지 모른다.

며칠 후 홍신소의 자료가 도착했다. 선덴샹 쪽은 여전히 변화가 없었다. 그가 살인 사건과 연관된 이후 내원 환자가 크게 줄었고 최근에는 개점휴업 상태와 다름이 없어졌다. 이에 따라 그는 아예 집에서만 지내고 병원으로 출근하지 않은 채 예약 손님과 약속한 시간에만 나갔는데 그 횟수는 불쌍하다 싶을 정도로 적었다. 업무 쪽으로 말하자면, 그와 정판의 상황은 비슷했다.

따로 의뢰한 부분은 큰 수확이 있었다. 대부업체를 설립한 한루원에게는 무역회사를 경영하다 도산한 친구가 있었는데, 석 달 전 빚을 청산하고자 자기 명의의 건물을 팔았고, 최근에는 아내와 이혼 수속을 밟기도 해, 동지가 보내온 편지 속 상황과 완전히 일치했다.

정판은 보고서에 추옌칭이라고 이름이 적힌 남자의 사진을 보고 생각했다.

'선량한 생김에 비실비실한 몸집의 무골호인 같은 양반이 친구를 해치우자고 거리낌 없이 나와 교환 살인을 하려는 건가? 사람은 정말 겉으로만 봐서는 알 수가 없군.'

그는 흥신소로 전화를 해서 추옌칭의 자료는 충분하니 이렇게 종료하되 선톈샹 쪽은 한 주 더 행적을 관찰하는 대신 미행할 필요는 없고 매일 정보만 알아봐달라고 요청했다. 정판은 상대방의 생사를 확인하고 싶었지만 동지의 임무를 방해하고 싶지는 않았다.

뒤이어 그는 일련의 준비 작업에 착수했다.

안녕하십니까, 나의 동지여.

당신이 결혼 피로연에서 진수성찬을 즐기실 때 전 이미 그 치과 의사를 없앴답니다. 하하하, 그 의사는 자기 병원에서 죽었지요. 전 가명으로 그의 병원에 예약을 했고, 진료실에 들어가자마자 서류 가방에서 칼을 꺼내 가슴을 찌르고 이리저리 휘저었지요. 눈앞에 있는 사람이 한루원 그 개자식이라고 상상하면서 말이지요. 의사의 얼굴이 점점 일그러지는 걸 보자니 정말 즐거웠답니다!

마지막으로 칼을 뽑을 때는 피가 제 몸에도 튀었지요. 흥! 저는 예비로 옷을 준비했고, 다행히 병원이 작은 골목 안에 있어서 나올 때 아무에게도 들키지 않았답니다.

참, 사진도 찍었습니다! 첨부한 파일을 봐주세요. 껄끄럽다면 보지 않아도 괜찮습니다.

전 제 임무를 마쳤습니다. 이제 약속대로 저 대신 한루원을 죽여주세요. 저는 내일 저녁(7월 12일 일요일) 6시에 ○○호텔에서 열리는 친구들 모임에 가서 알리바이를 만들 테니 그 시간에 움직여주시면 됩니다.

제가 전화로 확인해봤는데, 한루원은 그 시간에 혼자 회사에 있을 거고 거기는 작은 회사라 사람이 있을 때면 문을 잠그지 않으니 당신이 기회를 봐서 움직이면 될 겁니다.

얼굴 식별을 위해 최근에 찍은 사진을 특별히 보냅니다. 성공을 빌겠습니다!

정판이 결혼 피로연에서 집에 돌아왔을 때는 이미 다음 날 오전이었다.

마음의 준비는 하고 있었어도 임무를 마쳤다는 편지를 받으니 아무래도 역시 경악스러웠다. 첫 사진을 열면서, 그는 고해상도의 처참한 정경에 자신이 고개를 돌릴 줄 알았지만 그렇지 않고 오히려 한참을 자세히 들여다보았다. 장소는 전에 흥신소에 부탁해 몰래 찍었던 곳과 무척 비슷했다. 선뎬샹의 진료실이었다. 칼에 찔려 죽은 시체를 본 적은 없었으나 얼굴과 체형으로 미루어 확실히 그였다. 현장에서 찍은 사진이 틀림없었다.

몸에는 어떤 증상도 나타나지 않았다. 아내가 죽은 후 자신에게 씐 저주가 풀린 것 같은 기분이 들었다.

그래도 방심할 수는 없었다. 그는 아직 '마지막 임무'를 완료하지 못했다.

사진에서 한루원은 선이 날카롭고 흉악하면서도 작고 단단한 얼굴을 하고 있어, 보통 사채업자라면 떠오르는 피둥피둥 살진 이미지와 전혀 달랐다. 정판은 그 사진을 쳐다보며 만약 그와 주먹질을 한다면 도리어 자신이 살해당하는 건 아닐까 생각했다.

이번 편지의 말투에는 지난 몇 번의 메일에서 보이던 인사치

레 같은 게 없었고, 처음부터 기쁨에 들떠 미친 사람 같더니 결국 기대를 담은 명령을 내렸다. 바꿔 말하면, 최후통첩이다. 정판은 달리는 호랑이 등에 올라타 있는 터라 내리기는 불가능한 상황이었다.

'해야 하나?'

아내의 목에 있던 졸린 흔적, 잡지에서 본 살해 현장 예상도, 매일 밤 꿈속에 나타나는 치과 의사의 얼굴……. 이런 장면이 주마등처럼 머릿속을 스쳐 지나며, 그의 등을 살인의 길로 떠미는 듯한 기분이었다.

정판은 두 손을 꽉 쥐었고, 덥고 답답한 실내 공기에 땀이 몇 줄기 흘러내렸다.

그는 하자고 결심했다. 정의를 위해 망설이지 않기로.

—

한밤의 달빛이 무척 눈부셨다.

정판은 전신주 근처에 쪼그리고 앉아 빌딩 뒷문을 감시했다. 그곳은 가로등 불빛의 사각지대라 자세히 보지 않으면 아무도 어두운 골목 구석에 숨은 사람을 발견하지 못할 것이다.

두 손이 무척이나 덥고 습해, 그는 잠시 검은색 장갑을 벗고 주머니로 손을 넣어 단단한 밧줄을 쥐었다. 촉감이 제법 거친 이 밧줄로 목을 감아 당기면 누구라도 몇 분 버티지 못할 것이다.

쪼그리고 있은 지 벌써 두 시간째다.

저녁을 먹은 다음, 정판은 즉시 버스를 타고 이곳에 도착해 빌딩에 들어가 사냥감을 찾으려 했으나, 입구의 유리문을 막 미는 순간 차가운 바람이 그를 덮쳤다. 선덴샹의 죽음으로 증상이 호전된 줄 알았는데, 소름은 여전히 오소소 일어났고, 아내의 시체 환각도 눈앞에 나타났다. 억지로 참으면서 엘리베이터를 타면 괜찮아지리라 자신을 타일렀지만 엘리베이터 단추를 누르는 동시 타는 듯한 위액이 목구멍으로 치솟아 올라왔다.

"……웅!"

그는 당장 유리문 밖으로 뛰쳐나왔다. 빌딩의 정면 쪽에는 인파가 북적여, 사방을 둘러보다 주변의 좁은 골목으로 뛰어 들어갔다. 인파에서 멀리 떨어진, 어둡고 습한 곳까지 달려간 그는 그제야 겨우 주저앉아 입안의 더러운 액체를 길 옆 하수도에 힘껏 토해냈다.

그동안에도 그는 후문을 계속 지켜보며 자신의 마음을 안정시키려고 노력했고, 두 시간의 조절을 거치면서 아까처럼 헐떡이지 않게 되었다. 어두운 골목의 공기는 정체되어 답답했지만 적어도 에어컨의 독기는 피할 수 있었다.

이번 살인이 성공해야 증상을 완전히 없앨 수 있을 것 같았다.

한참을 감시한 끝에 드디어 눈앞의 상황에 변화가 생겼다. 남자 한 사람이 문을 열고 주변을 둘러본 다음 빌딩을 나왔는데 술을 많이 마셨는지 걸음이 무척 어지러웠다.

정판은 주머니에서 사진을 꺼냈다. 문 앞의 불빛에 의지해, 그 남자의 얼굴을 봤다. 틀림없었다. 자신이 죽이려고 노리는 목표물이다.

남자가 비틀거리는 걸음으로 정판의 반대 방향으로 어기적어기적 걸어갔고, 그가 멀리 가길 기다렸던 정판이 곧 살금살금 남자의 뒤를 좇았다.

'저렇게 취하다니 차는 몰지 못하겠군. 문제는 큰길로 나가서 택시를 잡는 건데. 그럼 귀찮아져.'

그의 걱정은 기우였다. 남자가 가는 방향을 보니 골목 깊은 곳으로 향하는 듯했다. 정판은 자신의 행운을 몰래 기뻐했다. 그렇다면 남자는 이 근처에 산다는 말이 된다.

그가 주머니에서 장갑을 찾아 다시 끼고 오른손에 굵고 거친 밧줄을 쥔 채 목표물의 약 십 미터 뒤로 따라붙었다. 남자의 걸음이 너무 느려서 정판은 손을 쓰기 전에 들키지 않도록 자신의 속도를 조절하지 않으면 안 됐다. 그의 미행 기술이 늘었는지, 상대방의 경각심이 너무 부족한 건지, 남자는 한 번도 뒤를 돌아

보지 않았다.

'적당한 장소를 찾아야 하는데…….'

주변에는 불을 밝힌 주택이 많아서, 인적이 드물다고 마음을 놓을 수 없었다.

골목을 몇 번 돌고 나자 마침내 막다른 골목이 나왔다. 골목 끝의 아파트 외에 양쪽 주택들은 모두 길을 정면으로 마주하지 않아서 가로등 불빛만 있을 뿐이었다. 마침 사람도 전혀 없던 덕에 그야말로 행동에 옮길 절호의 기회였다.

정판은 잠시 망설이며 골목 어귀에 숨어 남자를 관찰했다. 남자가 골목 중간쯤에서 갑자기 주머니에 손을 넣어 금속제 열쇠를 꺼냈다.

'아파트에 사는가 보군. 입구와 안쪽에는 분명히 감시카메라가 있을 거야. 안으로 들어가면 다시는 기회가 없어.'

정판은 마음을 다잡고 밧줄을 단단히 쥔 다음 까치발로 재빨리 남자에게 다가갔다. 다행히 상대방의 키가 크지 않아, 정판은 남자가 돌아보려고 하는 순간 밧줄을 상대방의 목에 걸고 교차시켜 힘껏 당겼다.

사냥감은 몸부림쳤다. 밧줄을 풀려는 힘이 놀라울 정도로 강했지만 평소부터 단련된 정판의 건장한 어깨는 상대방에게 조금의 기회도 주지 않았다.

밧줄이 점점 목으로 파고들면서 상대방의 몸부림 역시 점점 약해지더니 결국 한차례 경련 후 늘어지고 말았다.

정판은 손을 놓지 않고 십 초쯤 더 목을 조른 뒤에야 거친 숨을 뱉으며 상대방을 어두운 곳으로 끌고 가 버리고 도망쳤다. 버스를 타러 가면서 어지러워진 호흡을 조절하고 최대한 사람이 있는 곳을 피해 장갑을 벗었다. 버스에서도 제일 뒤에 앉아 사람들의 시선을 피했다.

집으로 돌아와서는 밧줄과 장갑을 쓰레기통에 넣고 다른 쓰레기와 잘 묶어 쓰레기 수거차가 오는 시간에 맞춰 내다 버렸다.

한참 동안 마음이 안정되지 않았다. 집을 나선 지 네 시간도 되지 않았는데 그사이에 자신은 사람 한 명을 죽였다.

쓰레기를 버리고 돌아온 정판은 바로 거실의 에어컨을 켰다. 시원한 바람이 그의 얼굴부터 온몸을 감쌌지만 몸에서는 어떤 증상도 일어나지 않았다. 그는 소파에 엎드려 눈을 감은 채 아무런 부담이 없는 시원함을 만끽했다.

'성공했다! 드디어 증상에서 벗어났어!'

그는 미친 듯이 기뻐했다.

그날 밤, 그는 어떤 꿈도 꾸지 않고 깊고 달콤한 잠을 잤다.

다음 날 낮, 조깅에서 돌아온 정판은 흥신소의 전화를 받았다.

"네? 어, 접니다. 변화가 있다고요? 뭐라고요? 선뎬샹이 살해됐어요? 병원에서? 그럴 리가요. 저 말고 누가 그 사람을 죽이고 싶어 한답니까. 아닙니다. 제가 한 짓이 아니에요. ……제 생각에는 말입니다. 그놈은 틀림없이 여기저기에서 여자를 꾀었을 겁니다. 유부녀와 놀아나다 그 남편한테 죽은 걸 거예요."

정판은 담담한 미소를 머금으며 전화를 끊었다. 이제 치과 의사가 죽었다는 사실을 확신할 수 있다.

방으로 들어가 컴퓨터를 켜고 동지에게 메일을 썼다.

이름 없는 동지여, 안녕하십니까.

제 대신 그 치과 의사를 없애줘 정말 고맙습니다. 어젯밤, 저도 임무를 완료했습니다.

꽤 고생하기는 했지만 순조롭게 상대방을 죽여버렸지요. 그러나 당신 상황과 달리 저는 그 자식을 목 졸라 죽일 때 머릿속에 선뎬샹 놈의 얼굴이 떠오르지는 않더군요. 당신이 이미 죽여버린 덕분이겠지요.

임무가 순조롭게 달성되어 온 세상이 유난히 멋지게 보입니다.

당신의 요구에 따라 저도 시체의 사진을 첨부합니다만 그때 주변이 칠흑처럼 어두웠기 때문에 잘 보이지 않을지도 모릅니다.

마지막으로 다시 한번 인사드려야겠군요. 고맙습니다. 공동 작업, 즐거웠습니다!

황정판

메일을 보내기 전에 정판은 '메일 읽음 확인'에 체크를 할지 잠시 망설였다. 그렇게 하면 상대방이 이 메일을 열어 읽을 경우 회신을 보내지 않아도 자신이 바로 알 수 있다.

'보내기'를 클릭한 후 그의 입이 벌어지며 큭큭 하는 웃음소리를 냈다.

'난 뭐하러 이렇게 그럴듯하게 쓴 거야?'

그는 살인을 저지를 때 사진기를 가져가지 않았다. 첨부한 사진도 당연히 현장 사진일 리 없다. 보통의 풍경 사진이다.

'읽었다는 확인이 올 리 없잖아…….'

상대방은 이 메일을 읽을 수 없다. 천국에서도 메일을 받을 수 있는 게 아니라면.

피해자가 죽기 전에 땅으로 고꾸라지며 보인 망가진 얼굴이 선명하게 떠올랐다. 표정이 고통으로 일그러지고, 두 눈이 튀어나왔지만 죽기 전에도 그 선량한 외모는 알아볼 수 있었다. 부드러운 얼굴선에는 조금도 날카로워 보이는 구석이 없었다.

그가 어젯밤 살해한 사람은 지정된 사채업자 한루원이 아니라 의뢰자 추엔청 본인이었다. 파산 직전의 무역회사 사장이자 친구에게 사기당한 가엾은 바보.

이 메일을 보내는 목적은 그저 동지가 이미 죽었음을 확인하기 위한 것일 뿐이다.

'내 아내를 죽인 그 자식은 살해됐으니 진상을 아는 동지만 죽으면 이제 아무런 걱정 없이 살 수 있어.'

정판의 웃음소리가 방 안 가득 울렸다.

그 순간부터, 정판의 여름은 한겨울이 되었다.

모든 걸 알고 있다고 폭로한 그날 밤, 샤오핑은 아무런 설명도 하지 않은 채 그저 울면서 돈의 문제가 아니라고 고개를 저을 뿐이었고, 정판의 협박과 위협이 계속되자 그제야 낮은 목소리로 치과 의사와 헤어지겠다고 말했다.

다음 날, 정판은 회사에 오전 반차를 내고 아내에게는 출근한다고 말하고는 집을 나와 근처에 숨어 있었다. 집에는 도청기를 설치해두었기에 샤오핑의 동정을 완전히 파악할 수 있었다.

"여보세요? 지금 만나러 갈게요. 보던 데서 봐요. 괜찮아요.

거기에서 기다릴게요. 어쨌든 그이는 회사에서 밤새울 것 같으니까……."

정오가 되자 아내가 짐을 들고 문을 나서는 게 보였다.

정판은 아내가 어디로 가는지 알고 있었다. 그 두 사람은 남자의 별장에서 자주 밀회를 했고, 그 점은 흥신소에서 진작 조사해냈다. 그는 즉시 자기 차에 올라 그곳에 가서 다시 한번 담판을 지을 작정이었다.

별장에 도착해, 정판은 차를 길가에 세우고 아내가 나타나길 기다렸다. 그리고 아내가 별장에 들어간 지 한 시간쯤 되자 초인종을 눌렀다.

문은 금세 틈을 보였고, 그는 즉시 그 사이로 몸을 밀어 넣어 별장으로 뛰어들었다.

문을 연 아내는 처음에는 의아해하다 곧 큰 소리로 험한 말을 쏟아냈다. 정판은 아내의 반응에 깜짝 놀랐다. 이때의 샤오핑은 평소 온순하던 모습과 너무 달라 다른 사람 같았다.

"난 당신과 헤어지고 싶어 한 지 오래됐어! 그 난폭한 성격을 더는 견딜 수가……."

정신을 차리고 보니 정판의 두 손은 아내의 목을 누르고 있었고, 아내의 몸은 조금도 움직이지 않았다.

그는 두려워졌다. 자신은 회사에 휴가를 신청했으니 경찰 쪽에서 동료에게 탐문을 하면 틀림없이 가장 먼저 용의자가 될 것이었다. 뜨거운 태양이 높이 솟은 오후, 별장의 실내 온도는 이미 35도를 넘어섰고, 진작 땀투성이가 된 그는 시체 옆을 천천히 걸으며 이 상황에서 벗어날 방법을 찾기 위해 머리를 쥐어짰다.

추리소설에서 읽었던 지식이 순간적으로 떠올랐다.

'기온이 35도를 넘으면 시신 경직에 걸리는 시간이 상온의 약 3분의 1이 된다.'

정판은 곧장 에어컨을 켜고 최저 온도인 15도로 내린 다음 타이머를 최장 시간인 열두 시간으로 맞췄다. 이런 지역이라면 시체는 분명히 다음 날 발견될 테고 그때가 되면 실내 온도도 상당히 올라갈 테니 지금의 이 저온이 유지되는 시간이 길수록 사망 시각을 오판할 확률도 높아질 것이었다. 그렇게 되면 회사에서 밤을 새운 그의 알리바이는 자연스럽게 증명된다.

이 생각은 사실 지나치게 단순했다. 반나절 동안 에어컨을 켜 놓으면 전력 소비량이 급속도로 치솟기 때문에 경찰이 조사를 시작하면 바로 들통날 일이었다. 게다가 사망 시각의 판정은 사후경직으로만 판정하지 않고, 시반, 각막의 혼탁 정도 등의 방법으로 판별하여 설령 법의학자가 헷갈려 오판을 하더라도 이론상 그 범위는 크지 않다.

그러므로 결과를 보면 그저 기적이 일어났다고밖에 말할 수 없었다.

현장을 떠나기 전에 정판은 필사적으로 증거를 없앴다. 시체와 물건에 남은 지문을 닦아내고 남은 머리카락이나 체모도 치웠다. 아내가 죽기 전에 격렬하게 저항한 탓에 그는 자신의 피부조직이 남지 않도록 시체의 손톱을 깎고 손톱과 손가락 사이도 씻었다. 이 일들을 처리하는 동안 실내가 너무 추워 내내 떨었고, 지나친 육체노동에 현기증이 났으며, 처음 사람을 죽이고 시체를 보는 감각에 적응하지 못해 위가 뒤틀리는 느낌을 받았다.

모든 일을 마친 순간, 그는 화장실로 달려가 격렬하게 토했다.

그리고 집에 돌아와 한동안 쉰 후 저녁에 회사로 돌아가 추가 근무를 했다. 회사로 들어가 에어컨을 켠 서늘한 사무실로 들어간 순간 그는 위화감을 느꼈고, 다음 날 오후에 경찰의 안내로 시체 안치소에서 시체 확인을 할 때 이 '위화감'이 폭발해, 시체 환각, 오한, 구토감, 소름 등의 증상을 일으켰다.

개인적으로 초빙한 상담의의 진료도 효과를 보지 못했다. 그 상태는 계절이 가을과 겨울로 바뀔 때까지 지속되었고, 증상이 사라진 후에야 그는 원인을 은은히 짐작하게 됐다.

공포였다. 지나친 냉기는 그에게 별장에서 있었던 그때 기억을 환기했고 체포될지 모른다는 공포를 불러일으켰다.

자신이 체포될지 모른다는 가능성이 있는 한 이 공포는 계속 될 것이고 증상도 끝없이 반복될 것이었다.

'그 치과 의사는 내가 샤오핑을 죽인 걸 틀림없이 알고 있을 거야. 그 망할 자식, 샤오핑은 그놈 때문에 죽은 거야. 난 그저 실수로…….'

'동지는 가십 잡지에 실린 사진과 그림을 연구했으니 당연히 별장에 에어컨이 있는 걸 알았겠지. 그 사람이 편지에 아무렇지도 않게 '선생님이 반드시 저를 도와주시리라는 확신이 있습니다'라고 쓴 거나 '기온 변화에 조심하십시오'라고 주의를 준 일이나 에어컨 얘기를 한 것은 아마도 자기가 진상을 알고 있다고 내게 암시한 거겠지…….'

공포를 잠재우기 위해 정판은 다시 한번 살인의 길을 걷기로 했다.

문 앞에 낯익은 얼굴들이 있었다. 한 사람은 둥근 얼굴, 한 사람은 네모난 얼굴. 전에 아내의 살인 사건을 담당했던 형사들이었다.

"물어볼 것이 있어서 왔습니다."

정판이 문을 열었다. 건조하면서도 시원한 바람이 도는 거실에 앉자, 형사들은 단도직입적으로 치과 의사 살인 사건으로 왔다고 말했다. 선뎬샹이 샤오핑의 살인 사건 관계자이기도 해서,

같은 팀이 조사를 맡게 되었다고 했다.

지루한 설명을 마친 다음, 네모난 얼굴의 형사가 바로 핵심으로 들어갔다. "좀 껄끄러운 문제가 있습니다만……."

"알리바이 말입니까?" 정판이 미소를 지었다.

"그렇습니다. 7월 12일 저녁 6시부터 10시까지 어디에 계셨습니까?"

"토요일의 알리바이를 증명하라는 건가요? 그날 저녁에는 동창 결혼식이 있어서 남쪽 지방으로……."

"잠깐만요. 저는 7월 12일, 그러니까 일요일의 알리바이를 여쭸는데요."

"예?"

정판은 두 눈을 깜빡였다. 형사들의 말을 믿을 수 없었다.

"기다려보세요. 지금 선 선생의 살인 사건을 말씀하시는 거 맞지요? 그 사람은 토요일에 죽은 게 아닙니까?"

"아닙니다. 선덴샹 씨의 사망 시간은 일요일 저녁으로 추정됩니다. 왜 그렇게 말씀하시는 거죠?"

"저는……."

그는 이 상황을 이해할 수 없어 어쩔 줄을 몰랐다.

"뉴스에 나온 것 같기도 하고…… 제가 잘못 기억했나 봅니다! 하하하. 그날 밤이라면, 죄송합니다만, 계속 집에 있어서 알리바이를 증명하기 어렵겠습니다."

'그때 사람을 죽이고 있었다고 말할 수는 없잖아.'

동그란 얼굴의 형사가 그의 생각을 꿰뚫어 보듯 그를 빤히 쳐다보자 정판은 불편해졌다.

"그렇습니까? 정말 유감이군요. 그럼 저희가 다시 조사해보도록 하지요. 아, 참, 그리고 한 가지 더 있는데요……."

"무, 무슨 일인가요?"

"최근 구석진 골목에서 어떤 남자가 죽은 일을 아십니까? 경찰에 익명의 소포가 왔는데 캠코더로 찍은 비디오테이프였습니다. 그런데 그 내용이 엄청났습니다. 그 사건의 범죄 과정을 찍은 것 같거든요. 촬영한 사람은 범인의 뒤를 따라서 범인이 피해자를 미행하고 아파트 앞에서 죽인 다음 시체를 버리는 전체 과정을 녹화한 듯합니다. 이런 걸 '매미를 노리는 사마귀 뒤에 참새가 있더라'라는 걸까요? 촬영한 사람이 참새겠죠."

정판은 현기증을 느꼈다.

"게다가 화면을 정지해서 살펴보면 이목구비와 체형이 선생님과 무척 닮았지 뭡니까! 하지만 논리적으로 선생님과 피해자는 아무런 접점이 없거든요. 이 사건은 지금 다른 팀이 조사하고 있어서 조만간 선생님을 찾아올지도 모르겠습니다. ……왜 그러세요?"

정판이 입을 틀어막고 화장실로 달려가며 다른 한 손으로는 오한으로 부들거리는 어깨를 문질렀다.

"에어컨 꺼요! 에어컨 꺼! 에어컨을 끄란 말야아!" 그가 절규했다.

오래지 않아 화장실에서 구역질 소리가 들려왔다.

내 일생의 진정한 사랑 샤오핑에게

이 편지를 다 쓰고 나면 난 천국에서 당신과 함께할 수 있겠지요. 당신은 전에 내게 혼자 아무리 절망스러워도 자살을 해서는 안 된다고 말한 적이 있어요. 그 약속을 어길 수밖에 없어 정말 미안합니다. 몸 상태가 날이 갈수록 나빠져 죽음은 시간문제였어요.

하지만 죽기 전에 몇 가지 일을 말하고 싶습니다. 편지를 불에 태우면 연기가 내 영혼보다 천국에 빨리 닿지 않을까요? 정말로 쓰러지기 전에, 내게는 반드시 해야 할 일이 있었습니다. 바로 당신을 죽인 황정판, 당신의 그 잔인하고 수치를 모르는 남편을 죽여 지옥으로 보내야 했어요. 그래요, 그 사람은 체포되지 않았고, 기적 같은 운이 그 사람을 도망가게 해주었지요.

나는 처음부터 그 사람의 졸렬한 트릭을 알아챘지만 당장 사실을 밝혀 경찰에 넘기고 싶지 않았습니다. 그 사람은 그 흉악한 일 덕에 심인성 질병이 생긴 것 같았고, 나는 그 사람에게 더 많은 고통을 맛보게 하고 싶었어요.

그 사람이 나도 죽여 입을 막고 싶어 한다는 건 알 수 있었습니다. 어쨌든 죽을 목숨이라면 그 사람을 고발하기 전에 죽음으로 그 사람의 죄를 더 무겁게 할 수 있을 것 같았습니다. 그렇지만 난 그 사람에게 살해당할 생각은 조금도 없었어요. 내 목숨은 내 손으로 마침표를 찍고 싶습니다.

그리하여 나는 한 가지 계획을 세웠지요.

익명의 편지를 그 사람에게 보내 파산이 임박한 무역상(그런 사람이 실제로 있었습니다)이라고 말하고, 그 사람에게 교환 살인을 제안한 겁니다. 그 사람에게는 나 대신 사채업자 친구를 죽이라고 하고, 나는 그 사람 대신 치과 의사, 그러니까 나 자신을 죽이겠다고 제안했습니다.

우리는 전자우편으로 소통했고, 그 사람이 협조하도록 협박하기 위해 수시로 내가 그의 지난 범죄를 알고 있음을 암시했지요. 물론 그 사람이 무역상에게 손을 쓸 가능성도 배제하지 않았지만 상관없었습니다. 죽는 사람이 사채업자든 무역상이든 그 사람은 사람 하나를 더 죽이는 것뿐이니까요. 조사에 따르면, 그 두 사람은 사실 죽어도 아쉽지 않을 정도로, 어떻게 봐도 좋은 인간이 아닙니다.

당신 말씀이 맞습니다. 그 사람의 성격은 조급하고 거칠어서, 매미를 노리면서 참새가 뒤에 있다는 사실을 모르는 사마귀 같죠. 나는 그 사람을 뒤쫓아 그 사람의 범죄 과정을 처음부터 끝까지 빠뜨리지 않고 찍었고, 좀 전에 녹화 테이프를 소포로 보냈으니 곧 경찰서에 닿을 겁니다.

그 사람은 죽은 사람이 자기의 범행을 녹화할 줄은 꿈에도 생각하지 못하겠지요. 나는 내가 토요일에 살해됐다고 거짓말을 했고, 그 사람에게 위조한 사진을 보냈습니다. 나는 의과대학교에 많은 친구가 있고 시체를 흉내내는 건 어려운 일도 아닙니다. 어쨌든 현장은 내 진료실이니 뭘 어떻게 배치하든 상관없지요.

곧 나는 죽을 테고, 흉기는 특별히 만든 얼음 단검입니다. 추리소설에 종종 나오는 흉기죠. 찌른 후 몇 시간 안에 녹아 증발해버려서, 흉기를 찾을 수 없는 까닭에 타살처럼 보입니다. 그러니 그가 토요일에 만든 알리바이는 전혀 소용이 없어지게 될 겁니다.

나는 그가 지난해에 당신을 죽이고 쓴 졸렬한 트릭을 각 매체에 투서로 알렸습니다. 모든 게 순조롭게 풀린다면, 세 건의 살인 사건이 그에게 엎히겠지요. 물론 감히 그런 큰 꿈은

꾸지 않습니다. 다만 그에게 극도의 심리적 압박을 주고 마침내 그를 감옥에 보낼 수만 있다면 만족합니다.

나는 왜소하고 유약한 사람이라 힘으로 그와 싸울 방법이 없어 그저 이런 비열한 방법을 생각해냈습니다. 이 일로 나를 경멸하실까요? 그래도 할 수 없습니다. 나는 내 능력이 닿는 방식으로 하늘에 있는 당신의 영혼을 위로할 수밖에 없습니다.

영원히 아름답기를.

당신의 삶 속 작은 풀, 선뎬샹 올림

작가 후기

2009년은 제게 잊기 어려운 해입니다. 그해에 저는 『버추얼 스트리트 표류기』(강초아 옮김, 한스미디어 펴냄)를 제1회 시마다 소지상에 투고했고, 처음으로 장편소설에 도전해 2월 말에 완성 원고를 보낸 후에는 정말로 탈진한 기분이었습니다. 그 뒤로 몇 달 동안 업무 스트레스가 끊이지 않고 이어졌고, 연말에는 잠시 창작 속도를 조절해야겠다고 작정했을 무렵 타이완 4대 신문 가운데 하나인 《쯔여우스바오自由時報》에서 원고 청탁이 들어왔죠.

분량은 일만 자에서 일만 이천 자 정도로 해서 사흘 연재. 처음으로 써 보는 이만 자 이하의 작품이었습니다. 직업 작가라면 쉬운 일이었을지 모르겠지만, 저는 '작지만 훌륭한 것'을 만들기가 얼마나 어려운 일인지 난생처음 실감했습니다. 일본 작가 오리하라 이치의 단편소설 작법을 참고삼아 편지를 서사에 끼워 넣어 마침내 완성한 작품이 이 「얼어붙은 여름」입니다.

타이완의 날씨는 무더워 난방 기구는 거의 쓸 일이 없지만 상대적으로 에어컨의 사용 빈도가 굉장히 높아, 제목의 '얼어붙은 여름'이 도시의 보편적인 현상이라고 할 수 있습니다. 퇴근하면서 피로에 지친 몸을 이끌고 버스에 오를 때마다, 차 안의 강한 냉기에 저 역시 주인공처럼 괴로움을 느끼기 때문에 자리에 앉더라도 편히 쉴 수가 없습니다.

주인공의 과거 살인에서 알리바이를 조작하는 수법은 현실적으로 봤을 때 허점이 크죠. 이 점은 줄거리 짜임을 궁리하다 나온 결과로 변명의 여지가 없습니다. 그렇지만 주인공이 어떻게 결혼 피로연에 참석할 수 있었는지는 의심하지 말아주시기 바랍니다. 타이완에서는(특히 남부) 결혼 피로연을 건물 밖에 천막 같은 걸 쳐서 여는 일이 제법 있기 때문에 에어컨 문제를 걱정할 필요가 없답니다.

범죄의 붉은 실

안녕하세요? 어제 전화하신 작가 선생님이세요? 들어오세요. 집이 누추해 부끄럽네요.

여보, 손님 오셨는데 그렇게 종일 텔레비전만 보지 말고 차라도 좀 내와.

죄송해요. 저이가 평소에 늦게까지 일을 하느라 그런지 집에만 오면 잠귀신이 붙거든요. 그래서 휴일에는 소파에 앉아서 아주 텔레비전을 끼고 살아요. 좀 게으름을 떨더라도 이해해주세요. 아, 가방은 문 앞에 두시면 돼요.

아이고, 여보, 텔레비전은 꺼야지! 소파도 손님 앉으시게 비켜드리고. 정말 미안해요. 손님 대접이 영 변변치 못하네요. 그러니까 필명이…… 미스터 펫? 하하하하하하하. 아, 미안해요. 이렇게 귀여운 이름일 줄 몰라서 저도 모르게 그만.

그럼 본론으로 들어가죠. 뭐였더라? '특이한 연인 이야기'인가를 취재하시려고 저희 부부의 연락처를 알아보셨다고 말씀하셨죠? 특이하다고 하면 아래층 부부도 그래요. 의사와 간호사가 결혼한 부부인데, 직업이 그렇다 보니 연애할 때 재미있는 일이 많았을 거예요.

이름요? 제 남편은 청강밍이라고 하고, 저는 물론 청 부인이죠. 보시다시피 전업주부이고, 오 년 전에 일을 그만두고 제 옆의 이 둔치랑 결혼했어요. 아, 이이가 지금이야 둔치지만 십 년 전에 우리가 막 알았을 때만 해도 아주 미남이었답니다! 얼마나 많은 여자 마음에 상처를 줬을지 알 수 없을 정도였죠. 알았어, 여보. 화내지 마. 농담이야.

제 짐작이 맞는다면 저희 부부가 만난 과정을 취재하고 싶으신 거겠죠? 저도 다른 사람들한테 저희가 참 특별한 인연이라고 말하곤 해요. 저희처럼 서로 알게 된 연인은 세상에 흔치 않을 거예요.

월하노인月下老人 이야기는 아시죠? 월하노인이 남자의 왼쪽 새끼손가락과 여자의 오른쪽 새끼손가락을 붉고 가는 실로 묶어주면 그 남녀는 언젠가 맺어진다는 얘기요. 아이들이나 믿을 옛

날이야기이지만 로맨틱하잖아요.

그런데요, 제 말을 믿으셔야 돼요. 저희한테 묶여 있던 붉은 실은 낭만적이지도 않았을뿐더러 꽤나 위험했어요. 저와 이이가 알게 된 계기는 십 년 전의 범죄 사건에서 시작되었거든요. 아니지, 엄격하게 말하면 사건은 두 건이었네요.

그때 얼마나 무섭고 긴장했는지 기억이 나요. 그래도 지금 생각해보면 재미있었어요. 어쨌든 운명의 사람을 만났으니까요.

여보, 거기 그렇게 멍하니 있지 말고 어제 찾은 것 좀 얼른 들고 와.

어제 전화를 받고 저희는 십 년 전 사건을 다시 돌이켜봤어요. 다른 사람에게 많이 말하기는 했지만, 인터뷰 자료라면 아무래도 자세한 편이 좋겠다 싶어서 그때 남겨두었던 것을 찾아봤죠. 온 집안을 뒤졌는데 이이의 공책 한 권만 겨우 찾았네요. 공책에는 당시 이이의 행동과 생각이 적혀 있어요. 시간이 꽤 된 거라 좀 낡고 몇 쪽이나 없어졌지만 대체로 멀쩡한 편이에요.

없어진 부분은 제가 말씀드리면 될 것 같으니 공책을 보시면서 저희 얘기를 듣고 종합하시면 전체 사건의 앞뒤를 맞추실 수 있을 거예요.

여보, 가져왔어? 맞아요, 이 공책이에요. 한번 훑어보세요. 가져가서 복사하셔도 괜찮아요.

어머, 부엌에서 물이 끓나 보네. 불 켜놓은 것도 까먹고 이러고 있었네요. 어쩜 이렇게 덜렁대는지. 금방 돌아올 테니 잠깐만 기다려주세요. 여보, 차는 왜 아직 소식이 없어? 서둘러야지. 손님 대접이 너무 소홀하잖아.

1.

그럼 십 년 전의 어느 날, 제가 어떤 나쁜 남자한테 차인 이야기부터 시작하도록 하죠.

그날 밤, 저는 제가 나가는 술집에서 대성통곡을 했습니다.

천장에 매달린 동그란 전등이 내 손가락 사이의 눈물과 콧물을 비춘 모양새가 제법 우스웠다. 더구나 빛의 굴절로 무지개까지 생겨 마치 심술쟁이 하느님이 '비는 언젠가 그치고 하늘은 개는 법'이라며 놀리는 것 같았다.

"샤오추이, 울지 마."

나와 마찬가지로 손님에게 술을 접대하는 아후이가 룸에서 우는 내게 딱 붙어 아까부터 계속 티슈를 건네며 "울지 마, 울지 마", "그딴 남자는 죽어버려야 해" 같은 말로 날 위로하고 있다.

룸살롱은 경쟁이 치열하기 때문에 아후이처럼 몸집이 건장하고 용모가 떨어져 지명하는 손님이 별로 없는 사람(말이 좀 심하긴 하지만 사실이다)은 좋은 친구로 삼기에 가장 훌륭한 후보가 된다. 여기는 약육강식의 세계라 상대방을 조금이라도 동정하면 곧 처참하게 망가진다. 난 한 달을 일하면서 일주일 만에 이 사실을 실감했다.

유니폼을 입은 여성 점원 하나가 위스키와 얼음과 잔을 들고 들어왔다.

"할 수 없잖아. 샤오추이는 순정파인걸. 손님한테 진심이 되는 타입."

"신경 꺼!"

내가 눈물과 콧물로 범벅이 된 티슈 뭉치를 그녀에게 던졌다. 술을 보니 입을 놀릴 힘이 돌아온 기분이다.

다크그레이의 스탠딩 칼라 유니폼에 청년처럼 짧게 자른 머리. 양뤄쥔이란 이름의 이 여자 점원은 내가 아는 사람 중에 이름과 외형이 딱 맞는 소수에 든다.• 린썬베이루에 자리한 이 룸살롱은 비교적 정통파에 속해서 옷을 벗지 않고 손님을 접대하는 가게라 손님이 노는 방식에도 제한이 많은 편이다. 점원은 억지를 부리며 소란을 피우는 손님을 조정하는 역할을 맡기도 한다.

영리하기로 말하면 뤄쥔은 이 직업에 걸맞은 '룸살롱계의 도련님'이라고 할 만하다. 여자에게 도련님이란 말을 써도 된다면 말이다.

"울긴 왜 울어. 월척 하나 다시 낚아서 싹 벗겨 먹으면 되는 거야."

'월척'은 이 바닥에서 쉽게 낚이고 속는 손님을 말한다.

"뤄쥔, 네 말은 틀렸어. 샤오추이가 그런 인간이 아니란 건 너도 잘 알잖아."

"네, 네, 네. 우리 순정파 아가씨들. 이 아가씨는 룸살롱이 어떤 데인지 아시나 모르겠네요. 여기가 무슨 연애 클럽인가요?"

타박하며 뱉는 말과 웃는 얼굴에 가시가 돋쳐 있기는 해도 나는 그녀의 얼굴에 스쳐간 연민의 표정을 놓치지 않았다.

"아후이, 지금은 영업시간이라 룸을 계속 차지하고 있는 것도 좋지 않으니 샤오추이를 데리고 휴게실로 가. 이 위스키는 내가 살게. 아, 다 마시면 안 돼. 내 것도 좀 남겨줘."

• 양뤄쥔의 이름 쥔俊에는 '인물이 뛰어나다'는 뜻이 있다.

아후이가 통통한 얼굴에 고마운 기색을 띄우고는 나의 등을 토닥이며 룸에서 나갔다.

휴게실의 텔레비전은 마치 내 오열하는 소리를 묻으려는 듯 큰 소리로 떠들고 있었다. 아후이가 옆 칸의 부엌에서 간식을 가지고 와 위스키를 잔에 부으며 내게 권했다.

"샤오추이, 앞으로는 함부로 손님을 믿지 마."

나는 아무런 대답도 하지 않고 그저 젓가락을 쥔 손만 쳐다보았다.

순간적으로 뭔가가 보였기 때문이다.

새끼손가락 뿌리 쪽을 붉은빛이 둘러싸고 있었고, 그 빛은 가늘고 긴 붉은색 빛의 실이 되어 그 끝이…….

실이 어디로 이어지는지 제대로 보려는 찰나, 붉은빛이 별똥별처럼 휙 사라지고 말았다.

내가 우는 것도 멈추고 망연하게 있는 걸 보고 아후이가 "왜 그래?" 하고 물었다.

"아, 아무것도 아냐."

환각이었을까? 심란한 나머지 헛것을 본 모양이다.

심야의 텔레비전에서는 〈성공한 기업인, 그 뒤의 가정〉이라는 프로그램을 방송하고 있었다. 우리는 그런 방송에는 관심이 없었다. 텔레비전은 그저 사람을 죽일 것만 같은 이 빌어먹을 적막에 왁자한 분위기를 더하는 용도로 켜두었을 뿐이다.

그런데 텔레비전의 여자 진행자 목소리가 첫날밤을 남자친구에게 바치는 사람처럼 지나치게 밝아 귀를 심히 자극했다.

"다음에 소개할 곳은 그 유명한 '바오롄 과학기술'이랍니다. 창업자이자 현재 대표를 맡고 계신 차이웨이쉰 씨는 어떤 가정이 받쳐주고 있을까요? 여러분께 그의 가정과 창업 이야기를 들려드리겠습니다."

텔레비전을 등지고 있던 내 고개가 휙 돌아갔다.

"샤오추이, 보지 마!"

아후이가 뒤에서 굵은 팔로 내 눈을 둥글게 가렸다. 나도 보지 않는 게 제일 좋다는 걸 안다. 하지만 난 너무 보고 싶었다. 저 배짱도 없는 남자가 두려워하는 여자와 아이는 대체 어떻게 생겼을까? 눈을 가린 팔뚝이 내 몸부림에 마침내 틈을 내보였다.

짧은 소개가 지나고 텔레비전에 서른 살 남짓한 여자가 남자아이를 이끄는 장면이 나타났다.

난 그 화면을 내 눈에 새겼다.

그 순간, 새끼손가락에 뭔가가 잡아끄는 느낌이 들었다.

마치 누군가 멀리서 그 환각 같던 붉은 실로 나를 당기려 하는 듯한 기분이었다.

| 강밍의 기록 |

청강밍은 택시의 문을 닫았다. 노란 택시가 멀어지고 주위에는 점점 작아져가는 엔진 소리만 길게 늘어졌다.

손목시계의 바늘이 새벽 3시 반을 가리켰다.

머리 위의 색깔은 여전히 새까맸지만 오래지 않아 황금색에 젖어 들기 시작할 것이다. 이 늦가을, 밤과 아침이 만나는 시간에, 주변의 몇몇 창은 아직도 불이 밝혀져 있었다. 아마 밤새워 공부하는 학생이리라. 자신 역시 삼사 년 전에는 그들처럼 밤을 새워가며 힘들게 공부를 했다.

싸구려 양복은 무거운 갑옷이고, 서류가 가득한 가방은 자신을 얽매는 족쇄다. 도시에서 사는 남자의 갑갑한 삶에 없어서는 안 될 두 가지 필수 장비이기도 하다.

아파트로 돌아와 세수를 한 후 바로 잠들었다가 대략 여섯 시간쯤 후에 일어나 다시 갑옷을 입고 족쇄를 든 채 회사로 출근한다. 상황이 급해져 고객을 만나러 먼 곳까지 가야 할 때면, 머나먼 형장으로 가는 여행 같았다.

나는 정말 직장인이 되길 바랐던 걸까?

바라는 게 아니라 해야 하는 것이라고, 그는 자신을 타일렀다. 직업은 자주적인 남자가 독립생활을 유지하기 위한 수단이다. 원하든 원하지 않든 반드시 사회에서 인정받는 직업을 가져야 한다. 이것은 그 자신의 생활 방식을 실천하기 위해 입지 않으면 안 되는 외투다.

“사회라는 괴수는 잔혹하다. 적어도 보통 남자와 같은 외투는 두르고 살렴. 그게 너한테는 한낱 외투일 뿐이라도 말이다.”

아버지는 그리 말씀하셨다. 이 외투를 지금까지 버리지 않은 건 모두 아버지를 위해서다.

다만 혼자 있을 때면 아직도 어떻게 할 도리가 없다. 오로지 아버지만이 받쳐주는 자신은 여전히 누군가 이 어둑한 도시, 등불이 가물한 곳에서 그를 지켜주고 격려해주기를 바란다.

그래서 이렇게 감정의 늪에 빠진 건가, 그는 생각한다.

사실 외모로 말하자면 강밍의 얼굴은 희고 준수해 여자에게 인기가 많을 법했다.

“선생님, 거참 미남이시네요.”

환락가의 여자가 이렇게 말했다면 적어도 가슴이라도 뛰었겠지만 안타깝게도 그런 게 아니었다.

건물 구석, 종이 상자로 만든 집 안에는 마치 잠이 오지 않아 멍해 있는 것 같은 노숙자가 앉아 있었다. 그는 털실로 손장난을 하면서 강밍을 똑바로 쳐다보았다. 방금 들린 말은 바로 이 노숙자의 입에서 나왔다.

텔레비전의 보도와 다르게 이 노숙자는 머리카락과 얼굴이 전혀 더럽지 않아서, 집에서 며느리에게 구박당하다 도망 나온 가엾은 노인 정도로 보였다.

"무슨 일이십니까?"

강밍이 발걸음을 멈추고 물었다.

노인은 손안의 털실로 실뜨기를 하듯 손을 놀리다가 어지럽게 놓인 실타래에서 다섯 가닥의 실마리를 뽑아내 말했다.

"애정운 한번 알아보지 않으려우? 기가 막히다니까! 내 손에서 실마리 하나를 골라서 당기면 매듭들이 나올 텐데 그 개수가 선생이 몇 년 후에 짝을 만날 수 있는지 알려주는 거라오. 내가 사람 하나는 아주 잘 보거든. 선생, 틀림없이 아직 짝이 없지요? 복비는 백 위안으로 봐주리다."

그러니까 내 행복이 댁의 손가락 사이에 달려 있다는 거냐? 망할 노친네, 지금 나한테 밥값 뜯어내겠다는 거지?

속으로는 그렇게 중얼거렸을지언정, 그리고 이 깊은 밤에 길가에서 실뜨기를 하는 노숙자와 연애점을 본다는 게 정말이지 비상식적이다 싶었지만, 애정운이라는 말은 강밍이 요즘 고민하는 일의 핵심을 찔렀다.

게다가 그는 본래 상식 따위 신경 쓰지 않았다.

그는 가죽 지갑에서 백 위안을 꺼내 노인에게 던져주고 한가운데에 있는 실을 힘껏 당겼다. 털실이 천천히 풀리며 노인의 양손에서 빠져나왔다.

"오, 일직선이군요! 올해 안에 인연을 만난다는 뜻이네요. 축하해요."

댁이 그냥 매듭을 짓지 않아서 그런 거 아냐? 조잡한 속임수잖아.

"끝났습니다. 그 실은 선물로 드리지요. 난 이제 자야겠어요. 얼른 짝을 만나시길 빌겠습니다."

노숙자가 백 위안을 집어 들고 종이 상자 집으로 파고들자 강밍도 종이 상자 집을 발로 차고 싶은 충동을 누르고 건물 구석에서 나왔다.

달빛이 손안의 털실을 비추면서 그제야 털실의 색이 제대로 보였다.

붉은색…….

순간, 예전에 들었던 옛날이야기가 떠올랐다.

혼자 사는 남자의 우리 같은 아파트로 돌아와, 강밍은 먼저 음성메시지를 틀었다. 새로운 메시지가 하나 있었다.

낮에 업무 핑계로 말 붙였던 여자인가? 기대하는 마음으로 단추를 누르니 정말 여자 목소리가 나왔다.

"여보세요? 강밍이니? 엄마야."

아, 이런.

기계를 막 끄려고 하는 찰나, 놀라운 소식이 들려왔다.

"네 아버지가 큰일났어. 얼마 전에 회사가 강제 합병당해서 사람도 자원도 다 잃었잖니. 오늘 낮에 시장에 갔다 왔더니 네 아버지가 거실에서 목을 매 죽으려고 하셨어. 나랑 이웃분들이 병원으로 모셔서 다행히 목숨은 건졌단다. 시간 있으면 얼른 아버지 뵈러 오렴."

아버지가 자살을 하려고 하셨다…….

거실에는 뭐라고 말로 할 수 없는 정적이 소용돌이쳤고, 소금을 뒤집어쓴 민달팽이처럼 몸에 걸친 양복과 손안의 서류 가방이 조금씩 조금씩 침식되어 무너져 내렸다.

2.

사람이란 수없이 충격을 받고 나면 마음 안쪽 어떤 부분이 약해지는 법이죠.

교태 부리는 여자를 보면 침대로 데려가고 싶고, 싫어하는 짓을 하는 놈을 보면 한 대 치고 싶고, 배신한 남자의 가족사진을 보면 단칼에 찢어버리고 싶고……. 이렇게 상식을 벗어난 짓을 저지르게 되는 건 모두 그 부분이 약하기 때문인 거죠. 그렇잖습니까, 작가 선생님?

—

"미안합니다. 오늘 몸이 좋지 않아서 휴가를 내려고요. 네, 그럼 부탁하겠습니다. 고마워요."

아프다는 핑계로 전화를 할 때는 요령이 있다. 막 일어나서 아직 완전히 깨지 못했을 때 전화를 하면 목소리가 다 죽어가는 사람처럼 변한다.

수화기를 내려놓고 물빛 침대 매트리스에 몸을 누이자 끼익거리는 스프링 소리가 상쾌하게 귓전에 닿았다. 술시중으로 단련된 주량이 있는데 어젯밤 정도의 위스키로 심각한 숙취를 겪을 리 없다.

일어나니 벌써 오전 10시. 달력이 달린 시계가 오늘이 목요일이라고 알려주었다.

내일은 내가 '빅터'에서 일한 지 만 한 달이 되는 날이다. 차이웨이쉰, 그 배신자는 내가 거기서 일을 시작하고 일주일 뒤에 나타난 것 같다. 그의 성실한 태도에 속아서 서로 이해할 수 있겠다고 믿고 그와 사귀었다.

그러더니 어제 결국 그가 불안한 표정을 드러냈다.

그 겁쟁이는 아무것도 숨기지 못해서, 고민하는 일을 말해보라고 하면 자위하는 남자처럼 툭툭 쏟아낸다.

"아무래도 우리, 헤어지는 편이 서로 좋을 것 같아. 샤오추이 너도 네 미래를 생각해야 하고……."

오, 마음 써줘서 대단히 감사하네. 그럼 테이블 위의 저 지폐 다발은 뭐야?

"이건 내 마음이야. 이 돈으로 예쁜 옷 사 입어. 그리고 아내와 아이에게는 비밀로 해주면 좋겠어."

"너무 쪽팔리니까. 그렇지?"

"이건 모두……."

난 그가 말을 마치기도 전에 그의 얼굴에 천사처럼 천 위안짜리 지폐 뭉치를 뿌렸다. 하! 돈 집어던지는 맛은 끝내줬다.

물론 마지막에는 눈물 콧물 다 흘렸지만. 다들 알다시피, 이건 술시중을 들면서 연습한 연기다.

아내와 아이…….

"누굴 바보로 알아? 내일모레 같이 생일축하를 하려고 했던 내가 미쳤지. 이 개자식!"

문득 제풀에 놀라 회상에서 빠져나오다 화장대의 물건을 쳐 벽장으로 날리고 말았다. 짤랑하는 소리와 함께 열쇠 꾸러미가 바닥에 떨어졌다. 그가 내게 복사해준 것이었다. 사무실 열쇠와 밀회용 아파트 열쇠. 지금은 아무 소용 없는 물건일 뿐이다.

하아, 나는 어째서 그 여자와 아이의 모습에 이렇게 신경을 쓰는 걸까?

침실 벽장 문을 열었다. 일부 옷을 빼면 나머지는 룸살롱에서 입는 양장과 정장이다. 대충 티셔츠와 청바지를 집어 입고 숄더백을 멘 다음 번화가로 향했다.

공원에 가서 바람을 쐬고 싶었다.

신이루 2단과 융캉제 입구에 늘어선 주전부리 가게까지는 내가 사는 아파트에서 골목 두 번만 돌면 되는 거리다. 큰길에 가까워 번잡하기는 하지만 근처에 서점, 옷집, 시계방이 있는데다 다시 동쪽으로 가면 바로 다안삼림공원이라 살기도 쉬기도 오히려 편하다.

난 삼림공원 입구에 있는 나무 의자에 앉아 사 온 군고구마를 먹으며 고개를 숙인 채 주변 사람들을 흘깃거렸다.

지나다니는 남녀는 어째서 다들 저렇게 기분 좋게 웃는 걸까? 곧 상대방과 데이트를 하고, 촛불이 있는 저녁 식사와 대화를 나누고 키스를 하고 호텔로 가 사랑을 나누고 잠들 것만 같다.

사람들 얼굴 하나하나가 발긋발긋한 군고구마 같다.

여차하면 몸도 그렇게 발긋발긋 군고구마가 돼서, 애인한테 홀딱 벗겨져 먹히고 방귀가 되어버릴지 모르는데.

무심히 고개를 들고 주변을 둘러보는데 어떤 남자가 내 눈길을 끌었다.

대단히 안타깝게도, 그 사람은 단정한 얼굴에 길고 늘씬한 젊은 남자가 아니라 얼추 여덟아홉 살 정도 되어 보이는 남자아이였다. 아이는 그 뒤에 선 벤츠에서 내렸다. 옆에는 운전사인 듯 마흔 중반쯤 된 남자가 서 있었다.

남자아이는 중년 남자가 작은 소리로 속삭이는 말을 몇 마디 듣고는 몸을 돌려 공원 입구 쪽으로 달려갔다. 남자는 벤츠로 돌아가 조용히 기다렸다. 아이가 가는 방향을 보니 분명 소변이 급해 입구에서 그다지 멀지 않은 공공 화장실로 가는 것 같았다.

멍하니 자리에서 일어난 내 몸이 공원 안으로 점점 움직이더니 마침내 무작정 남자 화장실로 달렸다.

저 얼굴…….

어젯밤, 텔레비전에 등장했던 동그란 얼굴과 몸. 발효중인 빵과 꼭 닮은.

그 겁쟁이의 아이!

나는 운동화를 신은 두 발을 재빨리 디디는 한편, 왼손으로 어깨에 멘 가방을 뒤져 물건을 찾았다. 바로 며칠 전에 홈쇼핑 방송에서 산 오만 볼트짜리 호신용 웨이바 전기 충격봉이다.

난 조금도 망설이지 않고 남자 화장실로 뛰어들었다. 화장실에는 발효 빵의 뒷모습 말고는 아무것도 없었다. 아이는 나를 등지고 서서 자기 고추를 쥔 채 〈도라에몽〉의 주제가를 부르고 있었다.

“내게 요술봉이 있다면, 커졌다가 작아졌다가 예뻐졌다가…….”

손안의 웨이바가 지직거리는 소리를 냈다. 음. 요술봉과 비슷한 구석이 있긴 하네.

꼬맹이가 볼일을 마치고 바지를 입은 순간 나는 기회를 놓치지 않고 오만 볼트를 그 녀석 뒷목에 찍었다. 털썩. 아이의 몸이 힘없이 무너졌다.

나는 아이를 들쳐업고 화장실 바깥으로 미친듯이 뛰었다. 요술봉, 아니 전기 충격봉의 효과에는 시간제한이 있어서 한시라도 빨리 이 꼬맹이를 사람이 없는 곳으로 데려가야 했다.

죽도록 내달렸다. 벽돌길을 지나 숲을 지나 공원 옆쪽 입구로부터 벤츠의 시선을 피해 계속 융캉제 쪽으로 달려, 드디어 내가 사는 아파트 앞에 닿았다.

숨을 헐떡거리며 위로 올라와 집 문을 열고 남자아이를 소파에 눕히고서야 겨우 깨달았다.

이건 유괴다. 나는 약해진 탓에, 배신한 남자의 아이를 유괴하고 말았다.

이제 어쩌지?

| 강밍의 기록 |

연일 몰리는 일에 지친 나머지 강밍은 아버지에게 일어난 일을 듣고도 아무 생각조차 못한 상태로 그렇게 깊이 잠들어버렸다. 그리고 아침에 일어나자 그제야 가슴속에서 깊은 고통이 천천히 밀려와, 회사로 전화를 걸어 휴가를 신청했다.

지금은 낮 12시.

방금 무슨 생각을 하고 있었더라? 그 느낌은 마치 끈적한 시럽을 대뇌에 붓는 것 같았다. 농밀한 액체가 조금씩 뇌 속에 퍼지는 것 같은. 언젠가 이것과 비슷한 기분을 느낀 적이 있다. 그러니까 초등학교 시절 문방구에서 연필 한 자루를 집어 왔다가 아버지에게 크게 맞았을 때였다.

아버지…….

그래, 아버지 뵈러 병원에 가야지. 강밍은 몸을 일으켜 아파트의 문을 열었다.

이웃집 철문에서도 열리는 소리가 나더니 어떤 여자가 살피듯 고개를 내밀며 나왔다.

"아."

"안녕하세요?"

강밍이 뻣뻣하게 고개를 숙이자 여자도 할 수 없이 인사했다. 본 적 없는 이웃이었다.

"안녕하세요? 저는 지난달에 이사 왔어요. 인사라도 드리고 싶었는데 내내 안에서 아무 반응이 없으시더라고요. 웬 졸부가 몰래 애인 만나려고 산 집인가 했어요. 아, 죄송합니다……."

강밍은 처음 만난 사람이 하는 얘기에 놀라서 허둥대다 겨우 정신을 차리고 쓴웃음을 지으며 고개를 저었다.

"제가 퇴근이 늦어서요."

"저도 그래요. 야간 근무가 늘어나는 건 굴 국수에 굴이 없는 것만큼 말이 안 되는 일이죠. 아, 전 일이 있어서 이만……."

상대는 고개를 꾸벅하더니 연기처럼 엘리베이터로 날아가 아래로 내려가버렸다.

짧은 만남이었지만 화장하지 않은 갸름한 얼굴과 살짝 곱슬한 갈색 머리, 앞뒤 없는 말이나 행동은 강밍에게 깊은 인상을 남기기에 충분했다. 상대의 나이는 스물일곱이나 스물여덟 정도로 그와 엇비슷해 보였다.

융캉제의 아파트에서 기차역까지는 길어야 차로 이십 분이면 닿고, 지하 승강장에서 적당히 전차를 타면 한 시간도 채 안 돼 지룽 기차역에 도착한다. 개찰구에서 나와 강밍은 바로 지룽 운송의 승차장으로 향했다. 목적지는 지룽의 창경 병원.

가는 동안, 여자의 모습과 예쁜 얼굴이 강밍의 머릿속에서 영 떨쳐지지 않았다.

"오, 일직선이군요!"

그 밤에, 실뜨기를 하며 애정운을 봐주던 노숙자는 정말 월하노인인지도 모르겠다.

병실은 몇 평 되지 않았다. 아직 훤한 대낮이라 등을 켜지 않아서 옅은 흰색 벽이 한층 어두워 보이는지도 모른다. 흰머리의 노인이 병상에 멍하니 앉아 있었다. 병실 문이 열리는 소리를 듣고도 눈동자가 움직이지 않았다.

어머니가 활짝 열린 입구 쪽에서 다가왔다.

"의사 선생님한테 물어봤어. 아버지 몸 상태는 괜찮대. 일찍 발견한 덕에 금세 깨어난 거라더라. 근데 그게 끝이 아닌 거 같아……."

"설마…… 기억상실은 아니죠?"

강밍은 목이 메었다.

"그렇게 심한 건 아냐. 오늘 아침에 깨어나더니 바로 나랑 얘기도 했어. 날 알아보더라고. 그리고 내가 말을 하면 대꾸도 해. 그런데 어째선지 말을 걸면 대답만 짧게 하고 계속 벽만 쳐다보고 있단다."

"우울증 생긴 거 아니에요?"

"의사 선생님 말로는 그 정도는 아닐 거라더라. 어쩌면 회사가 먹힌 일로 속상해서 그럴 수 있으니 며칠 입원해서 지켜보자고 하네."

"어디에 먹힌 거예요?"

"바오롄 과학기술. 아이참, 네 아버지가 속상해하는 것도 이게 원인이지 않겠니. 그 회사 사장이 전에 아버지가 도와줬던 사람이잖아. 뭐라더라, 차이웨이쉰인가 하는. 기억하지? 몇 년 전에 어떤 남자가 네 아버지 대학 후배라고 회사 차릴 돈을 빌리러 왔잖니."

"기억해요. 꼭 개처럼 굽실거렸죠."

그는 서른 중반밖에 되지 않았는데도 흰머리가 꽤나 많았다. 강밍은 그가 아버지에게 끝도 없이 빌었던 모습을 떠올렸다.

어머니가 말없이 가만히 있는 아들을 보다 입을 열었다.

"강밍아, 너 지금 직장에서 한 달에 얼마나 버니?"

"실적에 따라 정해지는데 못 받는 정도는 아니에요. 그리고 아르바이트도 하고……."

"무슨 아르바이트? 편의점? 패스트푸드 가게? 그렇게 해서 어느 세월에 돈을 모아?"

"……."

"내 그러게 일도 없이 타이베이로 가지 말라고 했잖니……. 아이고, 관두자. 괜히 말 길어지면 짜증이나 낼 텐데. 네 아버지도 그래, 그때 어쩌자고 혼자 나가 사는 걸 허락했는지, 난 도대체 모르겠다."

어머니는 푸념을 마치더니 집에서 물건 좀 가져와야겠다며, 벽만 보고 멍하니 침대에 앉아 있는 아버지 옆에 강밍을 혼자 남겨두었다.

얼이 빠져 있는 아버지를 보던 강밍이 입을 열었다.

"아버지."

"어."

"저 외투 벗고 싶어요."

"어, 많이 덥긴 하지."

맙소사, 바보 아버지! 강밍이 속으로 외쳤다. 잊으셨어요? 제가 아버지에게 대들었을 때 따귀를 때리셨던 거 잊으셨어요? 그러고 나서 저와 아버지는 유사 이래 가장 긴 부자 간의 대화를 나눴고, 아버지는 제게 사회에 보이기 위한 외투를 입으라고 하셨죠. 그 모든 걸 잊으셨단 말이에요?

"그럼 벗어볼게요."

"어, 옷걸이는 저쪽에 있다."

아냐, 전혀 아냐. 아버지 앞에서 칼을 삼키는 쇼를 해도 아버지는 반응조차 하지 않으실 거야.

강밍은 어제 서류 가방이 조금씩 가벼워지는 기분이 들었던 기억이 났다. 부자 간의 연결이 약해질 거라는 뜻이었을까?

차이웨이쉰, 잘했다.

끈적한 시럽이 대뇌로 쏟아지며 농밀한 액체가 뇌 속에서 퍼졌다……. 그는 드디어 이 감각이 무엇인지 생각해냈다.

범죄 세포가 깨어난다는 예고였다.

타이베이의 아파트로 돌아오기 전에 강밍은 휴가 연장을 신청하는 전화를 걸었다. 사유는 물론 '가족을 만나러 간다'였다.

집에 오는 길에는 편의점에 들러 간식을 많이 샀다. 앞으로 실행할 복수를 궁리하면서 간식을 들고 아파트 계단으로 향했다. 문득 낮에 눈에 익었던 모습이 집 근처에서 나타났다.

"도와드릴까요?"

여자가 마침 문을 열고 들어가려다가 큰 봉투 가득 물건을 든 그를 보고 얼른 다가와 물었다. 강밍은 웃는 얼굴로 고개를 젓고 한 손으로 열쇠를 꺼내 문을 열었다.

순간, 어디선가 남자아이가 큰 소리로 우는 소리가 들린 듯했다.

여자가 굳은 표정으로 미소를 지었고, 강밍도 눈썹을 찌푸렸다. 두 사람은 각각 자기 집 문 앞에서 잠시 쓴웃음을 지었다.

3.

남녀가 처음 만나는 그 찰나에 머릿속으로 비슷한 것을 생각한다면 두 사람은 서로 끌리기 쉬워요.

저는 그렇게 생각합니다. 이심전심이라는 거죠.

—

손안의 물건을 테이블에 올려놓고 재빨리 철문과 나무문을 잠그니 사지에 힘이 쭉 빠졌다.

망할 꼬맹이의 으앙으앙 하는 울음소리가 망가진 알람처럼 끊임없이 귀에 울렸다. 후, 정말 달려가서 양쪽 뺨을 때려주고 싶지만 그랬다간 콘돔에 구멍이 난 것처럼 수습이 불가능한 사태가 벌어질지 모른다.

문은 둘 다 잠갔으니 밖이나 이웃집에 들리지 않겠지. 설마 이웃 사람에게 들리게 될 줄은 몰랐다. 이웃집에서 아이를 유괴한 걸 안다면 가만히 있지는 않겠지? 무척 친절해 보였고, 얼굴도 단정했지만…….

아냐, 내가 지금 무슨 생각을 하는 거야? 언제나 가시 돋친 나답지 않아.

전기 충격봉의 효력은 그렇게 오래가지 않으니 아이는 진작 깼을 것이다. 나가기 전에 꽁꽁 묶은 건 잘했지만, 입을 막는 걸 잊었다. 다행히 이 아파트 방음은 나쁘지 않다.

난 눈 딱 감고 소파 근처로 다가갔다.

발효 빵 같은 얼굴이 날 보더니 삽시간에 울음을 그쳤다.

"꼬마 친구, 안녕? 난 샤오추이라고 해."

뭐라는 거야, 나?

난 맞선 자리에 처음 나간 사람처럼 엉망진창으로 떠들었다. 그저 분위기를 풀어볼까 싶어 한 짓인데 나의 멍청한 말은 아이에게 의심만 더 심어준 것 같았다. 날 쳐다보는 꼬맹이의 눈이 점점 커지더니 급기야 입매까지 삐죽이기 시작했다.

"야, 긴장할 것 없어. 난 나쁜 사람 아냐!"

나는 대체 뭐라는 걸까? 이런 상황에서 간신 같은 얼굴을 하고 상대방에게 '헤헤헤, 너 유괴됐구나?' 하고 말해서는 안 된다. 그런 건 유치원의 멍청한 교육용 연극 같다. 그보다는 나는 나쁜 사람이 아니라 화장실에서 꼬마가 쓰러진 걸 보고 데리고 집에 온 거야, 엄마 아빠는 걱정하지 않아도 돼, 내가 벌써 연락했단다, 엄마 아빠도 네가 오늘 여기서 자도 된다고 하셨어 하는 식으로 떠드는 거다. 으아아아, 어쩌면 좋지? 하아, 일단 달래는 쪽으로 하자.

내가 쉴 새 없이 떠들며 묶었던 아이를 풀어주는 동안 아이는 눈을 크게 뜬 채 한마디도 하지 않았다. 그리고 내가 헐떡이며 한 무더기의 말을 쏟아내고 나자 아이가 입을 열었다.

"거짓말. 나 유괴된 거죠?"

"응? 아, 아니야……."

"거짓말 말아요. 선생님이 낯선 사람이 어린아이를 데려가는 게 유괴라고 말해주셨어요."

"음, 다 그런 건 아니란다."

하지만 네 추측은 맞아.

"그래도 난 무섭지 않아요. 스파이더맨이 구하러 올 테니까. 그리고 나쁜 놈을 정의로운 쪽에 넘길 거예요!"

잉, 스파이더맨?

"거참, 아니라니까." 난 잔머리를 굴렸다. "나도 스파이더맨 편이야. 스파이더맨을 아는 정도가 아니라 스파이더맨이 나오는 게임도 샀다고."

"정말 있어요?"

아이의 눈이 활짝 커졌다. 난 곧장 텔레비전 옆으로 달려가 나무 상자 바닥에서 스파이더맨 게임을 꺼내 아이의 눈앞에 흔들어 보였다. 아이는 수줍은 소녀가 연애편지를 건넬 때처럼 잠시 겁먹고도 기쁜 표정을 지었다.

"저기…… 가지고 놀아도 돼요?"

"되지. 대신 조용히 해야 해?"

"만세!"

꼬맹이는 모든 걸 잊은 듯 신이 나서 들썩거렸다. 한숨을 돌린 나는 게임기의 선을 연결하기 시작했다.

이 게임은 몇 주 전에 게임기를 산 가게에서 사은품으로 준 것이었다. 게임을 받을 당시에는 스파이더맨이라니 대체 애들한테 뭔 수작을 부리는 건가 싶었는데, 정말 이렇게 먹힐 줄이야.

네 녀석이 잠들면, 그때 어떻게 요리할지 생각해주마…….

나는 통통한 얼굴의 꼬마 입안에 주전부리를 잔뜩 넣어주면 꼬마의 척수를 장악할 수 있다는 걸 알고 있다.

배고프면 또 시끄럽게 엉엉 울까 싶어, 아까 사 온 감자칩을 뜯어 꼬맹이 곁에다 놔준 다음 서재로 돌아와 이 사태를 진지하게 고민했다. 한밤중에 나와보니 놀랍게도 감자칩은 냉장고에 넣어둔 몫마저 죄 사라졌고, 아이는 소파에 누워 한가득 만족한 얼굴로 쿨쿨 자고 있었다.

가랑이를 발로 차버리고 싶은 충동이 들었다. 그렇지만 아이가 깨어나 아프다고 시끄럽게 대성통곡할 테니 아무래도 역시 바로 없애버리는 편이 낫겠다.

밤은 깊었고 사람은 조용했다. 난 꼬맹이의 목을 두 손으로 움켜쥐었다. 사방에서 들리는 건 아이의 콧숨 소리뿐이었다.

차이웨이쉰, 네 아이의 목숨이 지금 내 손에 달려 있어.

천천히 두 손에 힘을 싣는다. 꼬맹이의 숨쉬는 소리가 목구멍의 압박 탓에 점점 어지러워진다. 곧 아이의 얼굴이 일그러지고 사지가 떨려온다. 날 배신한 남자에 대한 분노를 손끝에 담아 여리디여린 작은 생명을 끝으로 몰아가면서 몸부림은 점점 가냘파진다. 좀더 힘을 주면 난 일주일에 열 개의 목숨을 끝낸 기록을 세우게 되겠지. 모기 여섯 마리와 바퀴벌레 세 마리와 어린아이 하나. 서둘러, 한 발만 더 내디디면 돼! 그 남자 얼굴을 생각하면서 이 꼬맹이를 죽여버려! 어서 죽여…….

모든 건 내 상상이다.

두 손을 놓고 번뇌하는 마음을 안은 채 나는 방으로 돌아왔다.

아이에게는 죄가 없어서? 아니 그저 아이에게 이용 가치가 아직 남아 있기 때문이다.

아침 9시, 나는 잠에 취한 눈을 비비며 일어났다. 거실에서 잠든 꼬맹이는 아직 깨지 않았다.

어젯밤에 세운 계획을 머릿속에 떠올렸다. 우선 아이가 구석에 던져놓은 재킷 주머니를 뒤져 학교 명찰을 찾아냈다. 위에는 '차이다안'이라는 이름이 씌어 있었다. 아이의 이름을 머리에 새긴 다음 테이블 위의 메모지에 글을 썼다.

다안

난 종일 나가 있다가 아주 늦게야 돌아올 것 같아. 부엌 식탁에 빵하고 과자 있고 냉장고에는 우유도 있으니까 배고프면 찾아서 먹도록 해. 학교 선생님한테는 오늘 네가 쉰다고 말씀드려놨어. 텔레비전 나무 상자에 〈무사도〉랑 다른 게임도 많이 있으니까 심심하면 가지고 놀아.

샤오추이

잠시 한부모가정의 엄마가 된 기분이 들었다.

나는 어제와 같은 티셔츠와 청바지를 입고 일할 때 입는 옷을 숄더백에 쑤셔넣었다. 그리고 디지털카메라로 아이의 자는 얼굴을 찍었다. 렌즈의 각도를 조절해 배경에 아무것도 들어가지 않도록 주의했다.

유괴의 다음은 당연히 협박이고, 협박에는 사진이 있어야 한다.

철문을 열고 조심스럽게 좌우를 살피자 다행히 이번에는 이웃 사람 누구도 보이지 않았다. 꼬맹이의 도주를 막기 위해 철문 자물쇠를 세 개 잠갔다.

이제 목적지는 삼림공원 쪽의 타이베이 시립 도서관.

아파트 단지 문을 나서는데 맑은 아침 햇빛이 만든 듯한 환각을 봤다. 그저께 밤에 봤던 붉은 실이 또 나타나 새파란 하늘을 가로질러 하늘 끝으로 사라졌다.

| 강밍의 기록 |

사람이 태어나기 전에 월하노인은 남자아이의 왼손 새끼손가락이나 여자아이의 오른손 새끼손가락에 가늘고 긴 붉은 실을 묶는다. 이 실을 인연의 실이라고 한다. 이 실의 다른 끝에는 각각의 사람이 이번 생에서 만날 자신의 반쪽이 묶여 있다. 윤회를 할 때마다 실을 따라 상대방을 찾을 수만 있다면 세상에서 가장 진실한 행복을 얻을 수 있다.

정오. 강밍은 바오롄 과학기술 빌딩의 접객실에서 이 민간 전설을 생각했다.

— 일직선이군요! 올해 안에 인연을 만난다는 뜻이네요…….

그는 머리를 두드렸다. 쓸데없는 생각하지 마. 노숙자가 백 위안을 받고 나서 날 그만 쫓아내려고 한 소리잖아. 점을 믿는 사람이야말로 바보인 거지. 그 늙은이는 만날 그런 식으로 사람을 귀찮게 하고 사기를 쳐서 먹고 마실걸?

그렇지만 그날 처음 보는 여자를 만났고, 그리고 두 번을 더 마주쳤지. 설마 이게 우연일까?

여자의 얼굴이 금세 강밍의 의식을 차지했다. 눈빛 때문에 날카로운 표정이기는 했지만 불안해하고 어쩔 줄 몰라 하는 눈빛이었다. 뭘 바라고 있는 걸까? 자신처럼 범죄에 대한 생각으로 온 신경이 요동치던 걸까?

만약 범죄자 사이에 '공명'이 있다면, 월하노인의 붉은 실 같은 힘을 갖지 않을까? 예를 들면 두 사람이 같은 사람을 증오해서 복수를 위해 손을 잡고 '범죄'라는 이름의 붉은 카펫을 함께 걷는…….

아냐, 무슨 생각을 하는 거야.

강밍은 재빨리 계획으로 주의를 돌리고 각각의 순서를 헤아렸다.

지금 입은 옷은 일할 때 입는 싸구려 정장으로, 여기저기 주름이 잡혔지만 이런 상황에서는 충분히 제몫을 할 것이다.

이때 문 열리는 소리가 들리고 익숙한 얼굴이 나타났다. 인사하는 소리에 강밍의 생각은 그대로 끊겼다.

"세상에, 네가 올 줄은 몰랐어."

상대방이 예의 있게 인사말을 건넸다.

"지나가는 길에 동기 얼굴 좀 볼까 하고 들렀어. 이참에 업무 실적도 쌓고 말이지."

"그런 거라면 우리집은 진작 보험에 들어서 말야. 미안하다. 미리 알았으면……."

"그냥 친구 보러 오려고 쓰는 핑계야."

"그렇게 말해주면 고맙지. 근데 소문이 정말인 모양이네. 아버지 회사를 잇지 않았구나?"

"너네한테 먹혔잖냐. 딱히 할말이 없다……."

강밍이 쓰게 웃었다.

눈앞의 사람은 강밍의 대학 동기이자 현재 바오롄 과학기술에서 행정을 맡고 있다. 사실 강밍이 그와 친한 사이는 아니다. 오늘 그저 범죄 계획을 실행할 이 건물에 들어올 핑계가 필요했을 따름이다. 뜻밖에도 상대방이 일부러 대화 시간까지 내주는 바람에, 왠지 호의를 이용하는 것 같은 기분이 들어 강밍은 무척 켕겼다.

"야, 말도 마라. 난 실은 그 합병이 잘못된 결정이라고 보거든. 너한테도 면목이 없다."

"아냐, 내가 아버지 밑에서 일하는 것도 아니고 결정을 내린 건 네가 아니잖아. 그럼 회사에서도 합병에 반대한 사람이 있던 거야?"

"찬성한 사람이 오히려 무척 적었는데, 우리 사장이 사업은 크면 클수록 좋다면서 일을 크게 벌이는 걸 좋아해. 남한테 요구가 많은 편이고 전부터도 워커홀릭이라 밤늦게까지 집에도 안 가고 일하고 그랬어. 〈성공한 기업인, 그 뒤의 가정〉이란 프로그램 본 적 있냐? 이번주에 우리 사장 나왔잖아. 방송에서는 부인이랑 아이가 되게 행복하게 찍혔는데 말이지, 우리 회사 사람들은 다들 그 아이가 일주일에 한 번도 자기 아빠 얼굴을 못 볼 거라고 수군거려. 집안일과 아이를 마누라한테 던져버리고 자기는 일에만 파묻혀 있는 거지. 왜 그렇게 승진이 빨랐겠어?"

강밍은 아버지를 떠올렸다.

어릴 때 잘못을 하면, 아버지는 대나무 회초리로 그를 때리고 대들면 무섭게 야단쳤다. 그때의 자신은 아버지란 혐오스러운 동물이라고 믿었고, 언젠가는 반드시 그를 개밥에 도토리로 만들어버리겠다고 결심했다.

차이웨이쉰, 네가 내 대신 우리 아버지를 도토리로 만들어버렸으니 나도 제대로 감사를 표시하지 않으면 안 되겠지. 강밍은 조용히 이를 악물었다.

대화가 끝나갔다.

"사무실로 돌아가야겠다. 점심도 아직 못 먹었다니까. 언제 시간 나면 또 보자."

상대방이 몸을 일으켜 접객실을 나갔다.

"참, 사장실은 어디야?"

강밍이 두근거리는 심장을 누르며 무심한 말투로 물었다.

"응? 아, 저쪽에 볕드는 방."

의심은 받지 않은 것 같다.

"고맙다. 그런데 여기 화장실 좀 써도 될까? 바로 엘리베이터 타고 갈 테니까 바래다주지 않아도 돼."

"그럼 먼저 간다."

상대방의 뒷모습을 보면서 강밍은 안도의 한숨을 쉬었다. 사방을 둘러보니 점심시간이라 건물에 사람이 거의 없어서 차이웨이쉰 그 인간과도 마주칠 것 같지 않았다. 강밍은 두근대는 가슴을 문지르며 심호흡을 했다.

장갑을 낀 오른손에 원반 모양의 물건을 들고 사장실로 향했다. 이 최신 도청기의 수신 범위는 이백 미터에 달한다.

문이 잠겨 있어도 그에게는 방법이 있었다. 강밍의 입가에 승리자 같은 미소가 떠올랐다.

4.

작가 선생님, 만약 선생님 아이가 유괴됐다면 마음이 찢어지는 듯 아프고 빨리 구하고 싶어 안절부절못하겠죠?

하지만 그 배신한 남자는 그렇지 않았습니다. 그 남자와 가족의 마음을 잇는 끈 같은 건 진작에 지나가던 개가 먹어버렸을 거예요.

차이 선생님, 안녕하세요?

선생님처럼 대단하신 분은 가족이 목숨에 위협을 받으면

어떤 표정을 하실지 궁금하네요.

어느 날 그렇게 생각한 저는 작은 실험을 해보기로 결정했습니다. 간단히 말해, 선생님의 아드님 차이다안은 지금 제 손안에 있습니다. 증거로 사진을 첨부합니다. 토실토실한 아이가 잠자는 모습은 정말 사랑스럽군요! 다만 이후의 사진이 어떤 모양이 될지는 감히 장담하지 못하겠습니다.

제 호기심을 만족시켜주시기 위해서, 지금의 표정을 사진으로 찍어 답장으로 보내주시겠습니까? 지금의 심정을 짧게 글로 써주셔도 괜찮습니다. 어쨌든 저는 선생님의 현재 심정이 몹시 알고 싶습니다. 답장에 미리 감사 인사를 드리겠습니다.

호기심 꼬마

안녕하십니까.

값을 부르시오.

웨이쉰

금요일 오후 4시. 나는 시립 도서관 총관의 컴퓨터 앞에 앉아 있다.

오전에 여기에서 배신자에게 이메일을 보내고, 정오에 주변을 한 바퀴 돈 다음 좀 전에 돌아와 메일함을 열었다. 메일 계정은 아침에 가짜 명의로 만들었다. 신분증 번호는 물론 그 망할 자식의 것을 썼다.

회신을 읽으며 난 무시당하는 기분을 느꼈다.

대체 무슨 소리를 하느냐고 할지 모르지만, 내 요구는 정말 그게 전부였다. 보통 아들이 납치되었다면 아버지는 초조하고 불안하고 심지어 격렬하게 흥분하지 않나? 난 그의 마음속에 어떤 변화가 있는지, 그게 슬픔인지 분노인지 알고 싶었다.

그런데 이런 답장이라니. 나도 상대방이 요구대로 울상을 한 얼굴을 사진으로 찍는다든가 통절한 심정을 구구절절 쓰리라고 기대하지는 않았다. 아무리 그래도 전보처럼 간단한 이 빌어먹을 답장은 뭐냔 말이다.

예전에 룸살롱에서 어떤 손님이 직장인은 매일 수없이 많은 이메일을 처리하면서 빨리 답장을 보내야 하기 때문에 대체로 내용을 압축하거나 전보처럼 짧게 두어 마디로 쓴다는 말을 한 적이 있었다.

내 얼굴은 불판 위의 게처럼 점점 붉게 달아올랐다.

게다가 값을 부르라니? 내가 마약이라도 파는 줄 알아? 어쩌면 그는 유괴범은 모두 돈을 노린다고 믿고 자신이 침착하다는 걸 보여주고 싶었을 뿐인지도 모른다. 그렇지만 나는 대체 '아버지'와 대화를 하고 있는 건가, 아니면 '사업가'와 대화를 하고 있는 건가. 누군가의 아버지라면 있어야 할 감정이 전혀 느껴지지 않았다.

나는 용솟음치는 분노를 누르며 '유괴범 방식'으로 답장을 썼다.

차이 선생님, 안녕하세요?

과분한 대접에 따라 오백만으로 값을 정할까 하는데, 선생님이라면 금세 마련하실 수 있겠지요. 연속되지 않는 번호로 천 위안짜리 지폐 오천 장을, 백 장 단위로 묶어서 여행가방에 준비해주세요. 세부 사항은 굳이 제가 말씀드릴 필요가 없으리라 봅니다.

거래 시간은 금요일, 오늘밤 자정입니다. 장소는 선생님 회사와도 멀지 않은 린썬베이루와 창춘루 교차로. 근처에 공공 휴지통이 있습니다. 분명히 동쪽에서 차를 몰고 오실 테니 교차로에서 남쪽으로 삼백 미터쯤 가셔서 차에서 내린 다음 휴지통으로 돌아가 뚜껑을 열고 가방을 넣어주세요. 반드시 제가 쓴 대로 돈을 처리해주시기 바랍니다.

실행할 사람을 지정하지는 않겠습니다. 하지만 아드님은 누가 오기를 바랄까요? 스스로 결정하시길.

경찰에 신고하셔도 상관없습니다. 다만 그렇게 하실 경우

더이상은 거래를 할 수 없습니다. 선생님의 성의를 보고 싶군요.

호기심 꼬마

유괴범의 말투라기에는 너무 예의 바른 것 같다.

이메일을 보내고 창을 닫은 후 도서관을 떠날 채비를 했다. 공공장소의 컴퓨터로 이메일을 보내면 설령 IP를 추적당하더라도 누가 이 컴퓨터를 썼는지 알 수 없을뿐더러 나는 주변에 아무도 없는 자리를 골랐다.

오백만을 준비하기는 어렵지 않을 것이다. 그러나 내 관심은 거기에 있지 않다.

난 오백만과 가방에는 손대지 않을 것이다. 아이도 물론 그렇게 간단히 돌려보내지 않을 것이다.

이건 실험에 불과하다. 내 유일한 목적은 그와 그의 가족을 잇는 끈을 정말 지나가던 개가 먹어버렸는지 확인하는 것이다.

도서관을 나와 곧장 버스를 타고 밤에 출근하는 룸살롱 빅터로 갔다. 내가 룸살롱에서 근무하는 시간은 매주 월, 수, 금 밤 9시부터 다음 날 새벽 3시까지다.

가게는 적막했다. 인간의 3대 욕망처럼 가게도 한밤이 되어야 천천히 정점에 이른다.

뤄쥔이 구석에서 의자에 묻은 먼지를 닦고 있다가 나를 보더니 짐짓 젊은 남자 같은 목소리로 인사했다.

"어이구, 아가씨. 난 오늘 아가씨가 출근하지 않을 줄 알았는데."

"그렇게 부르지 말라니까."

"네, 네, 네, 우리 가게의 간판 샤오추이 씨. 이러면 되지?"

"훨씬 낫네. 겨우 삼 주 사귀었는데 뭘. 그 지옥에 처박힐 남자는 금세 잊을 거야."

"뭐야, 순정의 눈물이 그새 마르다니 내가 사람을 잘못 봤네. 쳇, 평소에 쓰던 큰 가방도 작은 숄더백으로 바꾸고 말야. 하여튼 패셔니스타야."

"신경 꺼."

내가 탁자 위의 수건을 던지자 뤄쥔이 히힛 웃으며 몸을 피했다.

그러다 웃는 표정을 문득 정색하더니 말했다.

"참, 점장도 그 남자 일 물어보더라."

나는 깜짝 놀랐다.

"점장도 알아?"

"점장 눈을 어떻게 피해? 점장이 이런 업종에서는 손님과 감정 문제를 만드는 게 제일 큰 금기라고, 샤오추이를 한번 크게 혼내야겠다고 하던걸."

머릿속에 암컷 복서, 아니 점장이 화를 내는 장면이 떠오르며 몸에 오한이 들었다. 빅터의 점장은 마흔을 넘은 중년 여성으로 뤄쥔처럼 남성적인 특징이 있었다. 특히 성깔 쪽으로. 성격으로 말하자면 뤄쥔이 영리하고 젊은 남자, 점장은 홍콩의 '형님' 같다. 그녀는 마담이나 언니라고 불리는 걸 극도로 싫어해서, 다들 그녀를 점장이라고만 부른다. 가장 형님 같은 점이라면 술을 마시면서 끝도 없이 떠들 수 있다는 건데, 자기의 가장 큰 바람이 가오슝에 분점을 내고 가게 이름을 빅토리아 어쩌구라고 붙이는 거라고 하루 종일 얘기한다.

갓 출근했을 때 안 그래도 이 무서운 여장부 덕에 엄청 고생했다. 얼굴이 와작 구겨졌다.

뤄쥔이 내 어깨를 툭툭 쳤다.

"괜찮아. 점장도 그냥 말해본 걸 거야. 내가 보기엔 점장도 되게 걱정하더라고."

"그래도 오늘은 나를 신경 써서 보지 않겠어? 안 그래도 조퇴하려고 했는데……."

"뭐? 무슨 일 있어?"

"아무 일 없어. 기분 전환이나 하려고……."

어린아이를 유괴한데다 예전 애인이자 아이 아버지를 협박하는 마당에 무슨 마음으로 손님과 하하호호 떠들고 놀 수 있겠는가. 신경이 사탕수수만큼 굵어야 가능한 일이다.

뤄쥔이 이해한다는 듯한 얼굴로 쓴웃음을 지었다.

"알았어. 내가 점장한테 잘 말해줄게. 다음은 없다."

"고마워……."

"영업시간 내내 너를 지정해서 놀겠다는 사람이 없어야 해. 그렇게 되면 나도 도와줄 수 없어. 일단 쉬었다가 시간 되면 옷 갈아입어. 샤오추이, 오늘은 가져온 옷 입을 거지?"

"아니, 가게에서 빌릴 건데?"

"그럼 매니저한테 말해두고. 난 올라가서 정리해야 하니까 먼저 간다. 아아, 순정을 바친 아가씨의 눈물이 내 가슴을 울리누나."

나는 다시 한번 수건을 그녀에게 내던졌고, 이번에는 기가 막히게 뒤통수를 맞혔다.

| 강밍의 기록 |

중국 당나라에 위고라는 사람이 어느 날 송성의 거리에서 한 노인을 만났다. 노인은 달빛 아래에서 책을 읽고 있었고 그의 곁에는 붉은색 끈이 가득 담긴 큰 포대가 있었다. 위고가 노인에게 책의 내용과 포대 속 붉은 끈의 용도를 물었다.

노인이 책은 세상 남녀의 혼인을 관장하는 기록부이고, 붉은 끈은 훗날 부부가 되는 남녀를 묶는 데 쓰인다고 대답했다. 두 사람이 원수이든 각각 세상 끝에 떨어져 있든 빈부 차이가 심하든 일단 붉은 끈에 묶이면 평생 인연이 이어져 부부로 맺어진다고.

강밍은 깊은 밤에 불어오는 선선한 바람을 느끼며 편의점을 나섰다. 막 출근해 교대한 남자 점원이 카운터 뒤쪽에 앉아 그에게 잘 가라며 손을 흔들었고, 그 역시 살짝 고개를 끄덕여 인사했다.

청바지 주머니에 든 도청기의 수신기는 검은색 케이블을 따라 이어폰으로 잡음을 흘리며 강밍의 고막을 울렸다.

벌써 한참 동안 아무런 움직임이 없다. 강밍은 하늘의 달을 올려다보며 깊은 생각에 잠겼다. 아무래도 더는 정보가 들어올 것 같지 않았다. 그는 이어폰을 빼서 주머니에 넣으며, 편의점에서 도청한 내용을 되짚었다.

남자 둘의 목소리였다. 한 사람은 마흔이나 쉰쯤 된 중년 남자였고, 다른 한 사람은 서른 살 남짓하게 들렸는데 아마 이쪽이 그 방의 주인인 차이웨이쉰일 것이다.

"사장님, 정말 우리끼리 처리할 생각이십니까?"

"사람들을 놀라게 하고 싶지 않아. 일이 커지면 다음주 업무가 중단될 거라고. 아내도 울면서 경찰에 신고하지 말라고 했어. 유괴범과 거래를 하면서 살필 생각이야. 메일에 쓴 말투를 보면 아이를 죽일 것 같지는 않아 보였어. 하지만 오백만이라니. 흠, 아무래도 적은 돈이 아니란 말야……."

"사장님, 그래도 도련님의 목숨이 더 중요하지요!"

"시끄러워. 이게 다 자네가 애를 혼자 화장실에 보내서 일어난 일 아니냐고. 말해두지만, 오백만을 자네더러 물라고 하지 않은 것만으로도 감사한 줄 알아! 몸값 주는 건 똑바로 해야 해. 실수하면 가만두지 않겠어."

"네……."

낮은 목소리로 말하는 중년 남자는 전속 운전기사일 것이다.

'유괴', '아이', '몸값' 같은 말로 무슨 일이 벌어졌는지 추측하기는 어렵지 않았다. 아이가 유괴된 차이웨이쉰이 불쌍한 기사를 시켜 몸값을 내려고 하는 것이다.

차이웨이쉰은 한 번 더 기사에게 잔소리를 하고서야 그에게 거래 시간과 장소와 방법을 일러주었다. 기사가 떠난 후 방은 고요해졌다. 대화는 그걸로 끝이었다.

편의점에서 도청하는 동안 강밍은 머릿속으로 차이웨이쉰에게 할 복수를 구상했다.

자신의 목표는 차이웨이쉰 본인이다. 그렇지만 먼저 그의 운전기사에게 손을 대는 것도 나쁘지 않아 보였다. 아이가 납치된 것만으로도 이미 충분히 재수없는 상황이지만, 몸값을 내러 간 운전기사가 습격을 당하고 꽁꽁 묶인다면 그야말로 설상가상이 아닐까?

아버지, 죄송해요. 아버지와 한 약속을 깰지도 모르겠습니다.

강밍은 그렇게 조용히 빌었다.

거래 장소로 간 강밍의 눈에 문득 정장을 입고 곱게 화장한 여자의 모습이 들어왔다.

"아!" 여자의 놀란 얼굴이 미소로 바뀌는 데는 일 초도 걸리지 않았다. "정말 우연이네요……."

"안녕하세요?"

상대방은 강밍이 어제 집 앞에서 두 번 마주쳤던 여자였다. 그는 얼른 범죄를 구상하던 마음을 숨기고 상대에게 인사를 했다. 여자가 당황하며 말했다.

"어, 어떻게 여기 계세요?"

강밍이 오른쪽 뒤를 가리켰다.

"편의점에서 아르바이트를 하거든요. 방금 교대했어요."

"네? 저도 이 근처에서 일해요……. 그, 그러니까 저쪽 옷가게

점원을 하고 있거든요. 하, 하하, 하하하……."

여자가 철문이 닫힌 집 하나를 가리켰다. 캐주얼한 여성복을 파는 가게였다.

"같이 돌아갈까요?"

강밍이 입에서 나오는 대로 떠들었다.

"저, 저도 그러고 싶은데 친구랑 약속이 있어서, 친구가 곤란해할 것 같아요. 아시겠지만 이런 일은 돈 많은 정부랑 밤에 만나기로 약속한 것처럼 어떻게 돌이킬 수 없죠……. 아, 아니에요. 제가 지금 무슨 헛소리를……. 그, 그럼 먼저 가볼게요."

여자가 빠른 속도로 옆쪽 어두운 골목을 향했다.

강밍이 앞으로 나서며 물었다.

"실례지만, 저는 청강밍이라고 합니다. 이름을 알 수 있을까요?"

"저, 저는 한명추이예요……. 잘 부탁드립니다!"

여자가 꾸벅 인사를 하고는 어두운 골목 속으로 연기처럼 사라졌다.

"한명추이?"

강밍은 여자의 뒷모습을 보며 상대방의 이름을 조용히 중얼거렸다.

문득 그 노숙자의 말이 떠올랐다. '일직선이군요.'

으악, 망상은 그만하라고.

휴지통에서 서쪽으로 삼백 미터를 가면 공원이 하나 있고, 한밤중이라 공원에는 당연히 귀신 그림자조차 보이지 않았다. 강밍은 입구 근처의 키 작은 나무들 사이에 숨어 조용히 기다렸다.

몸에 지닌 물건을 점검했다. 양손에는 일찌감치 장갑을 꼈고, 테이프와 굵은 끈도 있다. 요즘 편의점은 거의 잡화점 수준이라 무엇이든 다 있다.

자정이 가까워지자 검은색 벤츠 한 대가 왼쪽에서 나타났다. 강밍의 심장이 튀어나올 듯 뛰었다. 그는 흥분을 억누르며 눈앞의 상황을 지켜보았다.

벤츠는 인도 옆에 멈췄다. 중년 남자가 운전석의 문을 열고 나와 수상쩍게 좌우를 조심스레 살폈다. 몸값을 배달하러 온 운전기사가 틀림없었다. 기사는 수풀 뒤에 숨은 강밍을 알아채지 못했다. 사방을 확인한 후 기사가 차에서 검은색 여행 가방을 꺼냈다. 가방에는 오백만 위안이 있을 것이다! 강밍은 밤하늘처럼 까만 색 가방을 바라보며, 부인과 아이가 흘린 하릴없는 탄식을 저 안에 있는 것과 얼마나 맞바꾼 걸까 생각했다.

그는 운전기사를 습격할 도구를 손에 꼭 쥐었다.

운전기사가 차 문을 잠그지 않은 채 몸을 돌려 약속한 장소로 향하려 했다.

강밍은 물론 이 기회를 놓치지 않았다. 곧장 수풀에서 뛰쳐나가 운전기사가 고개를 돌리기도 전에 손안의 물건으로 운전기사의 뒷목을 찍었다. 운전기사가 신음 소리와 함께 바닥으로 쓰러졌다. 강밍은 불안한 마음에 몇 번이나 운전기사를 꾹꾹 찔러보았다. 마침내 운전기사가 움직이지 않는 걸 확인하고 그를 묶기 시작했다.

입을 테이프로 막고 손발을 굵은 끈으로 단단하게 묶은 다음, 차 안의 열쇠를 꺼내고 운전기사를 가방과 함께 차 안으로 발로 차서 밀어넣었다. 그리고 너무 일찍 구조되지 않도록 자리를 뜨기 전에 차 문을 잠갔다.

5.

작가 선생님, 만약 제게 범죄를 시도할 기회가 생긴다면 이제는 아이를 유괴하는 쪽을 선택하지 않을 겁니다.

왜냐고요? 아이는 스톡홀름증후군을 쉽게 일으키고, 저는 그 탓에 엄청난 죄악감을 느끼게 될 테니까요.

—

융캉제의 아파트로 돌아오니 새벽 1시였다. 룸살롱의 퇴근 시간에 비교하면 새 발의 피지만.

얼마 전에 가게 앞에서 일어난 만남을 생각했다.

그래, 인정한다. 그 얼굴은 내가 바라는 조건에 맞는다. 머리 모양, 눈, 코, 귀, 입술, 치아, 인중, 눈썹, 귀밑머리, 주름, 콧구멍, 여드름까지 맞지 않는 데가 없다. 게다가 내 이웃이기도 해서, 해리와 샐리처럼 어둡고 습한 맨해튼 거리를 몇 블록이나 미친 듯이 내달릴 필요도 없이 고백하고 싶으면 당장 옆집 문만 두드리면 된다.

그런데 뭘 기다리는 거지?

망할. 난 그저 차이자마자 새로운 사랑에 빠지고 싶지 않을 뿐이다. 발정난 암캐도 아니고.

운명의 만남은 항상 금세 끝났다. 유일한 수확이 서로의 이름을 알았다는 것이라니. 난 정말이지 바보 멍청이다.

하는 일이 그렇게 떳떳하지 않다고 심지어 거짓말도 했다. 후우, 어쨌든 차마 말하지 못했다. 다음에는 꼭 용기를 내서…….

오늘 일어난 일은 생각할수록 엉망진창이다. 그 꼬맹이는 어떤지 모르겠다. 도망가지는 않았겠지?

열쇠 구멍으로 열쇠를 넣어 돌리기를 세 차례. 다행히 꼬맹이는 얌전히 안에 있다.

거실의 불이 켜져 있어서, 신발을 벗고 그쪽으로 갔다. 텔레비전 앞에 앉아 컨트롤러를 쉼 없이 누르고 있는 발효 빵의 모습이 금세 눈에 들어왔다. 텔레비전 화면의 캐릭터가 큰 소리로 외치기도 하고 피를 흘리며 절규하기도 하고 있다. 내가 들어온 걸 알아챈 아이가 고개를 돌려 활짝 웃는 모습이 만화에 나오는 고양이 가필드를 닮았다.

내 언젠가는 기필코 하루 종일 게임만 하고 감자칩이나 먹는 이 게으름뱅이 가필드를 없애버리리라.

"왜 아직도 안 잤어?"

"이 칼싸움하고 베는 게임이 무지 재미있는걸. 말뜻은 하나도 모르지만 대전이 되게 신나."

초등학생에게 이런 폭력적인 게임을 하게 하다니 나 진짜 벌받을 짓을 하고 있구나.

"내가 샤오추이 대신 하트라는 보물도 가져왔어. 좋은 건가 봐."

그건 '애정'이라고! 아이템 상점에 가면 살 수 있고, 한 번에 생명을 오십 포인트 올려주는 제일 낮은 등급 아이템이라고.

"헤헤, 샤오추이의 생일선물로 딱 좋지."

"응?"

눈앞에 앉은 남자아이가 얼굴을 빨갛게 붉히며 뒷머리를 긁적였고, 난 잠시 멍해졌다.

"어떻게 알았어……?"

"달력에 적혀 있었어."

텔레비전 위에 올려놓은 탁상용 달력에는 토요일에 빨간색 동그라미가 쳐져 있었고, "생일, 축하"라고 씌어 있었다.

꼬맹이가 또 하얗게 이를 드러내며 웃었다.

망할, 갑자기 왜 이 가필드가 귀여워 보이는 거지? 방금까지 없애버리겠다고 했건만.

"나랑 같이 레이싱 게임 할까?"

"좋아, 좋아. 신난다! 그 게임은 우리집에도 있는데 같이 시합할 사람이 없었어."

"집에 너랑 놀아주는 사람 없어?"

내 말에 아이의 얼굴에 가득했던 즐거움이 삽시간에 자취를 감췄다.

"없, 없어……."

"응? 그래도…… 아빠나 엄마가 가끔 놀아주지 않아?"

"없어. 한 번도 없어! 아빠는 만날 야근만 하고, 엄마는 하루종일 집에서 일하면서 아빠 욕만 해. 난 아빠 얼굴도 거의 못 보고, 엄마는 언제나 화난 표정이라 혼자서만 게임하는데 그것도 질렸어. 가끔은 엄마랑 놀고 싶은데 엄마는 알아서 놀라고 하면서 나 쫓아내고 혼자 계속 아빠한테 화내."

"……."

"샤오추이, 나 집에 가기 싫어! 유괴된 거 맞지? 샤오추이가 우리 아빠 돈을 받으면 난 집으로 가는 거지? 아빠 돈 받지 말고 나랑 계속 같이 살면 안 돼? 공부도 열심히 하고 학교도 잘 갈게. 샤오추이 대신 집안일도 할게. 샤오추이는 나랑 놀아준단 말야."

나는…… 네 아빠 돈 받지 않았어.

이건 안 된다. 아이는 엄마 아빠와 함께 있어야 한다. 너는 조만간 집으로 돌아가야 해.

생각한 말을 입 밖으로 내지는 못한 채 아이가 울면서 하는 말을 들으며 조용히 게임을 바꿨다.

결국 우리는 밤새 게임을 하다 아침 7시가 되어서야 잠에 들었다. 어쩌다 이렇게 오래하게 됐을까? 이 게임은 벌써 수백 번도 더 돌려서 노선까지 몽땅 외우고 있건만.

이 꼬맹이의 망할 스톡홀름증후군 탓이다.

| 강밍의 기록 |

위고는 노인의 말을 믿지 않고 노인이 말을 마치자 바로 몸을 일으켜 시장으로 향했다. 쌀 시장에 이르렀는데 어떤 맹인 부인이 세 살짜리 여자아이를 안고 그가 있는 방향으로 다가왔다. 노인이 여자아이를 가리켰다. "저기 안겨 있는 여자아이가 미래에 당신의 아내가 됩니다." 위고는 그 말에 몹시 성을 내며 하인을 시켜 여자아이를 죽이도록 했지만 하인은 여자아이에게 칼자국만 남긴 채 도망쳤다. 노인도 그 뒤로 행방을 알 수 없었다.

십사 년이란 세월이 쏜살처럼 흐르는 동안 위고는 조정에서 무관이 되어 큰 공을 다수 세웠다. 이에 황제가 상으로 혼례를 주선하여 상주 자사 왕태의 딸을 맞이하게 되었다. 신부는 대단히 아름다웠으나 눈썹 사이에 상처가 있었다.

아침 11시 기상은 휴일이면 오후까지 죽 자는 강밍에게 확실히 드문 일이었다. 새벽에 집으로 돌아왔을 때 보니 옆집 문틈으로 빛이 새어 나오고 있었다. 그 여자분, 아, 이름이 뭐였더라? 아직 잠들지 않았나 보다. 밤에 바쁜 사람에게 이런 일은 드물지 않다. 그러나 강밍은 그녀에게 분명히 자기처럼 잠들지 못하는 이유가 있으리라 믿었다.

어젯밤 그녀와 만났을 때의 상황이 끝없이 강밍의 몽롱한 의식 속을 떠돌았다. 한참 후에야 그의 정신은 현실로 돌아올 수 있었다.

참, 운전기사는 어떻게 됐나 모르겠군.

강밍은 옷걸이에 걸어둔 바지의 주머니에 손을 넣었다. 자동차 열쇠가 아직 거기에 있었다. 강밍이 운전기사를 묶어 가방과 같이 차에 도로 던져 넣은 건 차이웨이쉰에게 경고를 남기고 싶었기 때문이다. 쓸데없는 문제가 생기지 않도록 몸값에는 손대지 않았다.

그러나 그런 행동은 차이웨이쉰을 혼란스럽게 할지도 모른다. 생각해보자. 유괴범이 요구한 오백만을 가지고 갔는데 거래 장소에서 습격을 당하고 사람도 가방과 함께 차 안에 갇혀 있다. 유괴범의 의도가 무엇인지 알 수 없지 않을까? 협박 쪽지라도 남겨 설명을 하는 편이 나았을지도 모르겠다.

주말이라 오가는 사람이 많으니 차 안의 운전기사는 분명히 누군가에게 발견됐을 것이다. 벌써 먼지투성이가 된 채 돌아가 차이웨이쉰에게 죽도록 욕을 먹고 있을지 모른다.

강밍은 바지의 다른 주머니에서 어젯밤에 썼던 도청기 수신기를 꺼냈다. 그리고 수신기의 이어폰을 뽑은 다음 소리를 최고로 높이면서 쉼 없이 다이얼을 돌렸다. 어젯밤 차이웨이쉰의 사무실에 설치한 도청기의 발신 채널을 지금 이 융캉제 집에서 수신하는 건 당연히 불가능했다.

채널을 다른 쪽으로 바꿨다. 차이웨이쉰이 자기 집 외에 달리 사놓은 아파트였다. 그의 동기도 차이웨이쉰이 기밀용으로 특별히 사놓은 집이 있다고 말했다.

기밀용은 개뿔, 바람피우려고 산 거지.

어제 강밍은 사무실에 손을 쓴 뒤 그 아파트에도 도청기를 설치했다. 아파트는 마침 융캉제에 있었고 그가 사는 곳에서 멀지 않은 덕에 신호가 깨끗하게 잡혔다.

거기에는 무슨 움직임이 있으려나? 강밍은 어디 한번 보자 하는 마음으로 귀를 쫑긋 세웠다.

스피커에서 굵고 억센 남자 목소리가 들렸다.

“차이 선생님, 어째서 여기서 만나자고 하신 겁니까? 댁은 안 됩니까?”

“죄송합니다. 아내가 애한테 무슨 일이 생길지 모른다고 줄곧 경찰에 신고하지 못하게 했거든요. 아내에게 말하지 않고 신고한 거라 어쩔 수 없이 경찰 여러분을 이쪽으로 모시게 됐습니다.”

조금 더 젊은 이 목소리는 차이웨이쉰이다.

“부인께서도 조만간 알게 되실 텐데요. 게다가 단서를 찾으려면 부인께도 여쭤봐야 합니다.”

“그건 그때 되면 다시 얘기하도록 하죠. 제가 드릴 수 있는 정보는 모두 드리겠습니다.”

강밍은 긴장했다. 경찰에 신고한 건가? 운전기사 일로 화가 난 나머지 신고한 게 틀림없다.

“좋습니다. 이봐, 땅꼬마, 기록해.”

"네, 반장님."

훨씬 젊은 목소리가 울렸다. 반장이란 사람의 부하겠지.

"우선 차이 선생님, 혹시 짐작 가는 사람이 있으십니까? 간단히 말해, 음, 선생님과 부인에게 원한이 있는 사람이 있을까요?"

"아내는 없을 겁니다. 전업주부라 교제 범위가 단순하거든요. 저는 최근에 손을 써서 회사 하나를 합병했는데……."

"상대 회사의 직원이 선생님에게 원한을 품을 수 있다는 거군요. 그러면 범위가 너무 커지는데요. 이봐, 땅꼬마, 어떻게 생각해?"

"네. 저는…… 원한 때문에 차이 선생님의 아이를 납치했다면 아이의 얼굴을 전에 봤다는 게 아닐까요? 이 점을 기반으로 수사 범위를 좁힐 수 있을 것 같습니다. 그렇지만……."

"음, 그건 어려울 것 같습니다. 제가 최근에 방송국 요청으로 가족과 함께 프로그램에 나간 적이 있어요. 그 프로그램을 본 사람이라면 아이 얼굴을 당연히 알 겁니다."

"이거 귀찮게 됐군요."

굵은 목소리의 남자가 탄식했다.

"게다가 반장님, 원한 외에도 단순한 납치 협박일 수도 있다는 점을 고려해야 하지 않을까요?"

젊은 목소리의 경찰이 의견을 냈다.

"바보야! 몸값을 달라는 납치범 중 어떤 놈이 거래 시간에 사람을 습격하고 돈에는 손가락 하나 안 대고 사라지냐?"

"하지만 반장님, 운전기사를 습격한 사람이 꼭 납치범과 관계가 있다고 볼 수는 없죠. 독립된 두 개의 사건……."

"그럼 말해봐라. 운전기사를 습격한 사람이 거래 장소를 어떻게 알았을까?"

"……."

"흥!" 반장이 코웃음을 친 듯했다. "차이 선생에게 원한을 가진 사람이 확실해! 선생의 아이를 유괴하고 거래를 하자고 거짓말을 해서 거래 장소에 온 운전기사를 공격하고 그렇게 복수하려던 거지."

"제가 직접 가지 않아 정말 다행이었군요."

차이웨이쉰의 목소리에 자신의 행운을 기뻐하는 기색이 묻어났다.

"합병된 회사 직원 외에 또 걸리는 사람은 없습니까?"

반장은 다시 용의자로 화제를 되돌렸다.

"저기…… 술집을 드나드는 관계로 아는 여자가 몇 있고 감정적으로 좀 얽혀 있기도 합니다. 이건, 제발 아내에게는 말하지 말아주십시오."

"이해합니다. 그럼 그 여성들에게도 혐의가 있을 수 있겠군요.

번거로우시겠지만 그분들에 대해 알고 계신 걸 대충이라도 말씀해주십시오."

강밍은 긴장한 나머지 식은땀이 났다. 나는 아직 조사 대상이 아닌 건가? 복수도 끝나지 않았는데 벌써 잡혀갈 수는 없었다.

술집 여자들에 대한 얘기를 들은 뒤 반장이 다시 아이의 생활에 대한 내용과 유괴 당시의 상황, 유괴범과 그의 연락 방식 등을 물었다. 이전에도 물은 적이 있는지 진행이 꽤 빨랐다.

마침내 반장이 이만 질의를 마치겠다고 말했다.

"이메일 두 통을 보낸 IP 주소를 추적해 범인의 지연 관계를 추측한 다음, 합병된 회사 직원과 술집 아가씨 들에게 사건 발생 시의 알리바이를 확인해보겠습니다. 그 외에 벤츠에 있는 지문을 검사해 수상한 사람의 지문이 있나 알아보도록 하죠. 뭔가 새로운 정보가 있으면 경찰로 연락 주십시오."

"잘 부탁드립니다."

대화는 그렇게 끝났다.

경찰이 개입했다. 시험 삼아 들어본 도청 덕에 중요한 소식을 얻을 수 있었다. 그리고 그 탓에 강밍의 가슴속이 시끄러워졌다.

6.

제가 어떻게 그 꼬맹이와 그렇게 친해졌는지, 이제는 기억나지 않습니다.

제게는 있지만 아이에게는 없는 것을 그 기회에 보상해주려고 했던 게 아닐까요.

—

눈을 뜨고 한동안 이불 위에서 몸부림을 쳤다. 지금은 정오. 그러니까 다섯 시간을 채 자지 못했다는 말이다. 거실에는 꼬맹이가 아무런 기척도 없는 거실 소파에서 담요를 덮은 채 쿨쿨

자고 있었다.

상쾌한 미풍이 창틈으로 들어와 식욕의 계절을 연상하게 했다. 꼬맹이와 밤새 미쳐 돌아간 탓에 아직까지 아무것도 먹은 게 없었다. 쉼 없이 소리를 내는 위장을 누르며 부엌의 냉장고를 열어 안에 뭐 먹을 게 있나 탐색해봤다. 역시, 아무것도 없었다.

싱크대와 찬장 주변을 둘러봐도 혼자 사는 사람의 2대 양식인 빵과 인스턴트 면조차 없었다.

달걀 몇 알만 달걀 바구니에 있었다. 여기에 패스트푸드 가게에서 가져온 케첩을 더하면 간단한 오므라이스는 할 수 있겠지?

환풍기와 가스레인지를 켜고 프라이팬에 기름을 둘렀다. 달걀껍데기를 깨느라 버벅거리고서야 오랫동안 뭘 만들어 먹지 않았다는 사실을 깨달았다. 하얗고 통통한 사람 그림자가 소파에서 일어나는 모습이 보였다. 환풍기의 소리가 시끄러워 깼나 보다.

내가 엉망진창이 된 오므라이스를 부엌에서 가지고 나오자 꼬맹이는 다시 먹기 좋아하는 게으름뱅이 가필드로 변했다. 포크가 접시에 쨍강쨍강 부딪히는 소리 속에서 우리는 마주보며 걸신들린 듯이 오므라이스를 먹어치웠다.

"샤오추이는 왼손잡이네? 머리 나쁘겠다."

밥풀을 잔뜩 묻힌 얼굴이 내게 말했다.

"웃기네. 왼손으로 먹고 글씨 쓰는 사람이 똑똑한 사람이야."

"말도 안 돼. 나도 전에는 왼손으로 글씨 썼어. 엄마가 그러면 나중에 멍청해진다고 해서 오른손으로 바꿨는걸?"

신기한 우연이다. 우리 엄마도 그랬다. 내가 말을 안 들었을 뿐이지.

이런 부모는 분재를 사다가 이리 자르고 저리 늘리는 가짜 원예가와 같다. 멍청하기 그지없다.

"너네 엄마는 네가 자라서 자기보다 똑똑해질까 봐 그렇게 말한 거야."

"아, 그런 것도 같아. 그래서 엄마 밥이 샤오추이 밥보다 맛이 없는 거구나."

하마터면 의자에서 굴러떨어질 뻔했다.

"내가 만든 게 더 맛있어?"

"응. 샤오추이가 만든 거 맛있어. 엄마는 늘 아빠한테 화나 있어서 만드는 음식이 다 맛없어."

"하하하."

웃었다. 일주일간 잃었던 웃음소리였다. 때려죽인대도 믿지 않을 일이다. 한 달에 한 번이나 가스 불을 켤까 말까 하고, 달걀프라이도 볶음처럼 만드는 서투른 솜씨로 만든 음식이 전업주부가 만든 것보다 맛있다니. 아이는 요리사의 마음의 맛을 맞힌

다더니 그게 우스개만은 아닌가 보다.

그러나 아이를 복수의 도구로 삼는 내 마음속에는 '맛있는' 요소가 얼마나 있을까?

나는 갑자기 솟아오르는 자기혐오를 겨우 누르며 미소를 띤 채 말했다.

"다안, 우리 조금 있다가 도둑잡기 놀이 할까? 네가 먼저 인질 해, 내가 강도할게."

"좋아. 그다음에는 내가 경찰 할 거야!"

아이가 기뻐하는 모습을 보자, 뭔가 나쁜 것이 몸속에 들어 있는 듯 구역질이 올라왔다.

납치범 보시오.

몸값을 운송하던 사람이 습격을 당했습니다. 목적이 무엇입니까? 달리 조건이 있습니까?

왜 가방을 가져가지 않았는지 모르겠군요. 안에는 오백만 위안만 넣었을 뿐 어떤 짓도 하지 않았습니다. 얼마든지 가져가고 아이는 돌려주십시오.

웨이쉰

차이 선생님, 안녕하세요?

실례지만, 회신이 너무 간단해 이해가 잘 안 됩니다.
몸값을 가져온 사람이 공격을 당했습니까? 그건 제가 한 게 아닙니다. 돈을 옮긴 분이나 선생님에게 원한이 있는 사람 짓이겠지요. 휴지통을 살펴봤는데 요구한 가방이 보이지 않아 그냥 돌아왔습니다. 선생님이 왜 약속을 이행하지 않았을까 답답했지요.
주신 메일을 보니 몸값을 운송한 분은 선생님의 부하 같군요. 아드님은 그런 사람이 오기를 바랄까요? 아닐 겁니다.
잘 들으세요. 다시 기회를 드리겠습니다. 이번에는 본인이 와주십시오. 그렇지 않으면 제게 일억을 주셔도 마찬가지입니다.
시간은 내일 새벽 2시, 장소는 신이루 옆의 다안삼림공원 입구, 그러니까 아드님이 제게 납치당한 곳으로 하겠습니다. 이번에는 걸어서 와주십시오. 그곳에도 공공 휴지통이 있으니 직접 가방을 안에 넣으시면 됩니다. 물론 오직 한 사람이 몸값을 옮겨야 합니다. 만약 제가 다른 낌새를 눈치채게 되면 거래는 그걸로 끝입니다.
인질 사진을 첨부합니다. 죄송하지만 아이가 시끄러워서 묶어둘 수밖에 없었네요.

호기심 꼬마

오후 2시. 난 도서관 컴퓨터 앞에 앉아 있었다. 지난번에 메일을 보낸 곳이 추적당했을까 걱정되어 이번에는 시립 도서관에서 좀 떨어진 시립 도서관 청중 분관으로 갔다.

그의 메일은 전처럼 간단한 전보식이었다. 알 것 같았다. 이 사장 나리에게 시간은 돈이고 아이는 돈보다 못하다.

첨부한 사진에서 입에 테이프를 붙인 남자아이는 사지가 꽁꽁 묶여 있고 눈에 두려움이 가득해 전형적인 인질의 모습을 하고 있다. 그 뒤 이 아이가 풀매듭으로 묶인 끈을 벗고 흥분한 목소리로 "이제 나 경찰 하는 거다!"라고 외쳤을 줄은 아무도 모를 거다.

꼬맹이, 잘했다. 표정도 아주 끝내줘.

차이웨이쉰, 네 아들 표정이 이런 걸 보니 어때? 가슴 아파? 괴로워? 이 아이에게 부족한 걸 넌 나중에 보상해줄 거야? 네가 부성애를 조금이라도 보여준다면 당장 아이를 돌려주겠어.

메일을 전송했다. IP를 추적당할지 모르기 때문에 빨리 도서관을 떠나야 했다.

오후의 따가운 햇빛이 1층 문 앞의 땅 위로 쏟아져 내렸다. 눈을 찌르는 햇빛을 마주하자 어쩐 일인지 갑자기 붉은색 빛이 눈을 덮어 앞이 보이지 않았다. 하마터면 다리가 풀려 쓰러질 뻔했다.

그때 귓가에 익숙한 목소리가 들렸다.

"괜찮으세요?"

겨우 정신을 수습하고 앞을 보니, 아, 이웃집 그 사람이라 서둘러 대답했다.

"또 만났군요. 정말 신기하네요."

붉은색 빛의 영향을 받은 걸까. 망할, 내 얼굴이 또 불판 위의 게가 되었다.

그래도 이번에는 기분이 조금 달랐다.

| 강밍의 기록 |

위고는 장인어른을 찾아가 신부의 미간에 있는 상처에 대해 물었다. 왕태가 대답했다. "십사 년 전, 보모가 아이를 안고 쌀 시장을 지날 때 미친 사람이 갑자기 칼로 찔렀다네. 다행히 큰일은 없었지. 하지만 상처가 남았다네."

위고가 깜짝 놀라 다시 그 보모가 맹인이 아니었는지 물었다. 왕태가 신기해하며 그렇다고 말했다. 위고는 놀라 한동안 아무 말도 하지 못하다 한참 후에야 십사 년 전 달빛 아래에서 만난 노인과 여자아이를 찌른 일을 하나하나 고백했다. 왕태도 이야기를 듣고 경악했다.

위고는 그제야 자신의 인연이 정말 노인이 말한 것처럼 운명으로 정해졌다는 걸 이해할 수 있었다. 이로부터 두 부부는 이 인연을 소중히 여겨 서로 아끼며 살아갔다.

강밍과 여자는 도서관 앞에서 만난 후 근처의 카페로 들어갔다. 여자는 정장을 입고 엷은 화장을 해서, 얼핏 보면 지난번만큼 화려하지는 않았지만 소박하고 깨끗한 아름다움이 있었다.

강밍은 그녀를 만나자 곧 이름을 기억해냈다. 맞아, 한멍추이였지. 그렇지만 이 순간에는 이 이름을 저번에 도청했던 경찰 조사 내용과 연결하지 못했다.

상대방이 먼저 자기의 직업을 말할 때까지는.

"사실 저는 옷 가게 직원이 아니라……."

"네?" 강밍은 갑작스러운 고백에 당황했다.

"옷가게가 그렇게 늦은 시간까지 문을 열 리 없잖아요. 거짓말을 해서 정말 미안합니다. 그때 제가 워낙 요란하게 입고 있어서 제 직업이 들킬까 봐 자리를 피하려고 말씀을 거절한 거예요. 그러다 나중에 후회했죠. 청 선생님은 그렇게 막힌 분이 아닐 것 같았거든요."

"실례지만, 대체 무슨 직업인데……."

여자는 질문에 대답하지 않고 가방에서 명함첩을 꺼낸 다음 깊이 숙였던 고개를 들어올리며 말했다.

"이걸 보시면 아실 거예요."

그러나 그녀의 손이 긴장으로 떨렸던 탓에 손안의 물건이 떨어지면서 명함첩의 명함들이 바닥으로 흩어졌다.

"아, 죄송합니다……."

"아닙니다." 강밍은 손을 들어 몸을 구부리려는 상대방을 저지하고 몸을 낮춰 바닥에 떨어진 명함을 하나하나 주웠다.

그러다 그중 한 장을 자세히 보려고 눈앞으로 가져왔다. 손으로 쓴 명함으로 글씨가 깔끔하고 유려했다.

타이베이 시 린썬베이루 X단 XX번지 빅터(VICTOR)

접객 스태프 샤오추이 전화: 02-XXXX-XXXX

눈앞이 순식간에 하얗게 변했다.

벼락이라도 맞은 듯, 강밍은 한참을 주저앉은 채 정신을 차리지 못했다.

상대방은 그의 상태를 알아차리지 못하고 혼자 말하고 있었다.

"그래요. 보시는 것처럼, 저는 흔히 말하는 술집 여자예요……."

그때 강밍에게 다른 일이 떠올랐고 순간 그는 더 큰 충격을 받았다. 틀림없었다. 새벽에 경찰이 차이웨이쉰에게 의심되는 인물을 묻고 관련된 여자들이 언급될 때 한멍추이의 이름이 그 속에 있었다. 그때는 긴장한 나머지 자세히 듣지 못한데다 잠깐 그녀의 이름을 잊은 탓에 그녀와 차이웨이쉰을 잇지 못했다.

"이 직업은 돈은 잘 벌지만 전혀 편하지 않아요. 그리고 술집에서 일하는 여자들도 세상에서 생각하는 것처럼 그렇게……."

상대방의 끝없는 말도 강밍의 귀에는 전혀 들어오지 않았다.

"청 선생님, 저 같은 여자는 쉬워 보이나요? 어째서, 어째서 남자들은 이런 이유만으로 여자와 쉽게 헤어지나요? 나쁜 놈들……."

강밍의 정신이 돌아왔을 때는 이미 화장이 지워질 정도로 한참 운 상대방의 얼굴만 보였다. 아, 흉하다. 그래도 닦으면 괜찮아지겠지.

차이웨이쉰, 네놈 정말 좋은 일 많이 했구나.

4시에 집으로 돌아온 강밍은 곧장 방으로 들어가 문을 잠그고 도청기 수신기를 열었다. 모든 잡념이 사라진 그의 머릿속에는 이제 오로지 마치지 못한 범죄만이 남았다.

한참을 기다리자 드디어 스피커에서 소리가 들렸다.

불쾌해하는 반장의 목소리였다.

"차이 선생님, 이렇게 중요한 정보를 이제야 알려주시다뇨."

"죄송합니다. 아무래도 이런 일은 정말 어떻게 말하기가 힘들어서……."

"됐습니다. 낮에 샤오자오에게 알아보라고 했습니다. 이렇게 용의자가 하나 더 늘었군요."

강밍은 긴장했다. 설마 내가 찍힌 건 아니겠지?

"다른 사람들의 알리바이는 거의 조사를 마쳤습니다. 아드님이 납치된 시간에 예전 회사 직원들은 모두 직원 회의에 나가 있어서 알리바이가 분명합니다. 그 술집 아가씨들은……. 이봐, 땅꼬마! 말해봐."

"네." 또 그 젊은 목소리다. "그 아가씨들은 늦은 시간에 출근하기 때문에 아이가 납치된 시간에 모두 알리바이가 없습니다. 그러나 운전기사가 피습된 밤에는 아가씨들이 모두 술집에서 일하는 시간이라 대체로 증인이 있었습니다. 다만 한 사람이……."

"한 사람? 누구?"

"이름은 한멍추이. 출근한 후 오래지 않아 몸이 좋지 않다고 먼저 퇴근했다고 합니다. 그래서 두 시간 동안 알리바이가 없습니다. 샤오자오가 1시 반에 한멍추이의 아파트에 가본다고 했으니 곧 소식이 있을 겁니다."

"훌륭해. 샤오자오, 행동이 빠르군."

강밍은 깜짝 놀랐다. 그 사람도 알리바이가 없단 말인가!

반장의 헛기침 소리가 울렸다.

"흠흠, 감식반에서 말하길, 벤츠에서 여러 지문이 발견돼 현재 대조중이지만 아마 선생님과 운전기사의 지문일 거라며 큰 기대는 품지 말라고 하더군요. 그리고 어제 메일은 추적 결과 발신지가 시립 도서관 총관으로 확인되었습니다. 오늘도 한 통 받으셨지요. 연락을 받고 곧바로 추적해보니 지난루의 청중 분관에서 발신되었더군요. 바로 사람을 그쪽으로 보냈지만 의심스러운 인물은 없었습니다. 통신 장소를 바꿀 줄 아는 걸 보면 범인은 꽤 똑똑한 것 같습니다."

"그러면 알리바이가 유일한 단서가 되나요?"

"물론 그렇지 않습니다, 차이 선생님. 납치범이 새벽 2시에 삼림공원 북쪽 출입구에서 몸값을 지불하라고 하지 않았습니까."

"음, 잠, 잠깐만요……. 지금 제게 오백만 위안을 가지고 가라고 하는 겁니까?"

"납치범의 지시에 따르면서 기회를 잡아 범인을 체포하는 건 경찰의 납치 사건 처리 원칙입니다."

"저, 저는 싫습니다! 운전기사처럼 납치범이 습격하면 어쩝니까?"

"차이 선생님, 겁먹지 않으셔도 됩니다. 상황이 지난번과는 달라요. 경찰에서 선생님의 안전하게 지켜드릴 겁니다. 걱정하지 마십시오. 저희가 공원의 동, 서, 북 세 방향에 병력을 배치하고 수상한 사람이 나타나면 바로 움직일 겁니다."

"반장님, 남쪽에는 안 보냅니까?"

땅꼬마 형사가 말했다.

"멍청아! 우리 병력이 그렇게 많은 줄 알아? 범인이 나타날 가능성이 높은 곳에 배치해야지!"

"……." 젊은 형사는 아무 말도 하지 않았다.

대화는 이것으로 끝났다. 강밍은 침대에서 엎치락뒤치락하면서 앞으로 어떻게 할지 궁리했다.

새벽 2시, 다안삼림공원, 경찰이 없는 남쪽 출입구, 북쪽 출입구에서 거래 대기…….

7.

그 붉은 실은 이어져 있었을까요, 아니면 끊어졌을까요? 그때의 저는 그런 불안한 마음을 품고 있었을 겁니다.

—

꼬맹이가 보이지 않는다.

새벽 1시, 잠에서 문득 깨어나 오 분 만에 이 무서운 사실을 깨달았다.

침실, 거실, 부엌, 욕실 어디에도 아이의 모습이 보이지 않았다. 아아아아아아, 망할 가필드, 도대체 어디 있는 거야? 술래

잡기는 그만둬. 당장 나오라고! 옷장? 없다. 냉장고? 없어. 휴지통……. 아아아, 내가 지금 무슨 생각을 하는 거야. 이런 데 있을 리가 없잖아.

도. 망. 갔. 다.

언제 도망갔지? 나는 그 사람과 카페에서 이야기를 마친 뒤 바로 아파트로 돌아왔다. 그리고 그대로 내 방에 처박혀 있었는데 언제 잠들었는지는 기억나지 않는다. 자는 동안에는 꼬맹이의 상태에 신경 쓸 도리가 없다. 그사이에 나간 건가? 그럴 수 있다.

잠깐. 내가 돌아왔을 때 아이를 봤던가? 내가 집에 왔을 때 이미 없었던 게 아닐까? 자물쇠 세 개를 어떻게 열었지? 잠깐만. 나가면서 나는 정말 문을 잠갔던가? 협박 계획에 몰두해서 문 잠그는 걸 잊었을지도 모른다. 그래서 내가 없는 동안 나갔나?

갖가지 두려운 상상이 머릿속으로 기어 들어왔다.

경찰이 언제 들이칠지 알 수 없는 마당에 집에 있을 수는 없었다. 지금 잡혀서는 안 된다.

신속하게 필요한 물건을 커다란 토트백에 넣었다. 대충 준비를 마친 후 가방을 들고 나는 듯 뛰쳐나왔다. 잠들기 전에 아무것도 먹지 못한 탓에 뱃가죽은 등에 붙을 것 같았고 손발에는 힘이 들어가지 않는데다 현기증도 났다. 나는 한 방향으로 계속 달렸다. 집에서 멀수록 좋았다.

삼림공원 방향이었다.

| 강밍의 기록 |

새벽 2시. 거래 시간이 되었다.

강밍은 움직이기 편하게 트레이닝점퍼에 편한 바지를 입고 운동화를 신었다. 알루미늄 야구방망이를 든 손은 떨렸고 깊은 밤의 정적에서 자신의 숨 쉬는 소리만 분명하게 들렸다.

그는 공원 밖에서 살금살금 남쪽 출입구를 향해 걸었다.

들키지 않도록 조심하며 사방의 움직임을 살폈다. 도청 내용에 따르면 여기가 경찰 병력이 가장 적은 곳이지만 안심할 수는 없었다. 일이 터지면 경찰이 사방에서 둘러쌀 것이다.

겨우 입구에 도착했다.

사방이 조용했다. 나무잎이 사각사각 부딪히는 소리조차 들리지 않았다. 강밍은 한 걸음씩 탐색하며 보이지 않는 곳에 숨어 있는 사람은 없는지 살폈다.

순간, 앞쪽 어두운 곳에서 한줄기 밝은 빛이 날아와 그의 두 눈을 찔렀다.

"선생님, 이 야심한 시각에 여기서 뭐하십니까?"

강밍은 잠시 앞을 볼 수가 없었다. 눈에 힘을 주고 보니 몸집은 작지만 잘 훈련받은 듯한 사람이 손전등을 들고 눈앞에 있었다.

"나이가 어떻게 되십니까? 직업이 무엇인가요? 어디서 사십니까? 이름은 무엇이지요? 신분증을 보여주세요."

상대방의 엄중한 말투가 강밍에게 생각할 기회를 주지 않았다. 강밍은 당황한 나머지 어쩔 줄을 모르다가 문득 상대방이 경찰일지도 모른다는 데에 생각이 미치자 화들짝 놀랐다. 평복을 입은 걸 보니 유괴 사건을 담당하는 형사가 틀림없었다.

"그냥 산책하러 나온 건데요……."

상대방의 손전등이 재빨리 강밍이 쥐고 있는 야구방망이를 비췄다. 두려워진 강밍은 공원 안으로 들어가 다른 방향으로 도망쳤다.

"이봐! 거기 서!"

작은 몸이 화살처럼 날쌔게 강밍을 따라잡았다. 강밍의 왼팔이 뒤쪽으로 단단히 꺾였다.

"당신, 납치범이지? 흥, 당신이 장치한 도청기를 몰랐을 줄 알아? 범인이 대화를 들을 수도 있다는 걸 알고 경찰 배치를 바꿨다고."

"……."

망했다. 들켰구나. 이 사람은 분명히 그 땅꼬마 형사겠지. 강밍은 두려움에 자기도 모르게 왼손을 자꾸 비틀며 상대방에게서 벗어나려 몸부림을 쳤다.

"앗!"

땅꼬마 형사가 흔들리다 휘청하더니 땅바닥으로 엎어졌다.

상대방이 이렇게 쉽게 떨쳐질 줄은 몰랐기에 강밍은 깜짝 놀랐다. 형사의 얼굴과 왼손이 돌길에 부딪혔고, 손바닥과 팔 전체가 긁히면서 피가 많이 흘렀다. 얼굴에도 상처가 났다. 거기다 넘어지면서 발목이 비틀렸는지 고통스러운 표정을 하고 있었다.

강밍은 상대방의 살필 여유가 없었다. 당장 야구방망이를 들고 달렸다.

탕!

한참을 달린 그의 뒤로 총성이 울렸다.

휴, 맞지 않았어.

심장이 미친듯이 뛰었다. 강밍은 온몸의 아드레날린을 동원해 백 미터 달리기를 하듯 공원 안쪽을 향해 달렸다.

차이웨이쉰은 가방을 들고 북쪽 입구에서 대기하고 있었다.

그는 거래 장소에 도착한 후 바로 휴지통에 붙어 있는 쪽지를 봤다. 쪽지에는 거래 장소가 남쪽 출입구로 바뀌었다며 십 분 내로 오라고 적혀 있었다. 그렇지만 경찰이 사방에서 자기를 지키고 있으니 갑작스러운 행동은 오히려 위험할 수 있었다. 저번에도 범인은 거래를 핑계로 몸값을 가져간 사람을 습격했다. 그는 경찰의 눈에서 벗어날 생각이 조금도 없었다.

강밍이 헐떡거리며 모습을 드러냈다. 그는 험상궂은 얼굴로 야구방망이를 들고 땀을 비 오듯 흘리며 공원 안쪽에서 달려 나왔다.

차이웨이쉰은 그의 얼굴을 보고는 허둥대다 곧 상황을 깨달았다.

“아니? 너는…….”

“그래, 기억나냐?”

“네가 유괴범?”

차이웨이쉰이 긴장하며 사방을 둘러보았다. 경찰이 나와야 하는 거 아냐? 그의 얼굴은 불안과 초조로 가득했다.

“볼 거 없어. 경찰은 다들 남쪽 출입구에 일이 나서 그쪽 지원 갔어. 남아서 너를 지켜보던 사람은 내가 방금 야구방망이로 재웠고.”

강밍이 야구방망이를 흔들었다.

“너…… 뭘 어쩌려는 거야?”

“묻고 싶은 게 좀 있어. 일단 너 우리 아버지한테 미안한 마음 없어?”

“응? 네 아버지가 누군데……. 으악!”

강밍은 야구방망이로 차이웨이쉰의 무릎을 때렸다. 차이웨이쉰이 괴로워하며 무릎을 꺾었고 손안의 가방도 바닥으로 떨어졌다.

"우리 아버지는 네가 말하는 그 '청 사장님'이다. 너한테 돈을 빌려주고도 너한테 먹혀서 자살 시도한 청 사장."

"뭐라……. 아, 나도 계속 죄송하게 생각하고 있었어……."

"거짓말!"

강밍이 다시 야구방망이를 그의 등으로 내리쳤다.

"으아……."

차이웨이쉰이 바닥에 엎어졌다.

"이건 내 이웃집 대신이다."

강밍이 쪼그리고 앉아 그의 귀 쪽으로 몸을 기울였다.

"그 사람 이름은 한명추이야. 네가 가지고 놀다 버린 술집 아가씨 중 하나지. 그 사람과 너한테 버림받은 모든 여자들을 대신해서 때린 거야."

"너는 분명히 너 자신을 위해서……."

"닥쳐!" 이번에는 종아리를 때렸다. "이건 네 부인과 아이 몫이다."

"으……. 내가 아내와 아이에게 무, 무슨 짓을 했다고……."

그의 목소리가 점점 잦아들더니 약한 신음 소리로 변했다.

"넌 나가서 놀고, 아이와 집안일은 부인에게 떠넘겼잖아. 네가 그러고도 감히 가족을 사랑한다고 말할 수 있어?"

"내, 내가 이렇게 힘들게 돈을 버는데 당연히……. 으아아아아아!"

강밍은 이번에는 아무 말도 하지 않고 두 손을 높이 들었다가 그대로 차이웨이쉰의 머리통을 내리쳤다. 야구방망이는 챙그렁 소리를 내며 한쪽으로 떨어졌고, 차이웨이쉰은 너무 놀라고 겁을 먹은 나머지 입에 거품을 물고는 그대로 꼼짝하지 않았다.

온몸의 힘을 다 쓴 강밍 역시 기운이 빠져 땅바닥에 주저앉았다.

드디어 끝났다.

멀리서 맑은 달이 보였다. 그리고 손전등의 빛도 공원 저쪽에서 다가왔다.

"청강밍……."

땅꼬마 형사가 왼손에 권총을 든 채 어떤 노인의 부축을 받으며 절룩절룩 다가왔다. 손전등은 노인이 대신 들고 있었다.

강밍은 억지로 몸을 일으켜 체념한 채 두 손을 내밀었다.

"납, 납치 협박 죄와 상해 현행범으로 당신을 체포합니다. 헉, 헉……."

형사가 허리춤에서 수갑을 꺼내 강밍의 왼팔에 채웠다.

"당신은 묵, 헉, 묵비, 권을 행사할 수 있으나 당신의 발언은 모두…… 헉……."

"알겠습니다."

강밍이 쓴웃음을 지으며 다리가 풀려 쓰러질 것 같은 형사를 부축했다.

상대방은 놀란 얼굴을 했으나 곧 진정하고 수갑의 다른 쪽을 자기의 팔에 채웠다. 그리고 형사의 존엄을 회복하기 위해서인지 강밍을 잡아 당겨 이쪽을 향해 오는 다른 경찰들 쪽으로 다가갔다. 자리를 뜨기 전, 노인에게 인사하는 것도 잊지 않았다.

"할아버지, 고맙습니다."

"별말씀을."

노인은 뭔가 만지작거리는 것 같더니 금세 그 뭉치를 바지 주머니로 집어넣고 오른손을 내밀며 형사에게 말했다.

"부축하고 안내한 비용은 백 위안이면 됩니다."

경찰차 앞에는 젊은 남자 한 명, 여자 한 명, 남자아이 한 명이 있었다.

여자는 한멍추이였다. 그녀의 동그랗게 뜨인 두 눈에는 믿을 수 없다는 놀라움이 드러나 있었다. 강밍도 그녀에게 눈길만 슬쩍 한 번 주었다.

아, 붉은 실은 끊어졌나?

"샤오자오, 고생했어."

땅꼬마 형사가 젊은 남자에게 말을 걸었다.

"아냐, 그래 봐야 피까지 흘리며 범인을 체포한 업적에 비하겠어?" 웃고 난 그가 몸을 돌려 곁에 있는 남자아이에게 물었다. "꼬마야, 이 사람이 너를 납치한 나쁜 사람 맞니?"

남자아이가 눈썹 머리를 한참이나 찌푸리고 있더니 고개를 저었다.

"정말이야? 다시 한번 자세히 봐봐."

샤오자오라고 불린 형사는 포기하지 않았다.

"아니에요. 저 사람은 좋은 사람이에요. 날 납치하지 않았어요. 그냥 집에 데려가서 같이 놀아줬어요. 나랑 게임도 하고 배고프면 감자칩도 주고 맛있는 달걀 볶음밥도 만들어줬어요. 샤오추이 형은 좋은 사람이란 말야. 얼른 풀어줘요!"

강밍은 이 선의의 날조에 울어야 할지 웃어야 할지 알 수 없었다.

그래도 말은 바로 해야지. 내가 만들어준 건 오므라이스지 달걀 볶음밥이 아니라고, 이 스톡홀름증후군에 걸린 꼬맹아.

8.

저는 그때 수갑을 잘못 채우는 형사를 처음 봤어요. 경찰에 갓 들어온 햇병아리인가 했다니까요?

아, 여보, 어서 와. 가서 가스레인지 좀 꺼. 친구랑 전화 통화가 왜 그렇게 길어? 그러면서 나더러 손님 접대에 게으르다고 하고…….

아, 이 공책을 찾으러 갔던 거였군. 오해해서 미안해.

작가 선생님, 이건 제가 어제 당시 반장님께 빌린 겁니다. 관련된 분들의 신문 기록이에요. 아까 이걸 말하지 못해서 미안합니다. 안에 사건을 보충할 내용이 좀 있을 거예요. 참고하세요.

판쯔칭, 43세, '빅터' 점장

난 마담이 아닙니다. 점장이라고 불러주세요.

네? 청강밍? 아, 샤오추이 말씀하시는군요. 맞아요, 우리 가게에서 아주 인기 좋죠.

형사님도 들어보셨겠죠? 우리 가게 '아가씨'는 전부 여장 남자예요. 일본에 있는 '오카마 바' 같은 거죠. 하지만 정말 똑같아요. 한번 시간 맞춰 와보실래요? 제가 직접 사람을 골라서 손님들이 이상하고 어색하다고 느끼실 일이 없도록 한답니다. 아, 저쪽의 재는 예외예요. 아후이라고 하는데 몸매가 풍만하죠. 대신 무척 상냥해서 남게 했어요. 그리고 저런 유형을 좋아하는 손님도 있거든요. 아하하하하!

무척 놀라셨죠? 여기에 있는 여자 같은 사람들이 죄 남자고, 남자 같은 사람들이 죄 여자인 거요. 형사님은 일본의 다카라즈카 극단을 모르시겠네요. 거기에는 남장한 여자 배우가 많아요. 제 화장과 옷차림도 그 사람들을 흉내낸 거죠. 저쪽에 청년 같은 종업원도 그래요. 뤄쥔이라고 해요. 아주 유능하고 좋은 애예요.

참, 가오숑에 분점을 열 계획인데 언제 동료분들 모시고 놀러오세요. 가게 이름은 '빅토리아'예요. 뭔가 생각나세요? 맞아요, 빅터, 빅토리아는 영화 〈빅터 빅토리아〉에서 가져온 거예요! 어때요, 끝내주죠? 와하하하하하!

—

저는 삼 년 전에 대학원을 졸업하자마자 아버지에게 타이베이에 가서 혼자 지내고 싶다고 말했습니다. 그리고 제가 양성애자라고 고백하고 오카마 바에서 일하고 싶다고 말씀드렸어요.

물론 힘이 제대로 들어간 따귀를 맞았죠.

어린시절의 아버지는 다른 보통 아버지와 다르지 않았고 오히려 더 엄하신 데가 있었어요. 제게 이래라저래라 잔소리는 하지 않으셨지만 일단 제가 잘못을 저지르면 대나무 회초리로 때리셨고 달리 설교 같은 건 전혀 하지 않으셨어요. 아버지는 아주 일찍 사장이 되셔서 아이를 대할 때도 부하를 대하듯 봐주는 법이 없으셨죠. 아버지께 몇 번 대들었다가 크게 혼난 일 말고는 아버지와 제대로 대화를 나눠본 기억이 거의 없습니다. 아버지를 너무 두려워했기 때문에 아버지가 말이 통할 만한 사람이라고는 생각도 하지 않았어요.

그런데 그날 그렇게 맞은 다음에, 무슨 약을 먹었는지 처음으로 아버지한테 빌어먹을 고집쟁이라며 덤볐어요. 남자도 여자도 좋아하는 게 뭐가 문제냐고. 내가 남자도 여자도 다 하겠다는데 뭐가 잘못이냐고. 난 더 많은 사람을 사랑하고 싶다고, 남자로는 여자를 사랑하고 여자로는 남자를 사랑해서, 누군가의 마음에 기둥이 되어주고 싶다는데 그게 뭐가 잘못이냐고. 그렇게 한참을 떠들고 나니 아버지는 벙어리가 된 듯 아무 말씀도 못하셨습니다.

마침내 아버지가 등을 돌리시더니 몇 마디 말씀만 남기시고는 당신 방으로 들어가셨어요.

"사회라는 괴수는 잔혹하다. 적어도 보통 남자와 같은 외투는 두르고 살렴. 그게 너한테는 한낱 외투일 뿐이라도 말이다."

그날 밤, 저는 이불을 뒤집어쓰고 울었습니다. 어릴 때 어머니가 제 왼손잡이를 억지로 바꾸려고 하시다가 아버지에게 책망을 들으셨던 일이 떠올랐어요.

아버지는 제 신념을 꺾어버리신 적이 없습니다.

아버지는 제게 당신은 저를 사랑하고 지지하지만, 제가 신념을 관철하려다 사회의 가치관에 무너지는 걸 바라지 않는다고 말씀하셨던 거죠.

—

양뤄췬, 24세, 빅터 종업원

맞아요. 저랑 샤오추이가 좀 친했죠. 뭘 알고 싶으신가요? 샤오추이는 이 일을 겸업으로 했어요. 매주 월, 수, 금요일 밤 9시에서 다음 날 3시까지 일했죠. 본업이 뭔지도 알려줬는데 보험회사 영업직원이었던 것 같아요. 매주 월, 수, 금요일에 회사에서 퇴근하고 바로 이쪽으로 출근한대요. 피곤하겠죠? 아침 10시에 출근해서 새벽 3시 퇴근이라고요! 집에 가도 3시 반은 될 텐데 잠자는 시간을 빼면 일뿐이잖아요. 제가 왜 그렇게 힘들게 지내냐고 물었더니 아버지와 한 약속이라고 대답하더라고요.

저희 가게에서 술시중을 드는 사람들은 대부분 자기의 성별에 만족하지 못하거나 순수하게 여장을 좋아하는 남자라서 저는 농담으로 그 사람들을 '아가씨'라고 부르는데, 샤오추이는 제가 그렇게 부르는 걸 무척 싫어했어요. 사실 저도 샤오추이의 개성이 그저 여성스러운 말투를 쓰는 데만 있는 게 아니라고 생각해요. 전에 소란을 피운 손님을 화장실로 끌고 가 제대로 패준 적도 있어요. 하지만 피부가 하얗고 얼굴도 고와서 여장이 잘 어울리기도 해요. 그래서 저는 샤오추이가 중성적이라고 생각했어요. 〈베네치아에서의 죽음〉에서 나온 비에른 요한 안드레센이나 한국 배우 이준기처럼요.

그래서 샤오추이가 그 차이 사장과 사귈 때 놀라지 않았어요. 샤오추이는 제게 남녀 사이를 자유롭게 오가고, 자유롭게 사랑한다는 인상을 줬거든요.

금요일요? 아, 그날 확실히 이상하기는 했어요. 평소와 달리 회사 가방이 아니라 작은 숄더백을 메고 왔기에 회사에 휴가를 냈구나 짐작했죠. 그러고는 그렇게 왔다가 금세 조퇴해서, 휴가를 내러 온 거구나 했어요.

—

금요일의 제 행동 순서는 이렇습니다.

아침에 꼬맹이에게 쪽지를 남기고 디지털카메라로 아이의 사진을 찍었습니다. 그리고 도서관에 가야 해 가벼운 옷을 입었는데, 오후에 바오롄 과학기술 빌딩에 갈 예정이었기 때문에 숄더백에 회사에서 입는 싸구려 양복을 넣어 갔죠.

나는 어제와 같은 티셔츠와 청바지를 입고 일할 때 입는 옷을 숄더백에 쑤셔넣었다.

도서관에서 메일을 보내고 그곳 화장실에서 양복으로 갈아입은 뒤 버스를 타고 빌딩과 비밀 아파트에 도청기를 설치하고, 버스로 도서관에 돌아와 티셔츠와 청바지로 갈아입은 다음 두 번째 메일을 보냈습니다. 저는 언제나 장소에 맞춰서 옷을 입어왔습니다. 그날 갈아입은 옷은 숄더백에 있던 탓에 주름투성이가 됐죠.

지금 입은 옷은 일할 때 입는 싸구려 정장으로, 여기저기 주름이 잡혔지만 이런 상황에서는 충분히 제몫을 할 것이다.

도서관에서 나와 집에 가기가 귀찮아서 곧장 버스를 타고 제가 출근하는 빅터로 갔습니다. 자정은 제가 메일에 지정한 거래 시간이어서 뤄쥔에게 조퇴한다고 했어요. 빅터에서 일할 때 입을 옷을 가져가지 않아서 가게에서 옷도 빌렸고요.

"샤오추이, 오늘은 가져온 옷 입을 거지?"
"아니, 가게에서 빌릴 건데?"

저는 차이웨이쉰이 밤에는 대부분 회사에 남아 있다는 걸 알고 있었습니다. 그래서 11시에 조퇴를 하고 빌딩 근처의 편의점에 가서 수신기로 사무실의 일거일동을 도청했죠. 그 김에 장갑과 테이프, 굵은 끈 같은 물건을 샀습니다. 룸살롱에서 퇴근하면 보통 그 편의점에 가서 물건을 사기 때문에 단골이나 다름없어서 안에서 음악을 들으면서 좀 어슬렁거려도 문제 될 게 없었죠.

강밍은 깊은 밤에 불어오는 선선한 바람을 느끼며 편의점을 나섰다. 막 출근해 교대한 남자 점원이 카운터 뒤쪽에 앉아 그에게 잘 가라며 손을 흔들었고, 그 역시 살짝 고개를 끄덕여 인사했다.

거래 시간이 가까워져 편의점을 나왔는데 우연히 술집에서 조퇴한 한멍추이 씨를 만난 겁니다. 그다음에 저는 거래 장소로 가서 운전기사를 습격했습니다. 왜 습격했느냐고요? 도청했을 때 차이웨이쉰이 스스로 몸값을 옮기지 않는다는 걸 알고 무척 화가 났거든요. 운전기사를 습격해 차이웨이쉰이 직접 나오도록 몰아붙이려고 했을 뿐입니다. 그리고 제가 쓴 건 전기 충격봉이어서 큰일은 없었을 겁니다.

곧장 수풀에서 뛰쳐나가 운전기사가 고개를 돌리기도 전에 손안의 물건으로 운전기사의 뒷목을 찍었다.

새벽 1시에 집에 돌아와 꼬맹이와 게임을 하다 아침 7시에야 잠이 들었지요.

대강 이렇습니다. 작가 선생님, 목요일이나 토요일의 제 행동 순서는 직접 다시 구성하실 수 있을 거예요.

—

지웨이밍, 28세, 바오롄 과학기술 행정 보좌관

어, 청강밍은 제 대학 동기가 맞습니다. 학교 다닐 때 나름대로 꽤 유명했죠. 잘생겼잖아요. 저와 그렇게 친하지는 않았어요. 그래서 저희 회사에 왔을 때는 정말 놀랐죠.

그런데 주름이 잔뜩 진 양복을 입은 걸 봤을 때는 보험회사 영업사원이 어떻게 자기의 겉모습에 저렇게 신경 쓰지 않을 수 있나 싶더라고요.

그럼, 사장실에 도청기를 설치하려고 절 보러 왔다고 말한 거라고요? 어, 설마요. 그러고 보니 저한테 사장실이 어디냐고 물어보기는 했어요. 이거 제 잘못일까요? 하지만……

사장실은 잠겨 있는데 그 친구는 어떻게 열고 들어간 거죠?

—

문득 제풀에 놀라 회상에서 빠져나오다 화장대의 물건을 쳐 벽장으로 날리고 말았다. 짤랑하는 소리와 함께 열쇠 꾸러미가 바닥에 떨어졌다. 그가 내게 복사해준 것이었다. 사무실 열쇠와 밀회용 아파트 열쇠.

제게는 처음부터 차이웨이쉰이 복사해준 열쇠가 있어서 그 두 곳에 도청기를 설치하는 건 손바닥 뒤집듯 쉬운 일이었습니다.

—

차이웨이쉰, 35세, 바오롄 과학기술 사장, 상해 사건 피해자
당신들 경찰 때문에 난 큰일났다구요. 어디에서 얘기가 새나간 건지 아내뿐 아니라 회사 전 직원이 내가 오카마 바에 다녔고, 거기 오카마랑 사귄 일이나 찼다가 얻어맞은 일까지 다 알게 됐어요. 후, 체면을 상한 정도가 아니에요.
내가 지금 병원에 이렇게 누워 있는 것도 경찰 때문이잖아

요. 내 집에서 도청기를 발견하고선 범인이 남쪽 출입구로 들어오겠다고 예상해 경찰 배치를 바꾸기로 한 걸 말해주지 않았죠. 경찰이 남쪽 출입구를 지키는 걸 알았다면 진작 쪽지에 씌어 있는 대로 얌전히 그리로 갔을 겁니다. 댁들은 다 거기에 몰려 가 있고, 나는 고양이 몇 마리와 얌전히 북쪽에 있다가 결국 야구방망이로 그 망할 자식한테 얻어맞았잖습니까.
그놈이 청 사장 아들인 줄 알았다면 손도 대지 않았을 겁니다. 빌어먹을. 그때는 데리고 놀기 좋겠다 싶었던 것뿐인데 아주 제대로 걸렸다고요. 열쇠까지 준 건 내 잘못인 거 인정해요. 그렇지만 그놈이 그 두 군데에 도청기를 설치할 거라고 상상이나 했겠어요? 게다가 나는 그놈 집이 그 아파트에서 그렇게 가까울 줄 몰랐단 말입니다. 칫, 이럴 줄 알았으면 진작 열쇠를 돌려받는 건데.
어우, 정말 세상일은 알 수 없다니까요. 어쨌든 반장님, 이건 믿어주십쇼. 나는 그저 놀기 좋겠다 생각했을 뿐이지 동성애 성향이 있는 건 아닙니다……. 이봐요, 뭡니까, 그 표정!

—

그는 거래 장소에 도착한 후 바로 휴지통에 붙어 있는 쪽지를 봤다. 쪽지에는 거래 장소가 남쪽 출입구로 바뀌었다며 십 분 내로 오라고 적혀 있었다.

쪽지는 물론 제가 붙인 겁니다. 남쪽에 경찰이 적을 줄 알고 차이웨이쉰을 그쪽으로 불러서 담판을 지으려고 했어요. 결국 벌 받은 거죠. 경찰에서 도청기를 발견하고 손을 썼으니까요.

저는 차이웨이쉰을 완전히 잘못 봤어요. 그 사람이 저와 같은 부류의 사람이라고 봤고, 인생을 함께할 반려자라고 믿었어요. 그런데 그 사람은 저 같은 사람을 그저 놀기 좋다고만 여겼던 거죠……. 스스로도 남에게 말하기 부끄러웠겠죠? 그러니까 처음에는 저에 대한 얘기를 경찰에 숨겼던 거겠죠. 도청기로 반장님이 술집 아가씨들 이름을 묻는 걸 들었을 때는 제 이름이 나올까 봐 식은땀이 났어요. 다행히 한숨 돌리게 되었지만요. 그때 저는 막 잠에서 깬 상태였는데 계속 듣다 보니 완전히 정신이 들더군요.

"그럼 그 여성들에게도 혐의가 있을 수 있겠군요. 번거로우시겠지만 그분들에 대해 알고 계신 걸 대충이라도 말씀해주십시오."

강밍은 긴장한 나머지 식은땀이 났다.

제가 그때 그 사람의 아이를 납치한 건 정말이지 한순간의 탈선이었습니다. 그 뒤에 흐리멍덩한 상태의 아버지를 보고서야 아이로 그 사람을 끌어내 복수해야겠다는 생각을 했어요. 다안과 함께 지내면서 그 아이가 아버지의 사랑이 부족하다는 걸 알게 될 줄은 몰랐죠.

그래서 이 유괴 게임을 계속해서 다안에게 부족한 걸 채워주려고 했습니다. 자기 아버지가 자기를 위해서 목숨을 걸고 몸값을 가지고 왔다는 걸 알면, 다안은 분명히 무척 기뻐할 테니까요. 그렇지만 도청기와 메일에서 본 내용에 저는 다시 한번 차이웨이쉰에게 실망했습니다.

원래 저는 그대로 아이를 돌려보내려고 했습니다. 야구방망이로 때릴 마음은 없었어요. 나중에 그렇게 한 데는 두 가지 이유가 있습니다.

첫째는 제가 마지막으로 도청한 내용과 관련이 있습니다.

"저, 저는 싫습니다! 운전기사처럼 납치범이 습격하면 어쩝니까?"

다안이 그 사람 아이는 맞을까요? 저를 지지해주던 유일한 사람인 아버지를 그렇게 빼앗아놓고, 이제 자기의 아버지상마저 완전히 부수려는 걸까요? 제 마음속에는 뭐라고 할 수 없는 분노가 치솟았습니다. 그는 더이상 제가 한때 사랑한 남자가 아니라 그저 돈과 자기밖에 모르는 비겁자였습니다.

둘째는 당연히 다안이 보이지 않았기 때문이었습니다. 집을 다 뒤져도 아이를 찾을 수 없었거든요.

제가 깊이 잠든 틈에 옆집으로 놀러 갔다는 사실은 이후에 알았습니다.

하지만 그때 제가 집에서 도망 나온 건 옳았습니다. 샤오자오라는 형사의 탐문을 받고 납치 사건에 대해 알게 된 한멍추이 씨가 다안이 유괴된 아이라는 걸 알자 바로 경찰에 신고했거든요.

한멍추이, 27세, 룸살롱 '달콤한 마음' 호스티스

형사님, 맹세하지만, 그 샤오자오라는 형사님이 처음에 물어보셨을 때는 옆집 사람이 빅터에서 일하는 줄 몰랐어요. 정말이에요. 그 가게는 유명하거든요. 그 사람이 유괴범인

줄도 몰랐고요. 알았더라면 그 사람과 그렇게 여러 번 얘기를 하지도 않았을 거예요.

그래도 저는 그 사람이 나쁜 사람처럼 보이지 않아요. 그 사람이 한 일을 알고 난 뒤에는 심지어 조금 감동스럽기도 해요. 차이웨이쉰, 그 비겁한 놈……. 아, 죄송합니다. 말이 헛나갔네요. 차이웨이쉰이 그 사람한테 맞아서 다쳤다니 완전히 자업자득이죠. 저는 그 사람이 자기가 편의점에서 아르바이트를 한다고 거짓말한 심정도 이해해요. 저야 그저 특이한 직업이지만 그 사람이라면 말하기 더 어렵겠죠.

그러고 보니 생각나는 일이 있어요. 목요일에 제가 아파트 문 앞에서 두 번 마주쳤는데, 첫 번째는 처음 만난 거라 인사만 하고 금세 헤어졌어요. 두 번째는 둘 다 막 집으로 돌아와 들어가려던 참이었죠. 그때 그 사람이 감자칩을 엄청 많이 들고 있기에 무슨 간식을 그렇게 좋아하나 했어요. 좀 거들어서 안에 옮겨주려고 했는데 조심스럽게 거절하더라고요. 그러고 나서 그 사람이 철문을 여는데 갑자기 울음소리가 들리는 바람에 둘 다 난처해했죠. 그건 틀림없는 아이 울음소리였어요. 감자칩은 아마 그 사람이 아이 주려고 산 거겠죠.

참, 가게에서 제 이름은 샤오멍이에요. 언제 시간 되시면

'달콤한 마음'에 한번 놀러 오세요. 저를 지명해주시고요!

—

그 명함을 발견했을 때가 제가 가장 놀란 때입니다.

벼락이라도 맞은 듯, 강밍은 한참을 주저앉은 채 정신을 차리지 못했다.

한멍추이 씨가 술집 여자라고 놀란 게 아니라 그분이 제 명함을 가지고 있다는 사실에 놀랐지요. 한멍추이 씨 말을 들으니, 샤오자오가 명함을 보여주며 이것저것 물었는데 가져가는 걸 잊어서 자기가 갖고 있는 거라더군요. 되는대로 자기 명함첩에 넣어두었는데 하필이면 그게 떨어져 제 눈에 띈 겁니다. 동시에 경찰에서 한멍추이 씨도 주시하고 있다는 걸 알게 되었지요.

그 범죄 생활 사흘 가운데 제가 가장 신경을 쓴 사람이 바로 한멍추이 씨입니다.

저는 줄곧 그분과 제가 어떤 운명으로 묶여 있다고 느꼈어요. 목요일 새벽에 가게에서 통곡할 때도 월하노인의 붉은 실의 환각을 보았죠. 그때 저는 젓가락을 든 왼손 새끼손가락에 계속 진동을 느꼈어요. 마치 붉은 실의 다른 한쪽, 그러니까 운명의 사람의 오른손 새끼손가락이 당기는 것처럼요. 나중에 노숙자 노인의 일도 있고 해서 그분을 만났을 때 이 사람이 틀림없구나 직감했습니다. 그분도 저처럼 누군가에게 복수를 준비하고 있는 게 아닌지 묻고 싶었습니다. 그렇다면 우리는 범죄를 통해 결합하게 되었겠죠…….

하지만 모든 건 그저 저의 망상일 뿐이었습니다.

노인 얘기가 나와서 하는 말입니다만, 그분은 제가 체포될 때 또 나타나셨습니다. 하하. 사람을 속여서 먹고사는 버릇은 어디 가지 않아서, 형사한테도 돈을 달라지 뭡니까.

"여기까지가 저와 제 아내가 만난 이야기입니다. 어떤가요, 작가 선생님? 무척 특이하죠?"

노트북에 타자를 치던 손을 멈추고 고개를 들어 눈앞의 남자를 보았다.

지금의 얼굴로는 남녀 구분이 모호한 중성적인 외모였다는 십 년 전을 상상하기가 어려웠다. 세월의 흔적인지 혹은 여성과 결혼해 남성성이 더 강해졌는지 알 수 없지만, 지금 봐서는 그저 보통의 중년 남자였다.

부인이 가스레인지 불을 끄러 부엌으로 가느라 그가 이야기를 시작하며, "그럼 십 년 전의 어느 날, 제가 어떤 나쁜 남자한테 차인 이야기부터 시작하도록 하죠"라고 했을 때는 깜짝 놀라 기절하는 줄 알았다. 더구나 그가 말하는 주인공이 술시중을 드는 사람이어서, 처음에는 그가 자기 부인의 이야기를 한다고 생각했다.

한참 뒤에야 그가 내내 자기 얘기를 하고 있었다는 사실을 깨달았다. '강밍의 기록'과 대조해보면 사건의 전모가 뚜렷해진다.

"참." 이제 정리를 해야 한다. "체포된 뒤에는 어떻게 되셨나요?"

"재판에서는 제 동기가 순전히 악의에서 비롯된 게 아닌데다 신문 과정에서 거짓 없이 솔직하게 인정한 점과 피해자의 자업자득 요소 등을 감안해 팔 년으로 감형되었습니다. 저는 사 년 후 가석방되었고, 감옥에서 나온 뒤 저희 부부가 다시 만나게 되어 열렬히 사랑하고 결혼한 일은 또 다른 얘기죠. 하하."

"그 이야기는 제가 들려드릴게요." 아까 침실에서 신문 기록을 가져와 내 옆에 앉아 있던 부인이 말했다.

"두 분의 이야기에 제목을 붙여야 하는데요. 좋은 생각 있으신가요?"

"'범죄의 붉은 실'은 어떠세요?"

청 선생이 제안했다.

"괜찮네요. 그런데 엄격하게 말하면 이 이야기의 붉은 실은 전부 환상이어서……."

"아닙니다. 그건 실제로 있었습니다."

그의 말에 나는 깜짝 놀랐다. 말투가 워낙 단호했기 때문이다.

"노숙자 노인이 월하노인의 역할을 해서 우리가 이렇게 부부가 된 거예요."

부인이 곁에서 거들었다.

"그분이 가지고 놀던 붉은색 실타래 말고도 실제 상징이 우리 두 사람 손에 있었으니까요."

"상징?" 당혹스러웠다. "그게…… 뭔가요?"

두 사람은 바로 대답하지 않았다. 한참 뒤, 청 선생이 낮은 목소리로 말했다.

"아무래도 고정관념에 휘둘리시는 것 같군요."

아.

"그럼…… '수갑'인가요?"

"그렇습니다." 청 선생이 옆에 앉은 부인을 보며 미소 지었다. "그렇지요, 저우화린 여사?"

위고에게 상처를 입었던 여자아이는 자라서 위고의 아내가 되었다.

부인이 생글생글 웃으며 말했다.

"그때 저는 멀리서 이이가 야구방망이를 휘두르는 모습을 보고 저와 같은 왼손잡이라고 확신했어요. 그래서 제 오른손과 이이의 왼손을 수갑에 채웠던 거죠. 이이가 아까 말한 것처럼 수갑도 제대로 채울 줄 모르는 햇병아리라서 그런 게 절대 아니랍니다."

그렇게 두 사람은 달빛 아래에서 만나, 남자의 왼손과 여자의 오른손이 단단히 연결되어 '붉은 실'의 상징을 엮었다.

행복하시길.

—

이 아파트를 떠나기 전에 그 부부가 말했던 아래층의 부부도 탐방하기로 했다.

'의사와 간호사의 결합'이라니 듣기로는 그다지 신기한 게 없지만…….

어느 쪽이 의사고, 어느 쪽이 간호사일까?

작가 후기

이 작품은 제5회 런랑청추리문학상에 참가했던 작품으로, 「살의라는 이름의 보고서」에 비하면 창작 과정이 순조로운 편이었습니다. 수정을 무척 많이 했던 건 불어나는 이야기의 정보량을 잠시 제어하지 못해 그랬던 것 같습니다. 두 번째 투고에서 수상을 했지만 전작과 달리 평가는 칭찬과 비판이 섞였어요. 한 심사위원은 제가 서술 트릭에 집착하지 말아야 했다고 하셨고, 한 독자는 「살의라는 이름의 보고서」와 구조가 너무 비슷해서 참신한 맛이 떨어진다고 하셔서 제 간담을 서늘하게 만드셨죠. 처음부터 '자매작' 개념으로 써서 대조 개념이라고 생각했거든요. 그러나 창작이라는 것이 그렇듯 작가는 결코 독자의 생각을 장악할 수 없죠.

이참에 말씀드리자면, 런랑청추리문학상 주최 단체인 타이완 추리작가클럽은 다음 해에 '타이완 추리작가협회'로 이름을 바꾸었고, 문학상의 이름 또한 비교적 공식적인 느낌이 나는 '타이완 추리작가협회 공모상'으로 변경되었습니다. 그리고 협회의 일원이 된 저는 추리 창작계에서 구르는 삶을 시작하게 되었지요.

이 작품은 로맨틱 추리소설로 정의할 수 있는데 중국 당나라 시기의 작품 「정혼점定婚店」의 내용을 참고했습니다. 저는 열애중인 남녀의 마음을 그리는 쪽으로는 재주가 없어서, 끝부분의 '월하노인의 붉은 실'에 대한 해석이 제 빈곤한 뇌에서 짜낼 수 있는 최대치의 로맨틱한 설정이었습니다. 그후로 지금까지 다시는 애정을 중심으로 하는 작품을 쓴 적이 없어요.

작품에서 드러내고 싶었던 '성별 편견'은 발표 시기가 약간 시대에 뒤떨어졌긴 합니다. 그로부터 십여 년 후의 타이완 사회는 끊임없는 의견 교류를 거쳐 2019년에 동성혼인법안을 통과시켰습니다. 앞으로는 이 작품의 구성에 놀라는 사람도 점점 더 줄어들겠죠.

살인 교차점

라이청슝은 초여름의 바닷바람과 따가운 햇볕을 맞으며 모래 사장에 무릎을 끌어안고 앉아 머릿속 가득 샤오후이의 일을 생각하고 있었다.

"청슝, 얼른 움직여!"

곁에 있던 아카이가 청슝의 어깨를 밀었다. 희멀건 피부에 작고 마른 청슝과 달리 아카이는 체격이 건장한 활발한 남자였다. 그는 아까부터 쉼 없이 청슝을 부추기고 있었다.

"지금 혼자 있으니까 빨리 가서 우연히 만난 척 말을 걸어봐."

아카이가 혼자 있다고 말한 사람은 샤오후이다. 당사자는 지금 두 사람의 대화를 전혀 듣지 못한 채 그들의 왼쪽 앞 조금 떨어진 곳에 피크닉 매트를 깔고 있었다.

여름휴가 기간에, 그것도 토요일에 24시간 개장 해수욕장을 찾은 사람은 적지 않았다. 남녀가 모래사장에서 쫓고 쫓기는 놀이를 한다거나 아버지가 아이를 안고 몰려오는 파도를 맞는다든가 구조대원이 사다리에서 사방을 살펴보는 모습 모두 전형적인 여름날의 바다 풍경이었다.

빛나는 태양과는 거의 인연이 없는 청슝이 회사 동료이자 친구인 아카이와 여기에 온 목표는 오로지 하나, 샤오후이다. 회사의 최고 미녀, 모든 남자 동료의 마음속 연인.

샤오후이가 해수욕장에 간다는 정보를 알자마자 아카이는 오지랖 넓게도 '우연한 만남' 작전을 들고 와 청슝의 참모 노릇을 자청했다. 두 사람은 방금 탈의실에서 수영복으로 갈아입고 나와 막 샤오후이의 모습을 발견한 참이었다.

지금까지는 순조롭다고 할 수 있었다. 그렇지만 청슝이 영 앞으로 나아가지 못했다.

"야, 언제까지 망설이고 있을 거야?" 아카이가 한숨을 쉬며 말했다.

"아직 마음의 준비가 안 됐어. 또 말을 더듬을 것 같다고……. 여기서 보기만 해도 난 좋아."

"넌 마음에 뒀던 여자들한테 다 이랬어? 아무 생각도 하지 말고 앞으로 가서 말을 걸어야 하는 거라고! 으이구, 둘이 서로 모르는 사이도 아니고, 샤오후이가 널 잡아먹을 것도 아니잖아. 힘내! 당장 가라고!"

어떤 식으로 부추겨도 청숭은 바위처럼 산처럼 꿈쩍도 하지 않았다. 아카이는 홍이 식는 기분이었다.

"계속 이러다가는 다른 사람이 채 간다고. 생각해봐. 혼자 해수욕장에 온다는 건 뭔가 기대하기 때문이잖아! 서두르지 않으면……."

아카이의 두 눈이 갑자기 커졌다. 청숭이 뒤를 돌아보니 남자 하나가 입구 쪽 통로에서 나왔다. 상고머리에 단정한 얼굴, 하와이안 셔츠와 비치팬츠를 입고 대나무로 짠 메시 백을 들고 있었는데 체격이 상당히 단단했다.

"어, 어! 남자친구 왔다. 이거 보라고, 네가 기회를 잡지 않아서 그렇잖아!" 아카이가 청숭을 손가락질했다.

"샤오후이는 남자친구 없어."

"아직도 고집 부리는 거냐. 됐다, 나도 모르겠다. 멀리서 보기만 해도 좋다니 네가 스토커가 돼도 알 바 아니다. 난 가서 몇 바퀴 돌고 오련다."

말을 마친 아카이가 바다 쪽으로 걸어갔다.

청숭은 샤오후이를 바라봤다. 샤오후이는 파라솔까지 다 설치하고 피크닉 매트에 누워 일광욕을 하고 있었다. 비키니 수영복은 균형 잡힌 가슴과 비율 좋은 허리, 구릿빛 피부 같은 건강하고도 섹시한 몸매를 부족함 없이 드러냈다. 지나가던 남자들도 어쩔 줄 모르고 발을 멈춘 채 시선을 보냈다. 청숭은 꿀꺽 침을 삼켰다.

그 남자친구라는 사람, 그러니까 상고머리 남자는 샤오후이에게 다가가지 않고 곧바로 탈의실 쪽을 향했다. 해수욕장에서 직접 만나기로 했나? 청숭은 자기도 모르게 속으로 혼잣말을 했다.

샤오후이는 어느새 일어나 앉아 눈앞의 바다를 바라보며 태양을 즐기고 있었다.

잠시 청숭은 이런 자기가 너무 한심하게 느껴졌다. 줄곧 바라만 보는 것도 아무 쓸모가 없고, 일부러 오기까지 했는데 감히 말도 걸지 못해서야…….

갑자기 샤워가 하고 싶어졌다.

그렇게 생각한 순간 그는 이미 일어나 상고머리 남자가 간 건물로 향했다. 몇 걸음마다 고개를 돌려보았고, 빛나는 햇살 아래에서 샤오후이와 자신의 거리는 점점 멀어졌다.

탈의실 입구에는 동전 투입식 사물함이 일렬로 놓여 있었는데 그와 아카이도 좀 전에 이곳에 짐을 두었다. 한쪽에 있는 샤워실 두 종류 가운데 그는 남녀 구분이 없는 칸막이식 샤워실을 골랐다. 비쩍 마른 자신으로서는 타인의 나신과 마주하고 싶지 않았다.

안에는 칸막이로 나뉜 샤워실 열 칸이 있었고 그중 문 하나는 누군가 쓰는지 잠겨 있었다. 청슝이 대충 골라 들어가 냉온수 수도꼭지를 절반씩 돌리자 물이 와르르 쏟아졌다.

물은 상당히 찼다. 여름이라고 해도 밖의 바닷바람도 제법 강했고 청슝은 찬물에 샤워하는 데 익숙하지도 않았다. 잠시 기다려도 물은 따뜻해질 기미가 없었다. 온수를 끝까지 돌려도 쏟아지는 물의 양이 변하지 않았다.

청슝은 설마 온수가 나오지 않는 건가 생각했다. 수도꼭지를 잠그고 옆 칸으로 가봐도 같은 상황이었다. 포기하지 않고 한 칸씩 들어가 시도해보고서야 모든 상황이 같다는 사실을 인정했다. 마지막으로 남은 곳은 잠긴 그 칸이었다.

안에서 물소리가 들렸다. 청슝이 마음을 굳게 먹고 문을 두드렸다.

“실례합니다. 안에 온수 나옵니까?”

상대방은 바로 대답해주지 않았다. 조금 지난 후에야 안에서 높은 목소리가 들렸다. “아뇨!”

안에 있는 사람이 상고머리 남자일지도 모른다. 청슝의 머릿속에 그의 얼굴이 떠오르면서 목소리가 특이하다 싶었다. 느낌상 이보다는 더 낮아야 할 것 같았다.

온수가 나오지 않는 걸 확인한 청숭은 샤워실을 나가기로 했다. 그러나 입구에 다가갔을 때 문득 익숙한 얼굴이 이쪽으로 다가오는 게 보였다.

샤오후이였다.

그는 즉시 고개를 숙이고 자신의 얼굴을 가리려고 했다. 다행히 샤오후이는 그를 전혀 알아채지 못하고 빠른 걸음으로 곁을 지나 샤워실 안쪽으로 들어갔다. 자신의 방법이 유효했다기보다 샤오후이가 너무 다급해서 옆에 있는 사람에게 주의를 기울일 여유가 없었다고 보는 게 맞을 것 같았다.

샤오후이의 모습에 청숭은 조금 신경이 쓰였다. 그건 여유롭게 샤워를 하려는 표정이 아니었다. 무슨 일이 있는 게 틀림없었다.

그는 샤워실에서 나와 건물을 돌아 한쪽 벽 뒤에 숨어 기다렸다.

시간이 한참 지나도 아무런 움직임이 없었고, 누구도 나오지 않은 채 그저 넓은 복도와 수상쩍은 자신만 있었다. 이제 겨우 몇 분 기다렸을 뿐인데도 오랜 시간이 지난 기분이었다.

오륙 분 후 샤오후이가 샤워실에서 나와 빠른 걸음으로 사물함으로 향했다. 그리고 비밀번호를 눌러 사물함에서 가방을 꺼낸 다음 바삐 사라졌다.

벌써 집에 가려는 건가? 이상했다. 샤오후이가 떠날 때의 표정은 더 이상해서, 청슝은 기묘한 느낌을 받았다.

뭔가 본 건가? 청슝은 이렇게 추측하고 당장 샤워실로 달려 들어갔다.

샤워실 열 칸은 아까 들어갔을 때와 딱히 달라진 모습이 없었고 문도 모두 밖을 향해 조금씩 열려 있었다.

아니, 원래대로라면 문 하나는 닫혀 있었어야 했다. 입구에서 가장 가까운 그 칸에는 사람이 있었다. 열린 문이 조용히 무언가 말하고 있었다. 청슝은 천천히 그쪽으로 다가가 문을 좀더 열었다…….

상고머리 남자의 일그러진 얼굴이 눈에 들어왔다. 그는 벌거벗은 채 바닥에 누워 있었고, 얼굴과 가슴, 배의 여러 곳이 주먹으로 얻어맞은 것처럼 푸르게 멍이 들어 있었다. 생기라고는 전혀 없는 두 눈이 앞을 보고 있었지만 숨이 끊긴 것 같았다.

치명상은 목에 있었다. 예리한 침 같은 물건으로 경동맥을 찔린 듯 목의 작은 상처로 선혈이 흐르고 있었다.

문을 열기 전, 청슝은 자신이 시체를 보리라고는 상상도 하지 못했다.

그의 목에서 신음 소리가 흘러나왔다.

사흘 전 수요일, 청숭은 샤오후이 때문에 난생처음으로 해수욕장에 가기로 결정했다.

청숭은 타이중에 있는 보안회사 경비부에서 문서 분야를 담당하고 있지만 팀장은 성과가 좋지 않다고 그를 싫어해서 항상 하찮은 일을 그에게 몰아 넘겼다. 그날 사무실에 도착해서도 그는 이메일 몇 통을 받고 간단한 업무를 처리하고 한가한 시간을 보내고 있었다.

사무실에 들어와 두 시간도 되지 않아서 그는 컴퓨터의 사진 폴더를 열어 샤오후이의 사진을 살펴보고 있었다.

회사 안내 데스크 직원인 샤오후이는 상큼한 외모로 남자의 시선을 끌었다. 직원들이 출근하며 안내 데스크를 지날 때면 직원 한 사람 한 사람의 이름을 부르며 인사를 했고, 그것은 회사에서 공기 취급을 당하는 청숭도 예외가 아니었다.

근처의 흡연실에 모인 경비 요원 형님들은 모두 체격이 건장하고 온 얼굴이 귀신이라도 깃든 듯 흉악한 표정이었다. 그들이 유리벽 너머로 청숭을 보며 무슨 얘기를 나누는지는 알 수 없었다. 말하면서 흘리는 표정으로 미루어 비웃는 것 같았다.

청숭은 그들을 상대하지 않기로 했다. 자신이 지금 회사 여신의 사생활을 찍은 사진을 보고 있다는 걸 안다면 죽도록 자신을 부러워하면서 한 장이라도 나눠달라고 빌 것이 틀림없었다.

사진 해상도가 상당히 높다. 사진 속 샤오후이는 베란다에서 옷을 널기도 하고, 공원에서 산책을 하기도 한다. 심지어 대자로 누워서 자기 집 소파에서 낮잠을 자는 사진도 있다. 딱 봐도 옆 빌딩에서 몰래 찍은 사진임을 알 수 있다.

"뭘 보는 거야?"

놀란 청슝이 손쓸 틈조차 없이 아카이가 뒤에서 나타났다. 창을 닫으려 할 때는 아카이가 사진의 미리보기를 모두 훑은 상태였다.

"엉? 이거 샤오후이 아냐?"

아카이가 모니터를 응시하며 미간을 좁혔다.

"이런 사진들을 본인에게 보였다가는 엄청 기분 나빠할 것 같은데? 청슝, 네가 찍었어?"

청슝은 한마디도 반박하지 못하다 결국 고개를 끄덕였다.

"너 말이다……. 샤오후이가 귀여운 건 틀림없고, 나도 여자친구만 없으면 사귀고 싶다고 생각하기는 하는데, 그래도 이건 아니지! 완전히 스토킹이잖아! 야, 남자라면 당당하게 사귀자고 해야지."

청슝은 눈앞에 선 회사 동기를 말없이 보았다. 두 사람은 항상 점심을 함께 먹고 사무실에서도 틈틈이 수다를 떨곤 했다. 다만 아카이는 회사의 엘리트로, 일을 시작한 지 얼마 되지 않았는데도 금세 팀장으로 승진했고 동료 사이에서도 평판이 좋아 청슝 자신과는 아예 격이 달랐다.

청슝이 반응하지 않자 아카이가 다시 입을 열었다.

“이렇게 말하면 상처받을지 모르지만…… 너 우리 부서 사람들이 널 뭐라고 하는지 알아?”

“몰라.”

“어떤 사람은 존재감이 전혀 없다고 하고, 어떤 사람은 이상하다더라. 외모도 눈에 띄지 않는데 말도 버벅거리고 사람들과 잘 어울리지도 않는다고. 경비부에서도 해도 그만 안 해도 그만인 일만 하면서 실수투성이에……”

청슝은 고개를 수그렸다. 그도 회사에서 자신이 어떤 자리에 있는지 안다.

“더 이상한 건, 걸핏하면 분업 합작이니 재능 우선 같은 원칙을 입에 달고 사는 이사장이 너한테 손대지 않는다는 거지. 그 인간은 ‘둘이 있으면 셋도 있다’라면서 같은 잘못을 거듭 저지르는 직원을 엄청나게 야단쳤잖아. 다들 무척 당혹스러워했고. 그런데다 이사장이 네 면접을 직접 보고 뽑았단 말이지. 네가 배경이 너무 훌륭해서 그걸로 입사했고, 그래서 이사장이 너한테 손을 못 대는 거 아니냐는 사람도 있다고.”

청슝은 고개를 저었다. 자신에게는 언급할 만한 배경도 인맥도 없다.

면접을 볼 때는 그 역시 무척 긴장했다. 그저 일반 사무직에 응시했는데 이사장이 직접 면접에 나왔다. 상대방이 거대한 체구에서 상당한 압박감을 뿜어내며, 담배 끝을 문 채 가늘게 뜬 눈으로 자신을 보고 있던 것만 기억난다. 그의 콧대에는 가로로 흉터가 있었는데 자기 말로는 미국의 대학에서 유학할 때 미식축구를 하다 얻은 상처라고 했다. 이렇게 서양 먹물을 먹은 사람은 청슝에게 다가가기 어려운 존재였다.

그러나 이사장은 단 한 번의 면접에서 그의 채용을 결정했다. 그 소식에 청슝은 도무지 영문을 알 수가 없었다.

"으, 됐다! 남들이 뭐라든 우리 사이가 변하는 건 아냐. 어쨌든 네 음침한 성격 좀 바꿔보자. 내가 여자 만나는 법이라도 먼저 알려주리? 방금 안내 데스크 지나다 샤오후이가 마침 토요일에 해수욕장에 간다고 동료랑 얘기하는 걸 들었는데……."

아카이가 계획을 내밀었다. 청슝이 샤오후이와 우연히 만난 척 말을 걸면서 친해진다는 내용으로, 만약 어떻게 행동하면 좋을지 모른다면 아카이도 함께 가서 청슝을 도와 의견을 내고 응원을 해주겠다고 했다.

청슝은 한참 고민하다 이 계획을 받아들이기로 했다.

"힘내! 성공을 빌어!"

아카이가 그의 어깨를 두드렸다. 그리고 떠나기 전, 뭔가 떠오른 것처럼 말했다.

"아, 알려줄 게 있어. 저번에 퇴근하고 내려가는데 샤오후이가 문 앞에서 상고머리에 네모난 얼굴을 한 남자와 얘기를 하고 있더라고. 나이는 우리보다 약간 들어 보였어. 샤오후이 남자친구일지도 몰라……."

"샤오후이에게 남자친구가 있다는 얘기는 들은 적 없어." 청숑이 대답했다.

"나도 그래. 그렇지만 마음의 준비는 해두는 편이 좋지. 어쨌든 그렇게 예쁜데 애인이 없는 게 이상하잖아."

아카이가 웃으며 자리를 떠났다. 그의 뒷모습을 보면서 청숑은 토요일을 기대하기 시작했다.

그의 마우스 커서가 사진 폴더의 마지막으로 이동했다.

식당에서 찍은 사진이 있었다. 샤오후이가 상고머리를 한 남자와 마주앉아 즐거워 보이는 얼굴로 이야기를 나누고 있었다.

그는 진작 그 인물을 알고 있었지만 그 남자와 샤오후이가 연인 관계라고 보지는 않았다.

그렇다고 굳게 믿고 있었다.

모래사장 어느 곳에서도 샤오후이를 찾을 수 없었다. 어쩌면 청승이 추측한 대로 가방을 찾아 집으로 돌아갔을지 모른다.

아카이는 수영에서 돌아와 자신의 용감한 행동을 자랑하려는데 청승이 몸이 좋지 않아 일찍 돌아가고 싶다고 말했다.

"샤오후이와 말은 잘했어?" 아카이가 웃으며 물었다.

"아니."

"그럴 줄 알았다, 이 숫기 없는 녀석."

마음이 복잡했던 청승은 아카이의 놀리는 말을 상대할 정신이 없어 곧장 사물함으로 가 짐을 찾았다. 아카이가 물에서 더 놀다 가겠다고 해서 청승은 혼자 해수욕장을 떠나 전철을 타고 귀갓길에 올랐다.

그는 경찰에 신고하지 않았다. 경찰은 믿지 않는다.

가는 길에 그의 머릿속은 온통 살인 사건으로 가득했다. 그는 그저 계속 추측을 하며 마음을 가라앉히려 노력하는 수밖에 없었다.

그가 샤워실에 들어갔을 때 온수가 나오는지 칸마다 들어가 확인해볼 때도 다른 사람은 없었다. 상고머리 남자가 쓴 그 칸 외에는. 그때 그는 살아 있어서, 청승이 문을 두드리자 대답을 해주었다.

그다음에 문 앞에서 하마터면 샤오후이를 만날 뻔했지만 숨어서 감시를 했고, 다시 샤오후이가 당황해하며 나오는 모습을 봤다. 이때 샤워실의 상고머리 남자는 차가운 시체가 되어 있었다.

어떻게 생각해도 샤오후이가 했을 가능성이 높았다. 그러나 여자가 혼자 남자를 살해하는 것, 게다가 기절할 정도로 때린 후 침으로 찌르는 이런 거친 방식은……. 상고머리 남자도 그렇게 만만해 보이지 않았다. 뭐라고 해도, 청슝은 아침저녁으로 생각해마지않는 여성에게 범인의 이미지를 씌울 수가 없었다.

아니, 아니다. 그는 샤오후이의 취미와 개인 자료를 하나부터 열까지 빠짐없이 파악하고 있었다. 샤오후이는 권투를 익힌 적이 있다. 아까 자신도 샤오후이의 단단한 복근을 보았다. 숙련된 격투가라면 확실히 두세 번의 가격으로 남자 하나쯤은 쓰러뜨릴 수 있다.

그리고 침으로 경동맥을 찔러서……. 아니다. 흉기가 없었다.

온수를 확인할 때 청슝은 샤워실의 각 구석을 돌았다. 이상한 물건은 무엇 하나 없었고, 굳이 말하자면 사물함의 비밀번호가 적힌 영수증 한두 장이 있기는 했다. 살인 사건 현장의 이웃 칸에도 흉기는 보이지 않았다. 물론 바느질에 쓰는 가늘고 작은 바늘 같은 물건이라면 못 봤을 가능성이 없지 않지만 그는 흉기가 처음부터 거기에 있던 게 아니라 범인이 가지고 들어갔을 거라고 확신했다.

샤오후이가 들어갔을 때 몸에 걸친 건 비키니뿐이었고 손에 뭔가 쥐고 있는 듯 보이지도 않았다.

그는 자신이 읽었던 추리 만화를 생각했다. 여성인 범인이 브래지어의 와이어로 살인하는 이야기가 있었는데 혹시 샤오후이도 그렇게 한 걸까? 그는 두 사람이 서로 엇갈렸던 순간을 회상했다. 샤오후이는 보정 효과가 있는 와이어 비키니를 입은 것 같지는 않았다.

아무리 궁리를 해봐도 흉기를 숨겼을 만한 곳이 떠오르지 않았다. 동기도 문제였다. 샤오후이가 왜 상고머리 남자를 죽여야 했을까? 설마 샤워실에서 우연히 만났는데 상고머리 남자가 나쁜 짓을 하려고 해서 방어를 하려다가…….

아니다. 사건 현장은 그렇지 않았다. 그 사람을 때려 쓰러뜨리기만 하면 됐을 일이다. 죽일 필요는 없다.

머리가 부서지도록 고민을 해봐도 결론이 나지 않았다. 본래부터 머리 쓰는 쪽으로 약한 그에게 이런 문제는 더더욱 막막했다.

그러나 그런 그도 이것이 기회라는 점은 깨닫고 있었다.

이 일은 그와 샤오후이 두 사람만의 비밀이다. 그의 나약함을 단번에 지우고 마음의 벽을 부술 수 있는 절호의 기회였다.

그의 얼굴에 흥분한 미소가 흘렀다.

다음 날, 뉴스에서 해수욕장 샤워실에서 발견된 남성 시체 소식을 전했다. 상고머리 남자는 형사였고, 타이중 시 경찰국에 근무하고 있었다. 근무중 해를 당했을 가능성이 높다는 추측이 나오자, 경찰 측에서는 이 사건을 공권력에 대한 도전으로 보고 즉시 엄중히 조사하기로 했다.

달리 어떤 자세한 상황도 언급되지 않아 청승은 다소 실망했다. 뉴스를 보면 단서를 얻을 수 있을 줄 알았다.

아무래도 직접 샤오후이를 신문하는 수밖에 없어 보였다. 그 죄지은 여자를.

청승은 집에서 조금 먼 주택가로 차를 몰고 가 그쪽에 있는 공중전화 부스로 들어갔다.

그리고 샤오후이가 혼자 사는 아파트의 전화번호를 눌렀다. 몰래 사진까지 찍은 마당에 집 전화번호를 알아내는 정도는 식은 죽 먹기다. 휴대전화로 하지 않은 이유는 전화를 받을 때 샤오후이 옆에 누군가 있을지 모르기 때문이다.

음성 변조기도 미리 준비해두었다. 신호가 두세 번 울린 후 받는 소리가 났다.

"여보세요? 샤오후이입니다." 목소리가 꽤 밝다.

"안녕하십니까. 저는 목격자입니다."

청승은 원래 목소리를 좀 무섭게 낼까 했으나, 음성 변조기를 통해 오리 같은 목소리가 나갈 거라 생각하니 허세를 부릴 기분이 싹 가셨다.

"누구세요? 전화 거신 분은 누구신가요?"

"저는 목격자입니다. 당신이 어제 해수욕장에서 했던 행동, 그 형사에게 했던 일을 저는 똑똑히 봤습니다."

"……."

한동안 저쪽에서 영 반응이 없어, 청숭은 통신에 문제가 생겼나 의심했다.

마침내 샤오후이의 가느다란 목소리가 들렸다.

"얼, 얼마나 알고 있는 거죠? 뭘 어쩌고 싶은 거예요?"

말투에 당혹감이 묻어났다. 청숭은 한 걸음 한 걸음 샤오후이를 궁지로 몰았다.

"전부 압니다. 제가 다른 사람에게 말하기를 바라지 않는다면 시키는 대로 하세요."

"뭘 어쩌려고……."

"만나서 얘기하도록 하죠. 장소는 폐기된 유원지로 합시다. 와이푸 구 궈쯔루에 있는 거기 말입니다. 당신도 알지요? 회전목마 앞에서 기다려요. 밤 12시. 늦어서는 안 됩니다."

"너무 늦는데 시간을 당기면 안 되나요?"

"저랑 거래할 생각은 관두시죠. 오지 않으면 이 일을 알릴 겁니다."

청슝은 그대로 전화를 끊었다. 공중전화라 상대방은 이쪽으로 전화를 걸 수도 없고, 경찰 조사가 자신까지 오기는 어려울 것이다.

그는 밤의 약속을 생각하며 입술을 핥았다.

청슝이 산업도로를 달려 유채꽃밭을 지나자 멀리 우뚝 선 관람차가 보였다.

버려진 유원지 입구에는 금세 닿았다. 이곳의 기물은 아직 철거되지 않아서, 낮에는 언제나 풍광을 즐기러 오는 사람이 있었다. 황량해진 시설, 높이 자란 잡초와 눈을 찌르는 햇빛은 멋진 촬영 장소를 제공했다.

그가 이 장소를 선택한 이유는 출근하면서 안내 데스크를 지날 때 샤오후이가 다른 사람에게 이곳에 와보았다고 말하는 것을 들었기 때문이다. 그 역시 이곳을 좋아한다. 깊은 밤의 유원지는 순식간에 깊고 조용하며 어두운 장소로 변신해 사람의 자취가 사라지며 은밀해진다.

입구에는 샤오후이의 것으로 보이는 작은 스쿠터가 한 대 있었다. 시간을 잘 지킨 것 같다. 청슝은 일부러 십 분 늦게 이곳에 도착했다.

안으로 들어갔다. 회전목마는 관람차 뒤쪽에서 멀지 않은 곳에 있다.

오늘밤의 밤하늘에는 별이 꽤 많다. 고등학교 때 천문 동호회에 들었던 청숭은 금세 북극성과 여름의 대삼각형을 찾아냈다. 데네브, 알타이르, 베가. 알타이르와 베가를 보고 있으니 견우와 직녀의 전설이 떠올랐다. 아쉽게도 오늘은 칠석이 아니다.

그는 일부러 길의 어두운 쪽 잡초를 헤치며 앞으로 나아갔다. 오래지 않아 앞쪽으로 가만히 선 샤오후이의 모습이 보였다. 샤오후이는 마침 하얀 회전목마를 만지고 있었다. 몹시 불안해 보였다.

청숭이 회전목마의 원을 따라 돌아 뒤쪽으로 접근했다. 발아래에는 나뭇잎과 마른 가지가 가득해, 소리를 내지 않으려 가만가만 걸으며 주머니에서 손수건을 꺼냈다.

팔을 뻗으면 닿을 정도로 가까워지자 그는 얼른 앞으로 나아갔다. 샤오후이가 인기척을 느끼고 막 뒤로 돌려고 하는 순간 청숭은 바로 뒤에서 클로로포름에 적신 수건으로 샤오후이의 코와 입을 막아 눌렀다.

몇 초 후, 샤오후이가 청숭의 가슴으로 쓰러졌다.

그다음은 중노동이었다. 청숭은 뒤에서 샤오후이를 받치고 입구 쪽으로 뒷걸음질쳤다. 기절한 사람은 상당히 무거운데다 도와줄 사람도 없어 금세 땀을 뒤집어쓴 채 소처럼 숨을 헐떡이게 되었다.

겨우 주차장에 도착했다. 힘겹게 샤오후이를 뒷좌석에 밀어넣고 나자 한쪽에 세워진 스쿠터가 신경 쓰여 잠시 고민했지만 나중에 처리하기로 했다.

청숭은 시동을 걸고 폐기된 유원지를 떠났다. 목적지는 자신의 집이었다. 그가 이곳을 목적지로 정한 두 번째 이유가 바로 이것이었다. 유원지는 집에서 무척 가까운 거리에 있었다.

오래지 않아 곧 집에 도착했다. 청숭은 차에서 내려 문을 열면서 자신에게 이렇게 단독 주택과 자동차를 유산으로 물려주신 부모님께 속으로 감사했다.

그는 샤오후이를 차에서 끌어내려 거실의 소파로 옮긴 다음 주방에서 가위와 노끈을 가져왔다. 그리고 팔짱을 끼고 순서를 계획했다.

우선 샤오후이의 옷을 벗겼다.

민소매 셔츠와 긴 바지 그리고 브래지어와 팬티를 벗겼다. 실오라기 하나도 걸치지 않은 샤오후이의 몸을 보다 보니 눈길이 가슴과 음부로 가는 걸 어쩔 수 없었다. 어제 모래사장에서 봤던 모습보다 훨씬 자극적이었다. 그는 다시 한번 침을 꿀꺽 삼켰다.

청숭은 노끈을 잘라 샤오후이의 팔과 발목을 묶었다. 상고머리 남자가 죽은 모습이 눈앞에 떠올랐다. 그는 상고머리 남자의 전철을 밟을 마음이 전혀 없었다. 벗겨둔 옷에서도 숨긴 무기가 없는지 꼼꼼하게 검사했다.

그가 어떻게 샤오후이를 깨울까 궁리하는데 다행히 흡입한 양이 많지 않은 덕분인지 삼십 분쯤 지나 샤오후이가 눈을 떴다.

"으……. 라이청슝 씨?" 샤오후이의 목소리는 무척 작고 약했다.

"어, 아, 제 이름을 아, 아직도 기억하실 줄은 몰, 몰랐어요."

청슝은 속으로 쓴웃음을 지었다. 전화로 말할 때와 다르게, 일단 여자 앞에 서니 말을 더듬는 오랜 병이 도졌다. 말의 기세가 한참 달렸다.

"라이청슝 씨였어요? 왜 이런 짓을 한 거죠?"

"다, 당신, 자, 자신이 더, 더 잘 알 테, 텐데요."

"목적이 뭐죠? 내 몸인가요? 뜻대로 해드릴 테니 제발 풀어주세요……."

그가 샤오후이의 비틀린 얼굴을 보다 나신에서 몸을 돌려 주머니에서 담배를 꺼내 불을 붙였다.

"무, 물어볼 게 있어요. 어째서 그 사, 상고머리 나, 남자를 주, 죽인 거죠?"

"죽여요? 그 형사가 죽었어요?"

샤오후이의 온 얼굴이 의문으로 가득 찼다.

"뉴, 뉴스에서 보, 보도가 나왔어요. 모르는 처, 척하지 말아요."

"나는 오늘은 뜨개질하느라 뉴스를 안 봐서 그 사람이 어떻게 됐는지 전혀 몰랐어요……. 제발 풀어주세요! 시키는 대로 할게요! 아무한테도 말하지 않을게요. 부탁이에요……."

샤오후이가 눈물을 흘리며 필사적으로 고개를 저었다. 아무래도 정말 모르는 것 같았다.

더 말해봐야 얻을 것도 없었고 자신도 돌아갈 수 있는 길이 없었다.

청슝은 샤오후이의 앞에 무릎을 꿇고 앉아 두 손으로 샤오후이의 목을 졸랐다. 상대방은 소리도 제대로 내지 못하며 몸부림쳤지만 손발이 묶여 있어 그저 무력하게 몸을 흔들 뿐이었다. 오래지 않아 두 눈이 튀어나왔고 몸은 꼼짝도 하지 않게 되었다.

그는 시체의 몸에서 떨어져 나와 물고 있던 담배를 손가락으로 눌러 끄고 샤오후이가 실금하여 바닥에 흘린 소변을 보며 소파를 철저하게 씻어내지 않으면 안 되겠다고 생각했다.

다만 그전에 전화를 해야 했다. 휴대전화를 꺼내 머릿속에 단단히 기억한 번호를 눌렀다.

수화기 너머로 신호음이 울렸다. 시간이 많이 늦었지만 상대방은 전화를 금세 받았다.

"여보세요?"

"접니다. 임무 완료했습니다. 시체는 저희 집에 있습니다." 그가 대답했다.

"잘했네. 역시 사람을 잘못 보지 않았어."

수화기를 통해 이사장의 낮고 무거운 목소리가 청숭의 귀로 흘러 들어왔다.

면접을 보던 그날부터 청숭은 이 회사가 대단히 의심스러웠다.

말은 보안회사라고 하지만 눈빛이 험악하고 온몸에 흉터가 있는 경비 요원도 지나치게 많았다. 면접을 담당한 이사장의 압박감은 더 했다. 쳐다보고 있는 것뿐인데도 질식할 것만 같았다.

그는 자신이 고용됐다는 걸 알게 된 그 순간에는 도대체 이유를 알 수 없었지만 나중에 조금씩 이해하게 되었다.

"오늘부터 자네는 조직의 한 부분일세."

다음 날 아침, 청숭은 이사장에게 불려가 회사가 어떻게 돌아가는지 설명을 들었다. 폭력으로 공동주택 관리위원회를 장악하고, 관리비용을 털어 쓰고, 말을 듣지 않는 가구를 사람을 끌어모아 협박하는 일 등등을 포함해서. 듣는 사람의 모골을 송연하게 하는 이야기였다.

그는 많은 일을 알게 되었다. 예컨대 회사는 간판에 불과할 뿐 실은 조직이었으며, 이사장은 두목이고 팀장은 조장이었다.

그리고 자신은 사무원으로, 더욱 어두운 곳에 숨어 일하는 역할을 맡은 것이었다.

“자네를 왜 들어오게 했는 줄 아나? 눈에 뜨이지 않기 때문이야.”

청슝은 당장 회사 빌딩에서 뛰쳐나가고 싶었지만, 이사장의 눈빛이 그를 자리에 못박아 손가락 하나 까딱할 수 없었다.

“하나의 조직이 어떻게 연계되는지 아나? 모르겠다고? 음, 중학교 때 생물 수업 들었지? 조직은 세포로 이뤄지지. 농담하는 게 아닐세. 자네들 직원은 이 조직의 세포지. 세포이기 때문에 암이 될 수도 있어. 암세포가 퍼지기 전에 그걸 없애려면 특수한 매커니즘이 필요하다네. 난 그걸 항암세포라고 불러. 이름에서 드러나다시피 암세포와 싸우는 세포지.”

간단히 말하자면, 불순분자를 숙청하는 사형 집행자다. 암살부대.

“이 항암세포는 너무 특별해도 안 되기 때문에 다른 세포처럼 평범하면 가장 좋고 나아가 투명해서 아예 무시당할 정도면 눈에 보이지 않게 ‘항암’을 할 수 있게 되지. 이제 이해가 되나? 내 첫 번째 원칙은 ‘재능 우선’이고, 자네는 그런 종류의 인재이기 때문에 뽑힌 걸세. 성이 라이라고 했던가? 믿어도 되겠지?•”

활짝 웃는 이사장을 마주한 채 자신이 뭐라고 대답했는지 알지 못한다. 그저 방에서 나올 때 두 다리가 계속 떨리고 있던 것만 기억한다.

그후로 그는 출근하는 매일 전전긍긍했다. 조금의 의미도 없는 업무를 하는 한편으로 지시를 기다렸다. 그러나 한참 동안 어떤 소식도 기미도 없어서 당시의 일이 백일몽이었던가 의심하기도 했다.

그날이 될 때까지…….

두 주 전 월요일, 청슝은 메일 한 통을 받았다. 메일의 내용은 샤오후이를 언급하며 최근 행동이 '대단히 의심스럽다'고 적혀 있었다. 메일에는 사진이 몇 장 첨부되어 있었는데 대부분이 샤오후이가 거리를 걷는 모습이었고, 그중 한두 장은 그 상고머리 남자와 식당에서 마주앉아 대화하는 모습이었다. 메일은 마지막으로 그 남자가 경찰이며 현재 회사의 일을 조사하고 있다고 말했다.

사진 속 샤오후이를 주시하며, 사진 속 인물과 안내 데스크의 예쁜 여성을 연결하고 있자니 다소간 현실감이 느껴졌다. 안내 데스크의 여성은 친절하고 호감을 부르는 사람이지만 눈빛은 어떤 결연한 기백 같은 것을 발산했다. 만약 샤오후이가 회사를 배

• 라이청슝의 성 라이賴에는 '믿다, 의지하다'라는 뜻이 있다.

신했을지도 모르고 경찰에서 파견한 스파이일 가능성도 있었다.

며칠 연달아 청슝은 비슷한 메일을 받았다. 메일을 보낸 사람이 매번 달라 신분은 알 수 없었다. 보낸 것은 모두 샤오후이의 사진이었지만 모든 사진이 샤오후이가 경찰과 몰래 내통하는 행동과 관련이 있는 건 아니었고, 대부분은 별 의미 없는 생활 사진이었다. 파일명과 번호로 미뤄 보건대, 사진을 찍은 다음에 골라내지 않고 통째로 그에게 보낸 듯했다. 내용도 흥신소의 조사 보고 같아서 정말로 누군가에게 조사를 요청한 걸지도 몰랐다.

그에게 어떤 예감이 들었다. 오래지 않아 예감은 확신이 되었다.

"청슝, 목표가 확정되었네. 기회를 봐서 빨리 손을 쓰도록."

이사장이 회사의 내선 전화로 전화를 했고, 예고 없이 온 전화에 그는 어쩔 줄을 몰랐다. 연일 이어지는 수수께끼 같은 메일로 어느 정도 마음의 준비를 했다고는 해도 정식으로 지시를 받았을 때는 역시 당황스럽고 무서웠다.

그는 어떻게 하면 이 임무를 성공할 수 있을까 며칠 밤낮을 고민하고 궁리했다. 샤오후이의 모습이 조금씩 머릿속을 잠식했고, 아무 상관도 없어 보이는 생활 사진이 샤오후이가 일하고 쉬는 일상을 헤아리는 자료가 되었다. 그는 수시로 폴더를 열어 사진을 보며, 움직이기에 가장 좋은 방식과 시기를 탐색했다.

그러다 아카이에게 들켰을 때는 속으로 쓴웃음을 지을 수밖에 없었다. 그는 샤오후이를 좋아하지 않았다.

내막을 알지 못했던 과거에는 그저 샤오후이가 예쁘지만 이런 세계에서 구를 수 있는 여성이라면 위험한 데가 있을 테니 자신에게는 기회가 없을 거라고 생각했다. 샤오후이가 경찰 쪽 사람이라는 걸 안 다음에는 샤오후이와 자신의 입장이 목표와 킬러의 관계로 바뀌어, 남녀 간의 애정을 싹틔울 도리가 없었다. ……아니, 청슝이 스스로를 억압했을지도 모른다.

아카이이가 해수욕장에 가라고 제안했을 때 청슝은 샤오후이를 몰래 관찰하다 기회를 봐서 살해할 수 있지 않을까 싶어 그대로 수락했다. 거기에서 상고머리 남자의 시체를 발견하게 될 줄은 정말이지 예상하지 못했다.

그는 몹시 놀랐다. 어째서 그 경찰을 죽여야 했던 걸까? 두 사람은 한편이 아닌가? 설마 샤오후이가 사실은 이중간첩이라 경찰 쪽과 어울리는 척하면서 실제로는 그들을 격퇴하려고 했던 걸까? 아니다. 만약 그렇다면 속사정을 아는 이사장이 암살 지시를 내릴 리 없다. 이리저리 생각해봤지만 그는 도무지 합리적인 동기를 찾을 수 없었다.

이 문제는 계속 그를 괴롭혔다. 임무에서 아주 중요한 문제는 아니었지만 알고 싶었다.

그는 이 일로 샤오후이를 협박해 불러낸 다음 손을 대기로 결정했다.

일요일 밤, 그가 폐기된 유원지에서 샤오후이를 기절시키고 그 자리에서 입을 막지 않은 이유는 진상을 알아내기 위해서였다. 그는 지나가는 사람에게 들킬까 걱정되어 샤오후이를 집으로 데리고 왔다. 샤오후이의 옷을 벗긴 까닭은 상고머리 남자가 죽은 상태를 봤을 때 안에 흉기를 숨겼으리라 짐작이 되었고, 상대방이 운 좋게 노끈을 푼다면 자신이 당할지도 모른다는 걱정이 있었기 때문이었다. 비키니만 입고도 사람을 죽일 수 있는 사람이라도 전라라면 위험도를 낮출 수 있을 것이었다.

다만 죽기 직전까지 샤오후이는 자신이 경찰을 죽이지 않았다고 부인해서 그의 의문은 전혀 답을 얻지 못했다.

진상은 대체 무엇이란 말인가.

이사장에게 보고를 마치고 휴대전화를 끊은 순간에도 청슝은 이 문제를 생각했다.

청슝이 어젯밤 보고를 마친 즉시 검은 옷을 입은 남자 둘이 그의 집으로 와 샤오후이를 운반해 나갔다. 오늘 아침, 이사는 그를 불러 시체와 스쿠터 처리를 마쳤다고 알리며 다시 한번 그를 칭찬했다. 그리고 성과급이 든 두툼한 봉투를 내주었다.

떠나기 전, 그는 이사에게 상고머리 살인 사건에 대한 일을 물어볼까 진지하게 고민했지만 결국 감히 입을 열지 못했다.

"안색이 영 안 좋아 보이는데?"

아카이가 청슝의 맞은편에 앉아 걱정하는 기색을 보였다.

두 사람은 회사 근처의 카페에 있었다. 월요일 오후, 손님이 많지 않아 대화를 하기에 적절했다. 원래 아카이가 함께 점심을 먹으러 가자고 권했으나 전날 밤 여성을 교살한 청슝은 전혀 식욕이 없어서 핑계를 대고 거절했다. 그러자 아카이가 차라도 마시자고 했다.

자리에 앉자 금세 음료가 나왔다. 두 사람은 서로 아무 말도 하지 않았고, 한참이 지나서야 아카이가 입을 열었다.

"샤오후이가 오늘 출근을 안 했어."

"그래……." 청슝이 대답했다.

"앞으로도 나오지 않겠지?"

청슝의 얼이 나갔다.

"무슨 소리야?" 그의 목소리에는 당혹감이 가득했다.

미소 지으며 물끄러미 쳐다보는 아카이의 눈빛은 놀랍도록 예리했다. 청슝은 아카이가 자기나 샤오후이와 마찬가지로 보기에는 일반적인 화이트칼라처럼 보여도, 몸에 용과 봉황 문신은 하지 않았어도 어쨌든 이 바닥에서 구르는 사람이라고 생각했다.

"솔직히 말할게. 네가 킬러지?"

"키, 킬러?"

"회사에 소문이 있어. 이사장이 배신자를 쳐내려고 사람을 키운다는. 쳐낼 사람을 공개적으로 처리할 수 없으니까 비밀리에 형을 집행할 사람을 뒀다는데 다들 '킬러'라고 불러."

아카이가 목소리를 낮췄다.

"난 몰라. 샤오후이가 배신자야?"

"모르는 척해봐야 소용없어. 네가 샤오후이를 죽였지? 긴장할 것 없어. 난 폭로하지 않아."

아카이가 안심하라는 손짓을 했다. 확실히 그의 말투에서는 으르려는 의도를 느낄 수 없었다.

"난 그냥 그 상고머리 남자가 먼저 해수욕장에서 죽고, 샤오후이가 출근을 하지 않으니까 관련이 없을 리 없다고 생각해서……. 그리고 두 사건과 관계가 가장 밀접한 사람은 너잖아."

"난 그 경찰을 죽이지 않았어……."

말을 하자마자 청숭은 후회했다. 이 말은 자신이 샤오후이를 죽였다는 사실을 간접적으로 인정하는 것과 같다.

"알아."

아카이가 청숭의 말에 신경도 쓰지 않고, 도리어 몸을 앞으로 들이밀며 그를 응시했다.

"경찰을 해치운 건 나거든."

"너도 킬러야?" 청숭이 놀라 물었다.

"그래! 너는 배반자를 숙청하고, 나는 조직을 부수려는 외부인에게 대응해. 한 사람은 안을, 한 사람은 밖을 맡는 거야."

아카이가 자신의 면접 과정을 이야기했다. 그 역시 이사장이 직접 면접을 봤고, 단번에 채용되었다. 다음 날 출근했을 때, 이사장은 아카이를 사무실로 불러 인간의 면역 체계가 어떻게 작동하는지 아느냐고 물었다. 그리고 백혈구가 세균을 먹어치우는 것을 예로 들며 아카이가 회사의 백혈구가 되어 세포 외부의 적을 먹어치워주기를 바란다고 말했다.

청숭은 그의 경험이 자신과 완벽하게 똑같다고 생각했다. 비유만 다를 뿐.

그는 드디어 아카이가 몇 년간 순조롭게 승진한 이유를 알았다. 외부의 적은 보통 내부의 배신자보다 많을 테고, 이들 적을 제거하기 위해 아카이는 틀림없이 수없이 출동했을 것이며, 전공도 혁혁했을 것이다.

"그러니까 너는 샤오후이가 경찰과 한편이라는 걸 진작 알았다는 거야?"

"알았다고 할 수는 없고, 가능성은 있다고 봤지."

아카이가 쓴웃음을 지었다.

"내가 처음에 받은 건 상고머리 남자의 자료뿐이었어. 그 남자와 샤오후이의 관계는 자료 속에 전혀 나와 있지 않았는데, 괜히 문제를 더 만들지 않으려고 그런 게 아닐까 싶어. 내 눈으로 직접 목격하기 전까지 말야. 내가 전에 빌딩 문 앞에서 두 사람이 이야기를 나누는 걸 본 적이 있다고 했잖아. 그때야 샤오후이를 의심하기 시작했지만 확신은 없었어."

"네가 해수욕장 가자고 한 목적이 바로 그 경찰이었구나!"

"맞아." 아카이가 고개를 끄덕였다. "그 녀석이 해수욕장에 간다는 걸 먼저 알았고, 나중에야 안내 데스크에서 샤오후이도 간다는 얘기를 들었어."

"왜 나와 같이 가려고 한 거야? 그때는 내가 킬러인 줄 몰랐을 텐데."

"그냥 널 돕고 싶었어. 난 네가 샤오후이에게 마음이 있다고 생각해서 네 등을 밀어주려고 했거든. 샤오후이가 내부 고발자일지는 모르지만 어쨌든 추측이고, 경찰 쪽에서 샤오후이에게 접근하고 싶어 하는 것일 뿐 본인은 사정을 모르는 걸 수도 있잖아. 오해라면 안 좋지. 좌우간 그 녀석을 죽이는 게 내 최우선 목표이고 네가 샤오후이와 잘되도록 돕는 건 그다음 목표니까 서로 충돌하지도 않지!"

그게 마침 내 뜻에도 맞았던 거였군. 청승은 생각했다.

머릿속에 한줄기 빛이 들어온 기분이 들었다. 조금씩 앞뒤가 맞아갔다.

상고머리 남자가 해수욕장에 가려고 한 이유는 샤오후이와 정보 교환을 진행하기 위함이 틀림없다. 매개물은 분명히 샤워실 문 앞에 있는 사물함일 것이다.

두 사람은 각자 정보와 돈을 다른 사물함에 두고 기기가 뱉어내는 비밀번호 종이를 샤워실 어딘가에 두고 그걸로 정보와 보수를 교환한 것이다.

그때 샤워실에서 본 영수증 몇 장이 거래용 비밀번호였겠지. 샤오후이가 서둘러 떠났을 때 사물함에서 꺼낸 가방에는 돈이 가득 들어 있었을 것이다.

"내가 그때 밖에서 '안에 온수 나옵니까?' 하고 물었을 때 대답한 사람이 너구나!" 청숭이 물었다.

"그래, 얼마나 놀랐는지 알아? 네가 밖에 있을 줄은 몰랐다고."

역시 그랬다. 상고머리 남자는 정보를 가져온 후 샤워를 하려다가 독침을 든 아카이에게 샤워실에서 살해당했다. 청숭 자신이 처음 샤워실에 들어갔을 때 상고머리 남자는 이미 죽어 있었고, 그의 시체와 아카이가 같은 칸에 있었던 것이다. 아카이는 밖에 있던 청숭 자신 때문에 나올 방법이 없었다.

청숭은 그때 대답한 목소리를 떠올렸다. 이상하게 높은 목소리였다. 아카이가 가성을 썼으리라.

뒤이어 들어온 샤오후이는 상고머리 남자의 시체를 봤을까? 아니겠지. 청슝은 샤오후이를 죽일 때 아무것도 알지 못한다던 샤오후이의 태도를 생각했다. 아마 상고머리 남자의 시체를 보기 전에 사물함의 비밀번호를 찾아 돈을 가지고 떠났을 것이다.

그렇다면 샤오후이는 왜 협박을 받고 폐기된 유원지로 갔을까? 청슝은 그때 자신이 했던 말을 기억했다. "저는 똑똑히 봤습니다." 그가 가리킨 것은 경찰 살해였지만 샤오후이는 거래인 줄 알고 비밀이 밝혀질까 봐 약속에 응했을지 모른다.

그는 자신을 가장 곤혹스럽게 하는 문제를 물었다.

"넌 거기서 어떻게 나온 거야? 난 샤워실에 두 번 들어갔고, 입구에서 감시하기도 했지만 샤오후이 말고 누가 들어가고 나오는 걸 본 적이 없다고."

"너, 두 번째 들어갔을 때 시체가 있는 칸만 보고 다른 곳은 보지 않았지? 난 그때 다른 칸에 있었어. 나가려는데 누가 들어오는 걸 보고 숨었지만 문까지는 미처 잠그지 못했지."

청슝은 이제 이해했다. 자신이 처음으로 들어가 온수가 나오는지 알아보러 다닐 때는 확실히 샤워실 모든 칸을 확인했지만 두 번째는 그러지 않았다. 그때는 오로지 샤오후이가 한 짓이라고 믿고 있어서 범인이 현장에 남아 있을 가능성을 고려하지 않았다. 아카이는 아마 청슝이 떠난 후에야 샤워실에서 나왔을 것이다.

수많은 세부 사항이 하나씩 분명해지면서 머릿속의 안개가 걷히는 기분이 들었다.

"알려줘서 정말 고마워. 계속 그 경찰이 왜 살해됐는지 알 수 없어서 너무 찜찜했거든. 네가 했다는 걸 알고 나니 마음이 놓인다." 청슝이 아카이에게 감사 인사를 했다.

"오해하지 마. 난 네가 안심하라고 이 이야기를 한 게 아니야. 친구로서 경고하는 것에 가깝지."

아카이의 표정이 엄숙하게 변했다.

"오늘 아침에 이사장 사무실에서 나온 다음에 곧 이어서 네가 들어가는 걸 보고 사건의 전말을 알았어. 이사장은 언제나 분업 합작을 주장하기 때문에 킬러 둘을 써서 각각 암살을 하도록 한 거야. 게다가 계획이 누설되지 않도록 우리가 서로의 신분을 알지 못하게 했지……."

아카이의 왼손과 오른손이 각각 아카이와 청슝의 얼굴을 가리켰다.

"그래서 생각하게 됐어. 지금은 킬러가 우리 둘뿐이지만 만약에 같은 일이 우리 두 사람에게 일어나면 이사장은 누구에게 형을 집행하게 할까? 내 경우는 말할 것도 없이 네가 맡겠지만, 너는…….”

“둘이 있으면 셋도 있다.”

청숭이 이사의 입버릇을 곱씹었다.

“그래, 틀림없이 세 번째 사람이 있어.”

그는 이사의 사무실을 떠날 때 이사가 ‘잘했다’고 말하며 보인 미소를 떠올렸고, 순간 서늘한 기분이 들었다.

작가 후기

「얼어붙은 여름」로부터 사 년 뒤에 《쯔여우스바오》에서 다시 청탁을 받았습니다. 지난번에 원고 매수 제한을 적잖게 넘긴지라 편집부에서 이번에는 글자 수 제한을 꼭 지켜주기를 바랐습니다. 이번에도 고통스러운 여정이 되리라 여겼는데 예상외로 수월했고 그 덕분에 이 작품에 대한 인상이 옅어서 다시 한번 읽고서야 내용을 기억할 수 있었습니다.

저는 줄곧 블랙 유머와 추리소설의 의외성에는 공통점이 있으며, 블랙 유머의 웃음 포인트가 독자의 머릿속에서 터지는 순간이, 추리의 진상이 드러나는 순간에 해당한다고 생각해왔습니다. 이 작품에서는 블랙 유머를 쓰고자 했는데요, 얼핏 보면 스토커의 화신 같은 직장인과 ‘또 다른 형태의 회사'의 일상 풍경을 그려내고 싶었습니다.

타이완에서는 책이나 영화 제목을 지을 때 '폭로', '약탈', '교차점' 같은 단어를 쓰는 걸 좋아합니다. 그래서 이 작품의 제목은 방향을 정하기 전에 같은 이름이 없는지 일부러 검색을 했고 아직 쓴 사람이 없는 걸 확인하고 나서야 마음을 놓았습니다. 이렇게 대중적인 이름을 제목으로 쓴 탓에 이 작품에 대한 인상이 약한지도 모르겠네요.

키다리 아저씨 ONLINE

"기브 유 파이어!"

2시 방향의 카이라가 두 손을 높이 들자 즉시 카이라의 사방으로 화염이 이글거리며 솟아오르더니 오래지 않아 하나로 모여 커다란 불덩어리를 이루었고, 카이라가 두 손을 휘젓자 불덩어리는 멀리 자이언트 드래건을 향해 날아갔다.

펑!

"크아악!"

자이언트 드래건 모달루가 왼쪽 배에 불덩어리를 맞고 고통에 찬 신음을 흘렸다. 드래건의 공격이 잠시 멈춘 틈을 타 조금 전까지 쉬지 않고 몸을 피하던 도적이 재빨리 앞으로 달려나가 드래건의 목을 몇 번 긋고는 뒤로 재주를 넘어 드래건의 앞다리 공격을 피했다.

"레스터, 잘했어!"

왼쪽 뒤 8시 방향에 있던 포프가 환호성을 올렸다. 부락의 추장인 포프의 얼굴에는 기이한 문양의 문신이 있다. 포프의 손안에 있던 표창이 곧게 자이언트 드래건을 향해 날아가며 모달루에게는 상극인 번갯불을 쏘아냈다.

번갯불에 맞은 모달루가 큰 소리로 포효하며 사지를 미친 듯이 흔들다 곧 활을 든 엘프 두 명이 있는 12시 방향으로 몸을 틀었다. 자이언트 드래건이 커다란 몸집에서 나온다고는 믿어지지 않는 속도로 요정들에게 다가서 막 그들을 공격하려는 찰나, 도적 레스터가 다시 한발 먼저 그를 따라잡고 굽은 칼로 그의 꼬리를 찍었다.

"우어!"

자이언트 드래건이 또 한 번 비명을 올렸다.

카이라가 파이어 볼을 쏠 준비를 했다. 나는 숨을 죽인 채 그들이 멋지게 싸우는 모습을 관찰했다. 아무 생각도 할 수 없었다.

모달루는 공격력도 높고, 몸이 거대한데도 대단히 민첩해서 일대일로는 절대 이길 방법이 없기에 단체전을 할 수밖에 없다. 오늘 나온 '자이언트 드래건 모달루 토벌전'의 전술은 이랬다. 먼저 드래건보다 약간 빠른 레스터가 앞에서 드래건을 끌어들이고, 드래건이 도적을 공격하는 데 집중하기를 기다렸다가 원거리 공격에 능한 다른 동료(법사, 추장, 엘프)가 멀리서 기회를 봐서 드래건을 습격한다. 드래건이 각개격파를 하려고 하면 도적이 공격해 방해한다.

이런 전법에서는 그저 공격 능력과 방어력만 있고 이동은 더딘 기사가 전혀 쓸모없다는 사실을 나도 잘 안다. 하지만 설령 상대가 모달루가 아니더라도 내가 나설 여지는 없다. 내 레벨은 이제 겨우 20이기 때문이다!

카이라와 다른 동료가 "로샤는 우리가 이길 때까지 멀리 떨어진 곳에 얌전히 있으면 돼. 그럼 경험치와 아이템을 얻을 수 있어"라고 말했어도 기쁘지 않다. 동료로서 나도 전장에서 한 사람 몫을 하고 싶다.

그렇게 생각하기는 하지만, 홀리 라이트조차 아직 익히지 못한 내가 드래건을 공격하러 나설 수도 없어서(그랬다가는 끔찍하게 죽을 것이다) 싸움이 시작되고 지금까지 한구석에서 힘내라고 외치기만 하고 있다. 한차례의 맹공격이 끝나고 모달루의 얼굴에 고통스러운 표정이 드러나더니 몸 전체가 땅바닥으로 고꾸라졌다. 듣기로는 이때 드래건은 마비 상태에 빠져 잠깐 동안 몸을 움직여 공격하지도 못하고 방어력도 절반으로 떨어진다.

좋은 기회야!

당장 앞으로 달려나갔다. 모달루와 거리는 약간 멀지만 문제가 되지는 않을 것이다.

무거운 갑옷을 끌고 조금씩 자이언트 드래건이 쓰러진 곳으로 다가갔다. “로샤, 돌아와!” 카이라가 외치는 소리가 들렸고, 앞서서 이리저리 뛰어다니던 레스터도 나의 갑작스러운 행동에 어이가 없어 모달루를 공격하는 걸 잊은 듯했다.

드래건의 오른쪽 배 가까이 도착했다. 좀 전의 기세를 잃고 꼼짝도 못 하는 모달루에게 나이트 소드를 휘둘렀다. 탕! 손안의 검이 강철을 친 듯 전해오는 충격에 내 팔은 마비되었고 검은 바닥으로 떨어졌다.

“로샤, 물러나!”

포프의 말이 내 귀에 닿기도 전에 모달루의 몸이 반응했다. 동면했던 몸이 순식간에 깨어난 것처럼, 엄청나게 강한 풍압이 내 왼쪽에서 날 습격했고 방패로 미처 막기도 전에 내 몸은 드래건의 꼬리에 쓸려 공중으로 날아갔다.

“아, 또야……”

한쪽에서 레스터가 중얼거렸다.

내 몸이 날아 최고점에 도달한 다음 낙하하고 있다는 걸 스스로 느낄 수 있었다. 보이는 모든 것이 한동안 빙글빙글 돌더니 마침내 펑 하는 소리와 함께 나는 땅으로 추락했다.

점점 어두워지는 시야로 익숙한 알림창이 눈앞에 떠올랐다.

로샤가 8862포인트의 데미지를 입었습니다.

로샤의 체력이 0포인트가 되어 전투를 지속할 수 없습니다.

로샤가 파티에서 나갔습니다.

"주님의 이름으로, 용사의 영이 다시 돌아오기를 바라옵나이다."

빌다 마을의 신부가 축성한 다음 손으로 성수를 찍어 내 몸에(정확하게 말하자면 나의 영혼에) 뿌려 부정을 씻어냈다. 요 며칠 동안 이런 상황을 보는 데 익숙해졌다. 상대방이 다를 뿐. 어제는 어떤 부락의 샤먼이었다.

성당을 나오니 몸이 이상할 정도로 가볍고 가뜬했다. 나는 아무 장비도 걸치지 않고 기본 흰옷만 입은 반투명 상태였다. 당연한 일이다. 시체(혹은 껍데기라고 해야 할지도)는 자이언트 드래건과 전투를 벌이는 아까 그곳에 얌전히 있을 테니까 얼른 '뼈 줍기'를 하러 가야 한다.

낮은 레벨의 기사 갑옷은 민첩성을 떨어뜨린다. 지금은 그 갑옷을 내 시체가 잘 입고 누워 있는 덕분에, 나는 언제 그렇게 느리게 달린 사람이었냐는 듯 보통 속도로 달릴 수 있었다.

다행히 마을에 도구를 넣어둔 아이템 보관함이 있어서 안을 뒤져 포션 몇 병과 보석 몇십 알을 찾아냈다. 전장과 여기까지는 다소간 거리가 있어 포션에만 의지하기에는 부족할 것 같았지만 모든 돈과 장비와 도구는 시체에 있었다. 아무래도 보석을 파는 수밖에 없어 보였다. 잠시 생각한 뒤 도시 입구 가까이에 있는 무기 상점으로 들어갔다.

"용사님, 안녕하십니까? 무엇이 필요하십니까?"

난 아무 말도 하지 않은 채 보석을 주인에게 주고 골드로 바꾼 후 바로 포션 열 병을 사면서 진열장의 특별 아이템은 못 본 척했다. 그게 지금 내 레벨로 장착할 수 있는 최고급 방패인 플래티넘 실드이기는 해도.

퀘스트를 마치고 와서 사는 편이 좋겠지? 지금 상태로는 역시 아무것도 장착하지 않는 편이 낫다.

빌다 마을에서 나오면 곧 너른 평원이 나타나지만 나는 최대한 빨리 일행과 합류하기 위해 동굴 방향으로 달렸다.

카오스 대륙은 도시에서 벗어나면 온통 용과 뱀이 들끓어서 동굴을 지나야 모달루가 있는 산골짜기에 닿는데, 동굴 안에도 귀찮은 파충류 적병이 걸음마다 포진해 있다.

말은 이렇게 하지만 레벨도 낮은데다 아무런 장비도 갖추지 못한 기사가 할 수 있는 일이라고는 쉼 없이 방어하면서 기회를 봐 도망가는 것뿐이다. 다행히 이 파충류는 없애기가 어렵긴 해도 끝까지 따라붙지는 않기 때문에 나는 금세 동굴 밖으로 나올 수 있었다.

동굴에서 나와 다시 조금 걸으면 동료가 있는 전장이다. 쉬지 않고 빠르게 이동하는 레스터가 전과 같이 가장 빨리 나를 알아챘고, 나는 그의 뒤쪽에서 카이라의 모습을 발견했다.

"파이어 익스플로전!"

카이라가 마법 지팡이를 쥔 손을 앞으로 뻗으며 자이언트 드래건의 신속한 가로 이동에 집중했다. 펑! 한덩어리의 화염이 드래곤의 곁에서 신속하게 폭발했다.

"칫!"

카이라는 공격에 실패해 짜증스러운 듯했지만 곧 다시 자세를 가다듬고는 다음 마법을 발동했다.

"로샤, 이쪽!"

나를 발견한 포프가 큰 소리로 외쳤다. 그와 엘프 둘은 모달루를 뒤쪽에서 습격하는 전략을 유지하고 있었다.

"어서 가서 '뼈 줍기' 해! 드래건의 꼬리 공격 조심하고!"

포프가 가리키는 방향을 바라보았다. 그들과 드래건의 사이에 지겹도록 무거운 투구를 쓰고 두터운 갑옷을 입은 사람이 땅에 누워 있었다. 나다(정확히 말하자면 내 껍데기). 모달루의 자리가 좀 전에 날 공격한 자리와 약간 달라지긴 했지만 그 정도로는 드래건의 꼬리가 횡으로 쓸어버리는 범위에서 벗어날 수 없다.

반투명한 영혼도 공격을 당하면 다치는데 하물며 지금은 무장해제 상태다. 조심하지 않다가 맞기라도 하면 도시에서 재시작해야 한다.

포프와 엘프 둘이 내 고민을 눈치채고 바로 공격을 멈췄다. 그러면 후방의 공격에서 놓여난 자이언트 드래건이 잠시 주의력을 전방의 레스터와 카이라에게 둘 것이고, 나는 그 틈에 내 시체 쪽으로 갈 수 있게 된다.

"지금이야!"

타이밍을 어림하며 시체 쪽으로 달렸다.

그러나 나는 눈앞에 펼쳐진 광경에 놀라지 않을 수 없었다. 내 시체가 걸친 장비 외에도 주변에 무기와 방어구가 흩어져 있었다. 모두 다섯 가지였다. 대검, 건틀릿, 가죽 부츠, 투구, 방패. 거의 내가 원래 쓰던 장비보다 레벨이 낮아서 설령 줍더라도 돈으로나 바꿀 물건이었다. 다만 단 하나의 예외가 있었는데, 아까 무기 상점에서 봤던 플래티넘 실드였다.

이것들은 당연히 내 장비가 아니다. 누가 여기에 둔 거지?

바로 전에도 이런 일이 있었다…….

"로샤, 서둘러!"

포프가 외쳤다. 그 소리에 정신을 차린 나는 쪼그려 앉아 두 손으로 시체의 가슴을 덮어 눌렀고, 곧 에너지가 솟아오르며 빛이 나를 감쌌다.

오래지 않아 지상의 시체가 사라지고, 반투명 상태도 풀리면서 투구와 갑옷의 중량감이 오랜만에 온몸으로 느껴졌다.

알림창에 세 줄이 추가됐다.

로샤의 영혼이 돌아왔습니다.

아이템과 골드가 모두 복구됩니다.

포프가 로샤를 파티에 초대했습니다.

나는 땅바닥에 놓인 의외의 물건 다섯 가지를 보며 잠시 망설이다 플래티넘 실드를 주워 내 아이템 가방에 넣었다.

"조심해!"

내가 막 '뼈 줍기'를 마치고 도망칠 준비를 하는 순간, 눈앞의 모달루가 움직였다. 내 존재를 알아챈 듯 드래건이 재빨리 몸을 돌렸고, 내 오른쪽으로 다시 엄청나게 강력한 풍압이 쏟아졌다.

이런, 또 같은 일을 반복해야 하는 거야?

그러나 몸이 머리보다 한발 앞서 움직였다. 방패를 든 왼손으로 자이언트 드래건의 공격을 막는 동시에 튕겨 나가려는 순간, 오른손의 로열 나이트 소드가 그대로 드래건의 꼬리의 뿌리를 내리쳤다. 모달루가 고통에 찬 비명을 지르고는 바닥에 쓰러져 고막을 흔드는 큰 소리를 냈다.

카이라, 레스터, 포프 등이 눈앞에 벌어진 상황에 놀란 나머지 두 눈을 동그랗게 뜨고 날 쳐다보았다.

자이언트 드래건의 거대한 몸에서 대량의 골드와 장비가 뿜어져 나왔고 오래지 않아 자이언트 드래건의 몸이 조금씩 풍화되며 사라지면서 방금까지 격전을 벌였던 골짜기에 고요한 평화가 찾아왔다.

"잘했어, 로샤!"

"마지막 일격이 끝장을 냈어!"

동료들의 환호성에 흐리멍덩한 상태에서 깨어난 나는 운이 날 구했음을 깨달았다. 난 가슴에 걸린 네클리스를 만지며 이 아이템의 설명문을 떠올렸다.

복수자의 네클리스. 기사 전용. 레어. 레벨 제한 없음. 공격을 받을 때 5퍼센트의 확률로 공격을 피하고 반격합니다.

—

모달루를 쓰러뜨리고 오늘의 퀘스트를 마친 다음 파티 동료들은 평소대로 할 일들을 마친 뒤 해산했고, 나도 내가 머무르는 작은 성으로 돌아와 쉬었다.

깊은 밤이 되자, 방안의 커다란 수정구가 평소처럼 눈을 찌르는 빛을 내더니 아름다운 여성의 모습을 띄웠다. 허페이리! 다른 세계에 있는 내 친구다.

"로샤, 안녕? 오늘은 어땠어?"

수정구 안의 페이리는 몹시 피곤한 듯 계속 두 눈을 비비며 쉬지 않고 하품을 했다.

"굉장했어! 오늘 모달루를 쓰러뜨렸어. 페이리는? 콘서트와 사인회는 어땠어?"

"그냥 그랬어. 끝나고 나서도 좀 전까지 댄스 연습을 해서 지금이라도 쓰러져버릴 것 같아. 어디 기록 좀 보자. 와, 네가 쓰러뜨렸네?"

"헤헤, 이거 덕이지."

내가 가슴에 걸린 네클리스를 높이 들어올리자 페이리도 활짝 웃었다. 보는 사람을 두근거리게 하는 미소다.

우리는 아주 오래전에 수정구를 통해 알게 되었다. 그날 밤, 그때까지 테이블에 놓인 장식품에 지나지 않던 수정구가 갑자기

빛을 뿜어낸 뒤 페이리가 그 안에 나타났다.

당시 나는 눈앞에 벌어진 이변에 어쩔 줄을 몰랐지만 상대방은 마치 모든 것을 알고 있는 듯 내게 말을 걸었다.

"네가 로샤지? 안녕? 나는 네 게이머야."

"게이머?"

페이리의 그 말을 난 전혀 알아듣지 못했고, 페이리가 그런 내게 설명을 해주었다.

"네 세계는 카오스 대륙이지? 내 세계는 지구이고, 나는 타이베이라고 하는 도시에서 살아."

페이리의 말에 따르면 우리는 서로 다른 세계에 있고, 페이리의 세계인 지구의 사람이 카오스 대륙의 사람 가운데 한 명이나 여러 명과 연결되어 그들의 게이머가 되는데 나처럼 연결이 되는 쪽 사람은 게이머의 게임 캐릭터(나는 이 말도 잘 이해가 되지 않는다)가 된다.

"그러면 내 동료들도 지구인과 연결이 된 거야?"

"응. 그런데 넌 조금 달라서 자유의지로 움직일 수 있지만, 다른 사람들은 게이머의 조종을 받는 편이지."

"조종……. 마법으로?"

"키보드와 마우스……. 아이고, 몰라도 괜찮아."

페이리가 설명을 할수록 내가 혼란스러워하자 페이리는 설명을 아예 포기하고 "이제 우리는 친구야"라며 매듭을 지었다. 뭔가 알 수 없는 기분이었지만 이세계의 친구가 한 사람 더 느는 일은 상관없었고, 어쨌든 수정구 안에 사는 페이리는 적어도 날 공격하려고 튀어나올 일이 없었다.

그 뒤로 페이리는 거의 매일 밤 나와 이야기를 나눴다. 물론 매번 수정구를 통했다. 나는 낮에 그 거대한 구체를 향해 소리도 질러보고 두드려보기도 하고 그때쯤 배웠던 주문을 외워보기도 했지만 수정구는 아무런 반응을 보이지 않았다. 내가 모르는 주문을 써야 하는 게 아니라면 페이리 쪽에서만 내게 연락을 할 수 있는 것 같았다.

수정구의 체적은 작지 않아서, 페이리의 방이 남김없이 보였다. 성안의 어둡고 썰렁한 내 공간과 달리 페이리의 방은 무척 밝고 쾌적했고, 꽤 고급으로 보이는 원단으로 침구를 꾸민데다 본 적도 없는 가구도 있어서 무척이나 신기했다.

유일하게 익숙한 것이 벽의 초상화였는데, 페이리는 그것을 '포스터'라고 불렀다. 그림 속의 인물은 페이리였지만 평소의 옷차림하고 다르게 카오스 대륙의 기사처럼 보이는 모습을 하고 있었다(갑옷이 앞가슴을 노출하고 있긴 했지만). 그 여성 기사는 방어 자세를 취한 채 똑바로 정면을 보고 있었다. 위에는 크게 "카오스 - 이세계"라고 씌어 있었고, 아래에는 작은 글자로 이렇게 적혀 있었다.

마수가 들끓는 대륙을 해방시켜라! 5월 17일 오픈 베타 테스트 실시! 여러분의 도전을 기다립니다!

"그럼 페이리도 기사야? 장비, 굉장하다. 고급품이 틀림없어."

"어, 이쪽의 우리 직업은 너희랑 달라. 그렇지만 일단 그렇다고 치자!"

"페이리, 저 그림 속의 너는 나랑 닮은 것 같아……."

"그거야 당연하지. 난 홍보 대사니까 닮아야 효과적인걸!"

"홍보 대사?"

"……몰라도 돼."

나는 페이리가 어떻게 설명해야 할지 모를 때면 저 말로 어물쩍 넘긴다는 사실을 깨달았다.

그렇더라도 난 페이리를 무척 좋아한다. 우리는 매일 서로의 일을 이야기한다. 내가 낮은 레벨의 기사가 사방에서 죽도록 싸우는 고생담을 말하면, 페이리는 자기 직업의 고된 점을 내게 말해준다. 페이리의 일은 무대에서 노래 부르고 춤추고, 이따금 사람들 앞에서 볼썽사나운 모습을 보이는 것 같은데 대단히 힘든 듯했다. 카오스 대륙에도 댄서, 음유시인, 광대처럼 비슷한 직업이 있긴 하지만 페이리처럼 전방위는 아니다.

페이리는 자기 이야기를 할 때면 피곤한 얼굴을 했지만 나는 페이리가 반짝거린다는 느낌을 받았다.

언젠가 나도 페이리처럼 한 사람으로서 당당한 기사가 될 수 있기를 바란다.

"오늘의 전리품은 이거야."

내가 헤헤 웃으며 모달루가 쓰러지면서 뱉어낸 장비 중 하나인 로열 부츠를 꺼냈다. 다른 장비는 동료들에게 나눠주었다.

"자이언트 드래건이 떨어뜨린 거야?"

"응! 그런데 주운 게 하나 더 있어……."

내가 아이템 가방에서 플래티넘 실드를 꺼냈다. 페이리가 커다란 흥미를 보여 보충 설명을 했다.

"회피율이 최고 15퍼센트야!"

"그렇게 좋은 물건이 어떻게 땅에 떨어져 있었지?"

"내 동료들은 더 좋은 게 있어서 쳐다보지도 않아. 더구나 모든 직업이 방패를 쓰는 것도 아니고."

"쓸 수 있는 다른 캐릭터에게 주면 되지 않나……."

페이리가 여기까지 말하더니 뭔가 생각이 난 듯 말을 멈추고 내게 물었다.

"주웠다니……. 저번이랑 같은 상황이야?"

“응! 낮은 레벨 장비와 같이 내 시체 근처에 흩어져 있었어.”

“또 ‘키다리 아저씨’인가?”

내가 고개를 끄덕였다. 비슷한 일이 며칠 전에 있었다. 그때의 퀘스트는 배케어 산의 슬라임 특수부대 섬멸이었는데, 이 슬라임 특수부대는 기존의 슬라임과 다른 품종으로 물리 방어력이 몹시 높았다. 파티 역시 마법과 주문을 쓰는 직업을 중심으로 짰다. 카이라와 포프가 당연하게 들어갔고, 속도가 빠른 레스터가 유인책을 맡아 슬라임을 하나라도 더 한곳으로 모아 마법 집중 공격에 유리하도록 했다.

나로 말하자면 당연히 응원단(겸 방어 영기를 방출하는 지원대)이었다. 전투중 아무래도 불만스러워 토벌단의 행렬에 끼어들었으나, 슬라임이 공격력은 높지 않아도 집단 포위 공격 효율이 놀라울 정도로 훌륭해 내 영혼은 금세 도시로 날아가고 말았다.

‘뼈 줍기’를 하러 전장으로 돌아온 날 기다리는 건 공격을 받아 땅바닥에 쓰러진 시체와 주변에 흩어진 방어구였다. 오늘처럼.

그때 있던 건 갑옷, 투구, 건틀릿, 아이언 부츠와 반지 두 점으로 모두 여섯 가지였고, 그중 하늘 투구는 지금까지 쓰고 있다.

이 일이 너무 신기했던 나는 퀘스트를 마치고, 동료들과 도시로 돌아와 한 사람 한 사람 붙잡고 이 일에 대해 물었다.

“난 아냐.” 음유시인이 말했다.

"슬라임과 우리가 한데 모여 있어서 난리도 아니었으니까 누가 떨어뜨렸는지 못 본 거 아냐?" 카이라가 대답했다.

"슬라임이 죽으면서 떨어뜨린 거 아냐?" 소환사가 자기 생각을 말했다.

"그럴 수 있겠네. 슬라임을 하나씩 쓰러뜨렸으니 보물이 여기저기 널브러져 있는 것도 이상하지는 않지." 포프가 맞장구를 쳤다.

"그게 맞겠는데? 거기에 마침 떨어졌던 것뿐이겠지." 레스터도 동의했다.

모두들 적이 떨어뜨린 것이라고 결론을 냈다. 그렇지만 그 여섯 가지 아이템과 시체가 원래 입고 썼던 걸 빼면 주변에 다른 장비가 전혀 떨어져 있지 않았기 때문에 나는 그 결론에 납득하기 어려웠다. 무찌른 슬라임 무리에게서 나왔다고 한다면 그렇게 집중되어 떨어져 있을 리 없었다.

더구나 오늘은 주변 사 킬로미터 이내에 적이라고는 자이언트 드래건 하나뿐이었어서 아무리 생각해도 불가능한 일이었다.

그렇다면 내 영혼이 전장으로 돌아오기 전에 누군가 사람들의 눈을 피해 몰래 장비를 내 시체 근처에 두었다는 가능성만 남는데, 이 가능성을 빼면 다른 경우의 수가 없다.

그날 밤 나는 이 일을 페이리에게 말했고 페이리는 내게 이야기 하나를 들려주었다.

이야기의 여자 주인공은 고아원 출신이다. 열여덟 살이 되던 해 고아원의 이사 중 한 사람이 주인공에게 학비와 생활비를 지원해 공부를 시켜주고자 한다. 주인공은 이 후원인의 뒷모습만 봐서 그 사람이 무척 크고 다리가 긴 남자라는 것만 안다. 주인공은 후원자의 호의를 저버리지 않고자 열심히 공부를 해서 독립된 자아를 지닌 자주적 인간으로 성장한다.

이야기의 끝에서 주인공은 후원인의 진짜 신분을 알게 된다.

"분명히 키다리 아저씨일 거야. 이름을 주디로 바꿔보면 어때?"

"내 이름은 로샤지 주디가 아냐."

수정구 속의 페이리가 모호한 눈빛으로 나를 보더니 단정하고 하얀 이를 드러내며 소리 내어 웃었다.

정말 그렇다면, 상대방도 내가 기사로서 나날이 성장하기를 바란다는 뜻일까? 아무래도 좀더 힘을 내야 할 것 같다. 그렇지만 내게도 의문은 있다. 키다리 아저씨는 어째서 신분을 숨기는 걸까? 누군가를 돕고 싶다면 직접 그렇게 말하면 좋지 않을까? 저번에 레스터가 그랬던 것처럼.

"네 자존심을 배려하기 때문이 아니겠어? 남이 베푸는 걸 누구나 그렇게 쉽게 받아들이지는 않거든."

"난 잘 모르겠어……."

"몰라도 괜찮아. 너무 많이 생각하지 말고 마음 편하게 받아들여."

"응……."

"그래도 누군가 도와준다니 참 좋겠다! 나도 연예계의 키다리 아저씨 하나 있으면 좋겠네."

그렇게 절실히 말하는 페이리의 눈빛이 옛일을 회상하듯 문득 먼 곳을 향했다.

쓸쓸한 눈빛이었다.

다음 날, 레스터가 또 퀘스트 참가 초대장을 보냈다.

파티는 매일 바뀌어서 다양한 구성원이 수시로 오고간다. 한두 번 참여했다가 끝나고 나면 행방을 알 수 없어지는 사람도 있고 익숙한 얼굴이 새삼 돌아오기도 한다. 나로 말하자면, 레스터, 카이라, 포프만이 고정 동료다.

이 셋은 모두 레벨이 높아 난도가 높은 퀘스트에 나선다. 비교하자면 내가 그 세 사람의 발목을 잡고 있는 것 같아서 언제나 마음이 편치 않다.

그래서 이번에 나보다 레벨이 낮은 사람이 가입하려 하는데다 전투 참여도 처음이라는 말에 말도 못 할 정도로 놀랐다.

"헤헷, 잘 부탁합니다."

신입 구성원의 이름은 필디로, 카이라의 친구인 듯 카이라의 소개로 파티에 들어왔고 직업은 무투가였으며 레벨은…… 겨우 1이었다.

슬라임조차 물리쳐보지 못한 사람이 전투에서 무슨 도움을 줄 수 있을지 나는 너무나 의심스러웠다(적어도 나는 영기라도 보낼 수 있다). 경험치와 아이템 획득을 위해 파티에 들어왔다는 의도가 분명히 보였지만 나 자신도 그러려고 들어왔기에 아무 말도 하지 않았다. 카오스 대륙에서 혼자만의 힘으로 앞서 나가려고 한다면 그저 한 발자국씩 거북이처럼 느리게 나아가는 수밖에 없다. 말하자면 고수가 있는 파티에 들어가는 쪽이 훨씬 실속 있다.

"음, 아무것도 없어? 신참이 쓸 만한 장비가 있는지 볼게."

"고마워."

레스터가 자기 아이템 보관함을 살펴보더니 여러 가지 물품을 꺼내, 필디의 머리, 목, 팔, 손, 몸통, 다리와 무기나 방패를 쥘 양손까지 여덟 군데의 장비 착장 자리를 확인한 다음, 신참에게 가장 좋은 세트를 배합하기 시작했고, 오래지 않아 제법 그럴싸한 신참 무투가를 만들어냈다.

"이 정도면 일반 적병 정도는 큰 문제 없을 테지만 보스급은 억지로 덤비지 않는 편이 좋아. 아, 그리고 자잘한 장비 몇 가지가 더 있으니 도시에서 아이템 보관함에 두고 써."

"고마워!"

필디가 아이템을 받고 감사 인사를 했다. 내 뒤에서 포프가 귓속말을 보내왔다.

"진짜 미치겠다. 저 자식 또 후한 척하네."

"레스터가 원래 신참 잘 챙기잖아." 내가 대답했다.

"그냥 여자를 낚고 싶어 그러는 거라고. 틀림없어."

나는 포프의 말을 이해할 수 없었다. 필디와 레스터는 둘 다 남자인데……. 그리고 '낚다'가 무슨 말이지?

"됐어. 어쨌든 내가 나설 일은 아니니까. 그러고 보면 너도 저 자식한테 많이 받은 것 같고."

"목걸이뿐인데……."

"그 목걸이 하나만으로도 다들 군침을 흘릴걸? 아, 말이 심했다. 미안."

레스터에 대해 말하는 포프의 말투에 조금 과한 데가 있었지만 나는 두 사람의 우정이 꽤 두텁고, 전투중에도 언제나 손발이 착착 맞는다는 것을 안다. 내가 막 이 무리에 들어온 날이 떠올랐다. 난 레벨도 낮고 성격도 충동적이어서 첫 퀘스트에서 적에게 몇 번이나 내동댕이쳐졌다. 퀘스트를 마치고 모두 해산하자마자 레스터가 날 한쪽으로 끌고 갔다.

"골칫덩어리 친구일세! 그렇게 해서 좋을 거 없어. 너한테 도움이 될 만한 게 있나 보자……."

레스터가 아이템 보관함을 뒤졌고, 나는 내가 한 일이 부끄러워서 고개를 숙인 채 아무 말도 못했다.

"있다! 이거 받아."

레스터가 목걸이를 하나 꺼냈다. 황동 펜던트가 은빛 줄에 걸려 있었고, 위에는 흉측한 도안이 새겨져 있어서 얼핏 봐서는 전혀 주의를 끌지 못할 모양새였다. 하지만 그 목걸이를 자세히 본 나는 곧 숨을 들이켰다.

"이, 이건 복수자의 네클리스 아냐?"

"5퍼센트라 확률은 높지 않지만 잦은 공격을 받을 때는 쓸모가 있을 거야. 레벨 제한도 없어."

"그렇지만 이거 레어 아이템이잖아!"

"괜찮아. 난 기사도 안 키우는걸."

난 레스터의 이 말이 무슨 뜻인지 알 수 없었지만 일단 받았다. 그날 밤 이 일을 페이리에게 말했고, 페이리는 내 이야기를 들은 후 조용히 미소만 지었다.

내 운이 좋지 않았든지, 혹은 이후의 전투에서 내가 완벽하게 조심했든지, 뭐가 됐든 복수자의 네클리스는 어제 자이언트 드래건을 쓰러뜨릴 때까지 줄곧 침묵했다. 레스터가 내게 이 네클리스를 준 일은 대륙 전체에서 레스터 외에 나중에 이야기를 전해들은 포프만이 알았다. 포프는 그때 내게 달려와 물었다.

"그 녀석이 복수자의 네클리스를 줬다는 거, 정말이야?"

소위 키다리 아저씨가 정말 있다면 그 사람은 레스터가 아닐까? 필요 없는 장비는 보통 무기 상점에 갖다 팔거나 다른 사람과 교환하는데, 레스터만이 남겨두었다가 다른 사람이 필요로 할 때 인심 좋게 나눠주었다.

아니다. 레스터가 키다리 아저씨라면 장비를 몰래 시체 옆에 둘 필요 없이 처음처럼 내게 직접 주면 된다.

대체 누굴까…….

오늘의 퀘스트는 서남쪽 호수에 잠복한 사령왕死靈王 갈릭 쓰러뜨리기다.

나는 출발하기 전부터 실력을 보일 기회가 다시 왔다는 생각에 무척 흥분한 상태였다.

갈릭은 사령 병사 무리를 소환하고 자기는 뒤에 숨어 암흑 마법을 펼치는데, 마법에 필요한 주문을 쓰려면 병사들이 앞에서 시간을 벌어야 했다. 바꿔 말하면, 근접 육탄전이 그에게는 몹시 불리하지만 그게 바로 내 강점인데다 기사에게 암흑 마법은 효과가 반감돼 내게 대단히 유리했다.

"이번에는 로샤가 전방에 나서고, 우리는 후방에서 사령 병사를 상대하는 걸로 하자."

양측이 대치하자 레스터가 신호를 보냈다. 그는 진작 무기를 후방에서 날릴 수 있는 비도로 바꿨다.

"로샤, 힘내!"

카이라가 날 격려해주었다. 내게 카이라는 시원시원한 성격의 큰언니 같다. 목소리에도 사람의 마음을 고무하는 에너지가 있다.

포프가 긴 창을 들고 거하게 기지개를 켰다. 그는 이번에 나와 함께 적진에 돌격해 근거리에서 사령왕을 노린다.

다른 파티 구성원도 출발을 기다렸는데, 필디는 상대적으로 안전한 자리에 숨어 있게 될 것이다.

"가자!"

레스터의 말이 떨어지자 나와 포프가 즉시 앞으로 달려 나갔고, 파티의 좌우 날개로 근거리 공격을 함께할 몇 명의 동료가 갈릭에게 향하는 게 보였다.

열을 지은 사령이 앞을 막았지만 우리가 그들과 백병전을 벌이기 전에 카이라의 불꽃이 그들 몇을 박살내버렸고, 레스터의 비도도 적지 않은 수를 맞혀, 견고한 '사령의 벽'은 잠시 몇 갈래로 갈라졌다. 그 틈을 부수고 들어선 후 포프가 내게 말했다.

"어서 사령왕 쪽으로 가. 후방은 내가 막을게."

내 이동 속도가 비교적 느린 편인데도 포프가 스스로 뒤를 맡아준다고 하는 건 내가 어제처럼 보스를 쓰러뜨려 더 많은 경험치를 받기 바라기 때문이 아닐까. 난 웃으며 그의 호의를 받아들이고 몸을 돌려 갈릭과 마주했다.

이때 빛 하나 없이 검은 파동이 날 습격했고 격심한 통증이 몸을 꿰뚫었다. 암흑 마법이었다.

뒤쪽의 동료들도 맞은 듯했다. 마법에는 관통하는 성격이 있어서 직선상에 위치한 사람은 재난을 피할 수 없다.

누군가 비명을 질렀다.

필디가 2658포인트의 데미지를 입었습니다.

필디의 체력이 0포인트가 되어 전투를 지속할 수 없습니다.

필디가 파티에서 나갔습니다.

레벨 1은 역시 안 되는 건가. 아니, 지금은 동료를 걱정할 때가 아니다.

난 갑옷의 무게를 버티면서 사령왕과의 거리를 좁히려고 노력했다. 사령왕이 약간 뒤로 물러나 두 손을 흔들자 그 앞으로 다시 병사 행렬이 나타났다.

"젠장!"

난 이를 악물었다. 후방에서 엄호하러 당장 달려오기는 어려워 나 혼자 해결할 수밖에 없다. 이때 문득 상관없는 걱정이 들었다.

필디에게 누가 '뼈 줍기'에 대해 말해줬을까?

필디는 전투의 신참이니 카이라가 말해줬겠지? 레스터가 말했을 수도 있겠고. 어쨌든 뼈를 주워 파티에 합류하지 못하면 경험치도 얻지 못하고 아이템도 회수할 수 없는데.

카오스 대륙에서, 사망한 후의 시체는 골드, 장비, 아이템을 담는 그릇이 되고, 자신의 영혼이 전장으로 돌아와야 이 그릇을 열 수 있다. '뼈 줍기'를 통해 영혼과 육체가 하나가 되어 물건들을 되찾는 것이다.

도시는 여기에서 멀지 않으니 금세 되돌아오겠지.

그렇게만 하면 문제는 없지만…….

우당탕! 새로운 사령 병사들이 다시 카이라의 마법에 맞아 쓰러졌고 나는 적진으로 돌격해 나이트 소드와 방패를 들고 전투를 시작했다.

전황이 혼란스러워 다른 동료들의 모습도 분명하게 보이지 않아 나와 가장 가까이 있던 포프조차 어디에 있는지 알 수 없었다. 근처의 사령 병사를 하나씩 쓰러뜨리면서 나는 다시 갈릭을 향해 나아갔다.

그러나 검으로 사령왕을 베려는 순간에도 제 몫을 못 하는 무투가가 생각났다.

필디가 도시에 둔 아이템 보관함에는 레스터가 준 아이템과 장비가 남아 있다.

만약 필디의 영혼이 그것들을 몸에 지니고 뼈를 주우러 온다면…….

갈릭이 벌써 다음 암흑 마법 주문을 완성한 상태라 나는 방어 태세를 취하고 공격에 대비했다.

이때 멀리 시야 끝에서 낮은 레벨의 전투 망토를 입고, 머리에 보호 두건을 두른 반투명한 몸의 무투가가 어른거렸다.

"저 바보가!"

포프의 욕설이 들렸다.

펑! 두 번째 검은 파동 공격이 쏟아졌으나 그것은 내 쪽을 향하지 않았다. 사령왕이 몸을 돌려 뼈를 주우러 온 필디를 암흑 마법으로 습격했다.

예상했던 일이 벌어졌다.

필디가 2734포인트의 데미지를 입었습니다.

필디의 체력이 0포인트가 되어 전투를 지속할 수 없습니다.

영혼이 가진 아이템이 모두 바닥에 떨어집니다.

무투가가 다시 한번 비명을 올렸고, 그 영혼은 지난번 자이언트 드래건이 죽기 직전에 몸에 지닌 장비를 뿜어냈던 것처럼 아이템을 땅바닥으로 떨어뜨렸다. 뼈를 아직 줍지 않은 상태에서 공격당한 영혼은 죽기 전처럼 손상을 입고, 심지어 재사망해 도시로 돌아간다. 육체가 있는 사람이 죽을 때와 달리 영혼은 그릇이 없어 어떤 장비나 아이템이나 골드를 가지고 있으면 그 물건을 보호할 방법이 없어 바닥에 떨어뜨리게 되고 이 물건은 누구나 집어 갈 수 있다.

이것을 보통 '아이템 폭발', 간단히 '아폭'이라고 한다.

"야, 누가 저 아이템들 좀 대신 보관해줘."

레스터가 멀리서 큰 소리로 외쳤다.

카이라가 서둘러 달려간 듯했지만 나는 그쪽을 진지하게 보지 않은 채 필디가 처음으로 공격을 받아 쓰러진 자리, 그러니까 시체가 있는 자리로 시선을 옮겼다.

없다.

원래 몸에 지녔던 장비를 빼면 시체 주변에는 다른 물건이 전혀 없었다. 내 지난 두 번의 경우와 완전히 달랐다.

키다리 아저씨는 나타나지 않았다.

사령왕의 마법 탓에 필디의 뼈 줍기는 거듭 실패했고, 결국 필디가 파티에 복귀하지 못한 상태에서 내가 갈릭을 쓰러뜨렸다. 필디는 경험치를 전혀 얻지 못했다.

도시로 돌아와 카이라가 계속 사과했다.

“정말 미안해! 트레이닝부터 시켰어야 했는데.”

“폐를 끼쳐 정말 미안해!”

곁에서 필디도 사과를 했다.

난 다소 부끄러워졌다. 사실 나 혼자 슬라임을 쓰러뜨리며 레벨을 올린 경우는 손가락에 꼽을 정도로, 대부분의 경험치는 파티에 들어와 얻은 것이었다. 두 사람이 사과를 할수록 나는 내가 욕을 먹는 것 같은 기분이 들었다.

레스터가 신경 쓰지 않는다는 듯 서둘러 위로의 말을 했다.

“괜찮아. 누구나 처음은 있는 거잖아. 오히려 내가 알려줬어야 했는데 까먹었네. 앞으로는 장비를 지닌 채 뼈 줍기를 하지 마.”

“아폭 때문이야?” 필디가 물었다.

“그뿐 아니라 영혼의 몸에 장비가 있으면 주울 수 없어.”

"주울 수 없다고?"

"그건……."

"내가 설명할게." 옆에서 포프가 끼어들었다. "시체를 주우려면 먼저 영혼에 시체가 갖고 있던 장비가 들어갈 '공간'이 있어야 해. 예를 들어서 시체의 몸에 투구가 있으면 영혼 쪽 머리에 뭐가 있으면 안 되는 거지. 같은 장비가 들어갈 공간을 남겨두지 않으면 시체로 영혼이 돌아갈 수 없어."

"손을 시체에 올려도 변화가 없어?"

"어떤 장비들은 몸으로 돌아가지만 넌 여전히 영혼 상태야. 좀 전 상황으로 설명해볼게. 네가 처음에 사령왕에게 맞아서 쓰러졌을 때 장비를 착용한 자리가 여덟 곳이었으니까 시체에 있는 장비도 여덟 개잖아. 그다음에 네 영혼이 전장으로 돌아와 뼈를 주우려고 했을 때 네 머리에는 보호 두건이 있었고 몸에는 전투 망토가 있어서 팔과 다리, 양쪽 손과 목걸이, 반지를 둘 여섯 곳만 비었지. 네가 억지로 뼈 줍기를 했다면 그 여섯 곳의 장비만 영혼으로 돌아가고 가죽 투구와 무투복을 입은 시체, 돈과 몸에 지닌 아이템은 줍지 못하게 돼."

"뼈 줍기를 하기 전에 반드시 모든 장비를 빼둬야 한다?"

"맞아."

어제 자이언트 드래건과 벌였던 전투를 떠올렸다. 그때 나는 자이언트 드래건의 일격에 목숨을 잃었고 영혼은 빌다 마을로 돌아갔다. 그리고 무기 상점에 가서 보석을 팔았지만 플래티넘 실드는 사지 않았다. 사더라도 장착할 수 없고 모든 건 뼈 줍기가 끝난 다음에 고려할 일이었기 때문이다.

필디가 이해했다는 뜻으로 고개를 끄덕였고 레스터가 필디의 어깨를 두드리며 사령왕이 남긴 쌍절곤을 건네주었다.

퀘스트가 곧 마무리되려는데 내 마음은 외려 편치 못했다.

우선 난 줄곧 키다리 아저씨 일을 마음에 두고 있었다. 그가 신입을 돕는 사람이라면 왜 나타나지 않은 걸까?

전황이 너무 긴박해 장비를 두고 갈 틈이 없었을까? 아니면…… 돕는 대상이 오로지 나인 걸까?

그리고 필디가 전장으로 돌아올지 확인하지 않은 상태에서 갈릭을 쓰러뜨린 일이 미안했다. 내가 소홀한 탓에 필디는 경험치를 전혀 얻지 못하고 아주 좋다고는 할 수 없는 무기만 하나 얻었으니 헛고생을 한 셈이 되었다.

아니나 다를까 다들 흩어져 각자 자기 장비를 정리하고 있는데 필디가 내게 다가왔다.

"물어볼 게 있어."

왔다. 나는 심호흡을 하고 질문을 들을 마음의 준비를 했다.

그러나 필디의 입에서는 전혀 상관이 없는 말이 흘러나왔다.

"너랑 그 남자 배우 옌타이, 정말 사귀는 거야?"

필디는 귓속말을 쓸 줄 모르는지, 모든 동료가 그의 말을 들을 수 있게 말했다. 나는 영문을 알 수 없는 질문에 어쩔 줄을 모른 채 멍해 있었다.

"샤오후이!"

카이라의 날카로운 책망이 날아왔다.

"현실 쪽 이야기는 여기로 끌고 오지 말라고 했지? 머리가 안 돌아가는 거야?"

—

"네가 옌타이의 여자친구라면 대답은 아니다야. 네가 옌타이의 여자친구가 아니라면 내 매니저한테 가서 물어."

그 말에 내 마음속에는 궁금증만 가득 찼다.

"다음에 비슷한 질문을 받으면 상대방에게 이렇게 대답해."

말을 마치자 페이리는 얼굴을 돌려 눈앞의 화면을 응시했다.

지금은 저녁이다. 나는 다시 수정구로 페이리와 대화를 하고 있다.

그러나 오늘 페이리는 수정구에 나타나자마자 미안해하며 두 손을 모았다.

"미안해, 로샤. 오늘 좀 바빠. 이따가 지난달의 무대 모니터링을 해야 해서 오래 얘기할 수 없을 것 같아."

페이리가 방 한구석으로 가자 그쪽에는 금속판이 하나 있었고, 페이리는 둥근 모양의 물건을 그 아래 금속 상자에 꽂았다. 그리고 잠시 뭔가를 조작하자 그 금속판이 내 수정구처럼 화려한 색깔의 화면을 보여주었다.

화면은 어떤 무대 같았다. 한 무리의 사람이 한가운데에 있는 페이리를 둘러쌌고 음악이 울리기 시작한 후 각자 사방으로 흩어졌다가 리듬에 따라 발뒤꿈치로 바닥을 두드렸다. 탭댄스였다. 내가 봤던 댄서와 달리 그들은 상반신도 무척 다이내믹하게 움직여 박자를 맞추었고, 흔드는 팔은 평형을 이루었다. 뚝뚝 끊기는 음악에 사람들도 함께 바닥을 구르며 리듬을 맞췄다.

나는 넋을 잃고 그 모습을 봤다. 무대의 페이리는 대단히 자신감이 넘쳤고 흐름도 잘 잡았다.

"오래 연습했는걸. 여전히 실수가 많이 보이지만."

페이리는 무대의 자신을 자세히 살펴보며 화면에 집중했다.

"정말 미안해. 고민이 많은 것 같은데 내가 통 시간이 없네. 그래도 말은 해봐! 나 방해할까 봐 걱정하지 말고."

나는 오늘 있었던 일을 페이리에게 말했고, 페이리는 화면을 보는 한편으로 내가 겪은 난처한 일을 열심히 들으면서 이따금 미소를 지었다.

그러더니 내가 필디의 이상한 질문을 얘기하자 페이리도 이상한 대답을 내놓은 것이다.

"매니저한테 묻는 게 뭐야?"

"농담이야. 솔직하게 상대방에게 '네가 묻는 말이 무슨 뜻인지 모르겠어'라고 하면 돼."

페이리가 얼른 웃으며 설명했지만 나는 머릿속에 떠오른 어떤 생각 때문에 그 설명을 받아들일 수 없었다.

"그렇지만 그 사람은 페이리에 대해 물은 거지? 어떻게 그 사람이 널 알아? 그리고 카이라는 왜 갑자기 그 사람을 '샤오후이'라고 불렀을까?"

"몰라도 괜찮아……."

뭔가 중얼거리다가 페이리는 곧 침묵으로 빠져들었다. 눈은 여전히 금속판을 향해 있었지만 입가의 미소는 사라져 있었다.

금속판의 화면이 달라져 앞서의 무대가 극장의 계단식 좌석처럼 바뀌었다. 위에는 열 명 정도의 성인 남녀가 있었는데 그중에는 페이리도 있었다. 무대 계단 아래 다른 한편에는 잔뜩 치장한 남자가 손안의 카드를 보며 큰 소리로 물었다.

"친구가 당신에게 선물한 물건을 다시 필요해졌다면서 돌려달라고 하면 돌려주겠습니까?"

자리에 앉은 사람들이 각자 손을 뻗어 앞에 있는 단추를 눌렀고 그 앞으로는 연이어 동그라미를 표시한 팻말이 떴는데 페이리만이 가위표였다. 페이리가 높고 날카로운 목소리로 사람들에게 물었다.

"설마 다들 거절하지 않을 거예요?"

위에서 하얀 덩어리 모양이 쏟아져 내려 페이리의 머리를 맞혔고, 페이리가 하얀 가루를 뒤집어썼다.

"사람 괴롭히기나 하는 시시한 프로그램, 그런데도 맞춰줘야 하지."

금속판 앞의 페이리가 견디지 못하고 손안의 기기를 조종해 화면을 다시 바꿨다.

페이리가 노래하는 화면이 나왔다. 무대의 페이리는 화려한 차림을 하고 경쾌한 선율을 노래하며 음악에 따라 좌우로 몸을 흔들었다.

"더는 당신이 누군지 알려고 하지 않기로 했어. 마음을 받아들여 앞으로 나아갈 거야."

이 노래는 많이 들었다. 〈키다리 아저씨〉라는 페이리의 최신곡이다. 요즘 이 노래를 홍보하고 있기 때문에 지난번에 페이리가 키다리 아저씨 이야기를 했던 것이다.

"로샤는 정말 좋겠다. 키다리 아저씨가 너만 도와준다니."

화면의 타이밍에 맞춘 듯 페이리가 이런 말을 했다. 그러나 내가 보기에 페이리의 마음은 키다리 아저씨에도, 심지어 눈앞의 화면에도 있는 것 같지 않았다.

페이리가 생각하는 일은 틀림없이 내가 아까 물은 문제, 그러니까 필디가 왜 페이리의 일을 물었을까 하는 문제일 것이다.

한참 뒤, 페이리가 결심한 듯 금속판의 단추를 눌렀고 화면은 바로 사라졌다.

페이리가 내게 몸을 돌렸다.

"로샤, 내가 지금 말하려는 건 우리 두 사람의 세계의 연결과 네가 어떻게 태어났는가 하는 일에 대한 거야. 지금까지는 분명하게 말하지 않았지만 솔직하게 모든 걸 말할게. 너로서는 믿기 어렵겠지만 내가 하는 말은 모두 사실이야."

수정구 속의 페이리가 생글거리는 평소의 모습이 아닌 엄숙한 표정을 짓고 있었다.

"응……."

나는 고개를 끄덕였고, 그것이 우리 두 사람 사이의 어떤 장치를 움직인 것 같았다.

페이리가 흥미로운 이야기를 시작했다.

"카오스 대륙은 사실 우리 쪽 세계의 사람이 만든 거야."

페이리는 이 말이 내게 줄 충격을 가늠하려는 듯 잠시 말을 멈췄다. 난 계속하라는 뜻으로 고개를 끄덕였다.

"내 말은 너희의 전설 속 혼돈의 신이 우리의 세계에 존재한다거나 하는 게 아냐. 사실 그 전설도 만들어진 거야. 그뿐 아니라 도시, 동굴, 평야 같은 모든 지리, 너희가 만나는 모든 적병, 보스 몬스터, 심지어 직업, 도구와 장비까지 보이는 모든 게 그렇다는 말이야."

"그렇지만 신만이 인간과 세계를 창조할 수 있어……."

"맞아. 그래서 너희는 인간이 아냐. 카오스 대륙은 엄격하게 말하면 존재하지 않는 세계야."

페이리가 하는 말은 내게 전혀 현실감을 주지 못했다. 내가 인간이 아니라고? 카오스 대륙이 존재하지 않아? 그럼 난 뭐야? 지금 내가 있는 여기는 어디지?

"너희의 모든 것은 어떤 에너지로(마법이라고 쳐도 돼) 형태를 만들어서 이곳 지구의 어떤 장치에 담은 거야. 그 장치가 계속 돌아가고 있기 때문에 카오스 대륙도 밤낮이 바뀌고, 너희도 용사의 퀘스트를 하루하루 수행할 수 있는 거지. 하지만 에너지에는 어쨌든 실체가 없기 때문에 우리에게 그건 허구의 세계야."

"누구야? 누가 그 에너지를 만들었어? 누가 에너지를 담는 장치를 창조했어?" 내가 물었다.

"이곳의 사람들이야. 그 사람들은 '미라지시스'라는 회사, 그러니까 길드 같은 걸 결성했고 모든 걸 만들었어……. 왜 다른 세계를 만들고 싶어 하는 사람이 있는지 모르겠지? 그게 상품이기 때문이야."

"상품? 다른 사람에게 팔아서 돈으로 바꾸는 거? 누군가 존재하지 않는 물건을 사고 싶어 한다는 말이야?"

"넌 이해하기 어려울 거야. 내가 사는 여기에서 사람들은 압박을 심하게 받기 때문에 현실에서 도피하고 싶어 하는데 방법이 아주 다양해. 게임을 하는 건 그중 하나야. 너희 세계가 우리에게는 게임이고, 이 게임이 상품이 되어 판매되는 거야. 어떻게 노느냐 하면……."

페이리는 이제 더 무서운 사실을 말할 텐데 내가 어떻게 반응할지 걱정된다는 듯 한참 망설였다.

어떤 압박감이 내 마음속으로 툭 떨어졌다. 전에 페이리가 했던 이해하기 어려운 말들의 해답이 곧 나올 것 같았다.

"바로 너희가 되는 거야."

페이리가 작정한 듯 말했다.

"전에 '게이머'와 '게임 캐릭터'가 조종하고 조종당하는 관계라고 말한 거 기억해?"

"기억해. 키보드와 마우스를 쓴다고도 했어."

페이리가 고개를 끄덕이고는 방 한쪽 테이블 옆으로 가서 두 가지 물건을 집어 들었다. 하나는 직사각형의 판처럼 생겼고, 위에는 단추가 수없이 있었다. 다른 하나는 겉모양은 유선형의 작은 장치로 손에 쥐기에 딱 좋아 보였다.

"우리는 이 두 가지 물건으로 너희의 행동을 제어해."

"제어?"

내 목소리가 나도 모르게 높아졌고, 압박감은 검은 안개가 되어 가슴속 가득 퍼졌다.

카오스 대륙에는 인형술사라고 불리는 직업이 있는데 그들은 전투 중에 적의 행동을 조종하지만 그 마법은 시간제한이 있어서 일정 시간이 지나면 효과를 잃는다.

난 페이리가 말하는 제어가 그런 종류가 아니란 걸 안다.

"그때는 내가 분명하게 말하지 않았어. 사실 카오스 대륙의 용사는 모두 그들의 게이머인 지구인이 제어하는 거야. 용사의 일거수일투족, 한마디 한마디가 게이머의 지시에서 나와. 우리가 마우스를 움직여서 지도의 어떤 곳을 클릭하면, 게임 캐릭터가 그쪽으로 이동하고, 떨어진 도구, 장비나 돈을 클릭하면 게임 캐릭터가 그걸 주워."

페이리가 설명하면서 마우스를 움직였다.

"네가 듣고 보는 대화나 정보는 마이크라는 물건에 목소리를 보낸 것이기도 하고, 키보드로 문자를 찍은 것이기도 해. 너희

쪽에는 정보를 알리는 알림창이 많지? 우리 쪽에는 그런 게 전혀 없어. 그건 게임 안에서 대화를 편하게 하기 위해 설계된 방편이야."

난 경악했다. 내가 철이 든 이래로 수많은 문자가 나를 항상 둘러싸고 있었고 지금 있는 자리의 상황과 다른 사람의 귓속말을 알려주었는데 설마 페이리의 세계에는 이런 것이 전혀 존재하지 않는다는 말인가?

"그러니까 네가 알고 지내는 레스터, 카이라, 포프 같은 사람들은 각자 우리 이쪽의 어떤 게이머의 조종을 받는 거야……. 아니다. 그들의 모든 행동의 뒤에 지구인의 의지가 있고, 그들이 바로 지구인이라고 해야겠지. 카오스 대륙의 용사는 거의 모두 지구인이 연기하는 거니까."

"그렇지만…… 나는 나 자신의 의지로 너랑 얘기하는걸? 설마 너도 날 제어할 수 있어?"

"넌 달라, 로샤……. 전에도 말했지만 넌 달라."

여기까지 말한 페이리의 호흡이 빨라졌고 얼굴이 점점 쪼그려 앉은 몸 쪽으로 붙더니 두 다리 사이에 묻혔다.

"넌 지능형 에이전트Intelligent Agent라고 불리는 게임 캐릭터이고 현재 카오스 대륙에서는 네가 유일해."

마음속에 수많은 의문부호가 떠올랐다. 내가 유일해? 지능형 에이전트? 그게 뭐야?

"좀 전에 네가 '신만이 인간과 세계를 창조할 수 있어'라고 했잖아. 사실 우리 인간도 곧 그 비슷한 무언가를 만들어낼 거야. 허구의 세계와 허구의 인류. 인간이 타고난 가장 큰 재능은 독자적 사고를 갖춘 지혜야. 그리고 이 지혜가 인공 장치를 통해서 이제 에너지 저장에 이른 거지."

뭔가 이해할 것 같았다.

"네 말은 내가 그렇게 제조되어 나온, 독자적 사고를 할 수 있는 개체라는 거야?"

"응, 널 만든 곳은 방금 말한 미라지시스라는 회사야. 그 사람들의 목적은 잘 몰라. 게이머가 게임 캐릭터를 방치해도 캐릭터가 스스로 성장할 수 있게 하려는 걸지도 모르지! 내가 바로 그런 게이머야. 로샤, 넌 레벨 3 이전을 기억해?"

"응, 혼자서 슬라임과 싸웠어……."

그 시절에는 오로지 본능에 따라 행동했을 뿐이라 뭘 생각했는지, 앞날에 대해 뭘 궁리했는지는 전혀 기억이 없다.

"사실 난 전에 한동안 널 조종한 적이 있었는데 금세 그만뒀어. 지겨워서가 아니라 일이 너무 바빠서 게이머로 있을 방법이 없었거든. 매일 댄스 연습을 하고 촬영을 하고 각종 프로그램에 얼굴을 내밀어야 했으니까. 대중을 즐겁게 하는 일은 너무 힘들어서, 집에 돌아오면 게임을 할 기운도 없었어……. 우스운 일은 '로샤'가 되는 것도 내 일의 하나가 되어버린 거야. 왜 그런지 알아?"

"'홍보 대사'라서?"

페이리의 방에 붙어 있는 초상화(포스터)가 내 눈에 들어왔고, 순간적으로 그 단어가 떠올랐다.

페이리가 고개를 끄덕였다.

"여기에서는 상품에 홍보 대사가 붙어서 대중 광고를 하면 좀 더 팔기 쉬워지는데, 〈카오스 - 이세계〉의 홍보 대사가 바로 나야. 원래 홍보 대사는 광고를 찍고 발표회에 참석하면 돼. 그런데 위에서 '홍보 대사가 직접 게임에 참가하면 판매량을 늘릴 수 있을 거야'라고 말을 해서 난 네가 됐어."

수정구 속의 페이리를 봤다. 페이리는 다리 사이에 묻었던 얼굴을 들고 입가에 무력한 미소를 띠고 있었다.

"다행히 대대적인 홍보는 없었어. 내가 곤란해질까 봐 걱정됐겠지. 그래서 그저 '페이리는 가끔 접속해서 게임을 합니다'라고 알리는 정도가 됐어. 로샤라는 게임 캐릭터는 사정을 아는 게이머 사이에서만 알려졌고."

초상화에서 기사 분장을 한 페이리는 나와 무척 닮았다. 그리고 난 한 가지를 더 알아챘다. 일상생활 속의 말투와 달리 무대에서 관중을 향해 말하는 페이리의 밝고 맑은 목소리와 말투는 나와 몹시 닮았다. 마음이 복잡했다. 내가 막 기사로서 나섰을 때 수많은 사람이 나에 대해 이런저런 말을 했다니. 파티의 동료들도 페이리 때문에 나와 가깝게 지낸 걸까?

문득 키다리 아저씨가 떠올랐다. 그 사람도?

"필디가 나한테 그런 걸 물은 이유가 설마……." 내가 말했다.

"맞아. 필디의 게이머는 틀림없이 여자일 거야. 샤오후이는 옌타이의 소식에 관심이 무척 많겠지. 아, 옌타이는 내 동료야. 최근에 우리 사이에 말도 안 되는 소문이 퍼지고 있어서……. 샤오후이는 널 나라고 믿었겠지."

포프가 레스터를 비웃으며 한 말이 생각났다. 포프는 레스터가 여자를 낚고 싶어 할 뿐이라고 말했다. 필디의 목소리가 꽤 중성적이어서 난 그 사람이 남자인 줄 알았는데…….

"난 금세 로샤를 포기했어. 일 때문이기도 하고, 미라지시스의 지능형 에이전트 개발이 순조로워서 로샤가 금세 스스로 사고하고 행동하게 되어서 내가 없어도 됐거든."

그때부터 내가 페이리 대신 로샤가 되었다.

"개발을 마친 뒤 테스트가 필요했는데 미라지시스에 있는 옌루화라는 친구에게 부탁해서 그 기회를 잡았어. 친구는 대신 '정기적으로 로샤와 대화를 하면서 로샤에게 이 세계의 일을 알려줄 것'이라는 조건을 지켜달라고 부탁했어. 그래서 그날 밤 너와 내가 만나게 된 거야."

수정구가 빛을 내던 그날 밤이 기억났다. 그때 페이리는 모든 걸 알고 있었지만 지금에 와서야 내게 확실하게 설명하는 것이다.

"미안해, 줄곧 말하지 않아서. 무책임한 짓인 거 잘 알아. 어쨌든 너는 나의 분신과 같은데도 사정을 전혀 몰랐잖아. 그렇지만 설명하기가 번거롭기도 했고, 매일 너랑 이야기를 하면서 네가 부러워졌거든."

"부러워?"

"내가 게임을 하는 시간보다 너와 얘기하는 시간이 훨씬 길더라고. ……고백하자면, 난 사실 이상적인 화신을 찾았던 거야."

영문을 알 수 없었다. 오래도록 페이리는 내가 동경하는 대상이었다. 페이리는 예쁘고 다재다능하며 수많은 사람의 사랑을 받는다. 그러나 나는 파티 동료에게 의존해 전력도 되지 못하는 초보 기사다.

"지금 하는 일은 이따금 내 몸이 내 것이 아닌 것처럼 느껴져. 매일 나가기 싫은 프로그램에 나가서 휘둘려야 하고, 귀여운 척하는 목소리로 남자 팬들의 호감이나 받으려고 하는데다 프로그램에 맞춰서 멍청한 짓도 해야 해. 정신을 차려보면 내가 농

락당하는 인형이 된 걸 깨달아. 아, 나야말로 조종되는 쪽인 거야!"

페이리는 하소연하면서 전에 방송을 보았던 금속판을 힐끗 쳐다보았다.

"그에 비하면 로샤의 생활은 목표가 훨씬 단순하지. 당당한 한 사람의 기사가 되기 위해 매일 카오스 대륙에서 동료들과 싸우고 있으니까……."

"그렇지만 내가 보기에는 페이리야말로 사람들의 부러움을 살 만한걸!"

내 말에 페이리가 미소를 보여주었다. 아까 지었던 씁쓸한 미소보다 훨씬 밝아진 표정이었다.

"그래! 우리는 둘 다 달성하고 싶은 이상이 있으니 서로 부러워할 필요가 없지. 그렇지만 난 너의 단순함을 지켜주고 싶었어……. 네게 모든 걸 고백한 다음에 네가 '홍보 대사 허페이리'라는 신분을 짊어지고 살아야 하는 게 걱정됐어. 겨우 게이머의 제어에서 벗어났는데 다시 게이머의 생활에 속박되는 거야. 우습지 않아?"

페이리의 말을 생각해보았다. 이야기를 다 듣고 나면, 난 다시는 단순히 로샤가 아니라 '로샤 그리고 페이리'가 되는 걸까?

오래도록 나와 페이리가 수정구를 통해 사귄 친구라고 생각해왔지만 이제부터는 모든 게 바뀐다. 카오스 대륙의 용사는 사실 모두 지구인이고, 이곳은 그들이 생활에서 도피하기 위해 제공된 허구의 무대일 뿐이다. 그리고 스스로 무명의 기사라고 자인하는 내게는 사실 '허페이리'라는 이름표가 진작 붙어 있었고, 사람들은 다른 눈으로 날 대해왔다.

어쩌면 좋지?

다시 긴 침묵이 흘렀다. 한참 뒤 내가 먼저 입을 뗐다.

"한 가지 대답해줄래?"

"말해봐."

"페이리는 어째서 이 얘기를 나한테 하기로 한 거야?"

"계기라면…… 아무래도 루화 언니 때문이겠지! 오늘 잠깐 시간을 내서 언니랑 밥을 먹었는데 언니가 이 일을 또 묻더라고. 내가 아직까지 너한테 사실을 설명하지 않은 걸 알고 언니가 놀라기에 내가 이렇게 말했어. '로샤가 그 허구의 세계에서 자기의 이상을 추구하는 거 좋지 않아? 어째서 현실의 지긋지긋한 문제를 로샤에게 쏟아부어야 하는 거야?' 하지만 결국 언니 말에 난 아무 말도 하지 못했어."

"그 사람이 뭐라고 했는데?"

"순식간에 얼굴을 굳히더니 이러더라고. '그게 허구라고 누가 그래?' 목소리가 엄청 낮아서 언니가 화난 걸 바로 알겠더라니까."

"그 사람에게 카오스 대륙은 허구의 세계가 아냐?"

"음. 언니가 나중에 보충 설명을 해줬어……."

이야기를 잘 듣고 싶어 나도 모르게 수정구 쪽으로 몸을 기울였다.

"'그건 현실이야. 매개가 다를 뿐. 일상생활의 맥락이 다르더라도 현실이야.'"

—

그날 이후 나와 페이리는 며칠 동안 만나지 못했다.

"외부 촬영이 있어서 한동안 만나지 못할 거야! 내 생각 너무 하지 말고."

이 며칠 동안 나는 고뇌의 윤회에 빠져 있었다. 나는 그저 로샤인가, 아니면 한 걸음 더 나아가 '페이리'를 연기하는 것인가? 이 문제는 줄곧 내 머릿속을 가득 채웠다.

겉으로 봤을 때는 선택의 여지가 없는 것 같았다. 내가 동의를 하든 하지 않든, 카오스 대륙에서는 이미 적지 않은 사람이 날 허페이리로 알고 있다. 파티의 동료들을 포함해서. 그렇지만 그들의 친절을 이용해 계속 순수한 로샤로 지내는 것 역시 나쁘지 않았다.

다음 날, 필디(샤오후이)의 무례에 대해 카이라가 내게 사과했다.

"미안해. 그 녀석이 해서는 안 될 짓을 했어."

카이라는 두 사람이 그후 크게 싸웠고 지금은 냉전중이라 샤오후이가 한동안 나타나지 않을 거라고 했다.

"괜찮아?"

"아주 친한 친구는 아냐. 내가 진작 경고해뒀거든. 게임에서는 최대한 실제 신분이 드러나지 않게 하라고. 그런데 말도 듣지 않았고 심지어 그런 무례한 질문을 했잖아."

페이리가 말했다. 지구인은 압박을 너무 심하게 받으면 현실을 도피하고 싶어 할 때가 있다고. 그들에게 카오스 대륙은 도피처이고, 압박이 여전히 존재하는 건 알지만 최소한 여기에서는 그들에게 자신을 괴롭히는 일, 나아가 현실의 모든 일과 만나기를 거부할 권리가 생긴다고.

카이라, 레스터, 포프만이 아니라 다른 동료도 마찬가지일 것이다. 그렇기 때문에 내가 로샤의 신분으로 그들과 어깨를 나란히 하고 전투를 치를 수 있었을 것이다. 여기에서 나는 그저 도움을 필요로 하는 초보 기사일 뿐 현실 세계의 유명인이 아니니까.

요 며칠 동안 나는 과거의 패턴을 유지했다. 퀘스트를 나가서 보스 몬스터와 전투하고, 경험치와 아이템 얻기. 하루하루가 순조롭게 지나갔다. 유일한 변화라면 나 자신에 대한 인지와 자아 정체성 문제다.

페이리는 오늘밤 돌아온다. 페이리가 내게 어떤 대답을 해달라고 요청하지는 않았지만 난 페이리를 만나기 전에 결론을 내리고 싶다.

"로샤, 출발하자!"

포프가 큰 소리로 날 불렀다. 그는 다른 동료와 마을 입구에서 홀로 출발 준비를 마치지 못한 날 기다리고 있었다.

"그래!"

난 머릿속의 생각들을 떨치고 두 손을 꼭 쥐어 나 자신을 격려하며 오늘의 모험을 시작했다.

이번 퀘스트는 팔마 평원의 마인 오프상을 쓰러뜨리는 것이다. 오프상의 무서운 점은 전방위를 아우르는 다속성 공격 마법인데, 마법을 펼치는 속도도 빠른데다 위력이 사령왕보다 강하면 강했지 약하지 않아 현재 가장 상대하기 힘든 적이다. 우리 파티에서 전에 한번 도전했다가 전멸당하고 끝났던 적이 있다.

"이번엔 다를 거야. 로샤도 마법 방어 영기를 익혔으니 틀림없이 성공할 거야." 레스터가 자신만만하게 말했다.

전략은 무척 단순해서 그냥 인해전술이었다. 어쨌든 마법을 피해 갈 수는 없으니 차라리 모두 덤비자는 얘기였다.

오프상은 공격력이 엄청나게 강하지만 방어력이 부족해서 어떤 형태의 공격이든 효과가 있었으므로 동료들은 각자 자기가 가장 제일 잘하는 기술로 공격력을 최대한 올릴 예정이었다. 핵심은 전투중에 내가 마법 방어 영기를 펼쳐 동료가 마법으로 다치는 일을 줄이고, 동료들은 반드시 내 주변에서 공격해야 하는 데 있다. 영기가 보호하는 범위에서 벗어나면 마법 방어의 장막은 효과가 사라진다.

무리에 둘러싸이는 기분은 그다지 편치 않다. 모두들 내 속도에 맞춰 한 걸음씩 앞으로 전진해야 하기 때문에 빠르게 오프상에게 접근할 도리가 없다. 사정거리에 들어가기까지 상당히 많은 공격을 입었지만 다행히 영기의 작용으로 동료가 공격을 펼치기도 전에 도시로 돌아가는 일은 일어나지 않았다.

"공격!"

선봉의 레스터가 앞서며 손에 든 독 비수를 마인을 향해 날렸다. 저격당한 오프상이 비틀거리며 마법을 펼치던 수인을 풀고 뒤로 뛰어올라 도적의 공격을 피했다.

"베리 콜드!" 왼쪽 날개에 있던 카이라가 지팡이를 휘두르자 얼음 기둥들이 화살처럼 오프상을 향해 날아갔다.

"큭!" 마법에 당한 오프상이 다시 한번 태세를 가다듬고 다속성 마법을 발동했고 모두 일제히 손상을 입었다.

"로샤의 영기 덕에 그렇게 아프지는 않은걸."

오른쪽 날개에 있는 포프가 마법의 충격에서 정신을 차리고는 굽은 칼을 부메랑처럼 날려 공격했다. 번쩍이며 빛을 내는 칼날이 마인의 배 옆쪽을 긋고 지나갔고 상처에서는 분수처럼 선혈이 쏟아졌다.

엘프, 헌터, 요술사, 바이킹, 승려 등 다른 동료도 각자 자기의 필살기를 오프상에게 날렸다.

나도 그 안에 끼고 싶었으나 전투 중앙선에서 영기를 방출해야 했고, 일행의 이동에 맞춰 위치를 조정해야 하는 탓에 도무지 공격할 틈이 나지 않았다. 그러나 포프의 말은 내게 동료 사이의 신뢰감을 주었다. 설령 전선에서 적을 죽이지는 못하더라도 나 역시 이 안에서 중요한 역할을 하고 있었다.

벌떼처럼 몰려드는 공격에 오프상이 점차 피로감을 드러내며 승리가 눈앞에 보였다.

나는 잠시 동료들의 체력치를 계산해봤다. 지금 마법 방어 영기를 거두고 공격 영기를 쓰면 전투 이동 속도를 가속할 수 있을 것이다. 그로 인해 마법으로 받는 피해는 늘어날지 몰라도 적어도 두 번의 공격은 감당할 수 있을 테고 그전에 동료들이 마인을 쓰러뜨릴지 모른다.

그래서 당장 그렇게 했다.

그러나 그 행동은 가장 중대한 실책이었다. 나 자신의 체력을 잊고 말았다. 마법 방어 능력이 없어지면 난 공격 한 번에 죽어버릴 수 있었다.

쾅! 이 점을 깨닫는 순간 오프상의 마법이 이미 날 덮쳐 오고 있었다.

로샤가 5153포인트의 데미지를 입었습니다.

로샤의 체력이 0포인트가 되어 전투를 지속할 수 없습니다.

로샤가 파티에서 나갔습니다.

내 잘못으로 파티의 방어가 순식간에 와해되어, 내가 반투명한 영혼을 끌고 팔마 평원으로 돌아왔을 때는 온 평원에 시체가 가득했다.

아까 어떤 일이 벌어졌을지 상상할 수 있었다. 영기를 방출하는 기사가 사라지면서 마법 방어와 공격력이 모두 평소 수치로 돌아온 동료들은 빈사 상태의 오프상의 일격에 도리어 모조리 무너졌을 것이다.

전장에는 겨우 숨만 쉬고 있는 포프만 남았고, 레벨이 가장 높은 레스터마저 땅바닥에 쓰러져 있었다.

안 된다. 이러다가는 전멸할 거야.

오프상이 마법을 시전하기 전의 틈을 타 나는 전력으로 시체로 달려가 뼈 줍기를 하고 마법 방어 영기를 발동시키려고 했다. 그러나 눈앞의 광경이 나를 꼼짝도 못하게 했다.

키다리 아저씨가 또 나타났다.

무기와 방어구가 시체 주변에 흩어져 있었다. 이런 상황에서도 내게 장비를 주는 걸 잊지 않았다고? 왜 그렇게 집착하는 건데?

지금은 이런 생각을 할 때가 아니라고 스스로 마음속의 의문을 눌렀다. 서둘러 움직여야 했다. 두 손을 시체 위에 올렸다.

로샤의 영혼이 돌아왔습니다.

아이템과 골드가 모두 복구됩니다.

포프가 로샤를 파티에 초대했습니다.

알림창에 두 번째 문장이 올라오는 시간차는 일 초도 걸리지 않았다. 포프는 정말이지 눈 밝고 손 빠른 친구가 아닐 수 없다.

내가 얼른 보호 영기를 펼치며 외쳤다. "포프, 물러나!"

포프가 몸을 돌려 미친 듯이 내달렸고 달리면서 최후의 체력 회복 포션을 들이켜며 나와 합류했다.

"살았다, 후!"

우리는 물러나는 한편으로 방어하면서 죽은 동료들(레스터와 카이라를 포함해)의 영혼이 하나둘 마을에서 돌아와 뼈 줍기를 마치도록 도왔다. 포프가 서둘러 그들을 파티에 재가입시켰고(그렇지 않으면 영기로 보호할 수 없다), 잠시 시간이 지난 후 파티의 인원수는 겨우 처음 상태로 되돌아갔다.

계속 전투를 할 수는 있었지만 포션도 부족했고 빠진 물자도 있는데다 적도 이 틈에 체력을 회복한지라 레스터는 후퇴를 결정했다.

마을로 돌아오자마자 난 즉시 고개를 숙여 사과하며 내 실책을 설명했다.

"미안해!"

"너 때문이었어? 안 그래도 아까 마법력이 왜 갑자기 늘었냐고 말하려고 했다니까." 포프가 할 수 없다는 듯 말했다.

"괜찮아. 적어도 이 전술이 쓸모 있다는 건 알았잖아." 카이라가 날 두둔해주었다.

"맞아. 로샤를 중심으로 하는 진형을 유지하면 오프상을 쓰러뜨리는 것도 불가능한 일은 아냐."

레스터의 말에는 드디어 마인에게 대응할 방법을 찾아냈다는 흥분이 가득했다.

"내일 다시 해보자! 내가 떠나기 전에 다 같이 어려운 퀘스트를 끝내면 좋겠어.”

그가 격앙된 목소리로 크게 외치자 모두들 “오!” 하며 호응했다.

“응?”

그의 말 속에 뭔가 의미가 더 있는 것 같아서 급히 물었다.

“저기, 떠난다니 무슨 말이야?”

“로샤는 몰라? 아, 맞다, 너한테는 말하지 않은 것 같네…….”

옆에서 포프가 끼어들었다.

“글자 그대로의 뜻이야. 레스터는 한동안 떠나 있을 거야.”

“다음주에 국민의 의무를 다하러 군대에 간답니다. 한참 동안 못 들어올 거야. 나 없는 동안 다들 계속 노력해서 용사의 길에 매진하시길.”

“됐네. 어디서 폼을 잡아! 네가 여기서 레벨이 아무리 높아도 군대 가면 어쨌든 레벨 1짜리 신참이라고!”

포프의 대꾸에 다들 하하 웃었다.

난 동료들의 말이 무슨 뜻인지 잘 알지 못했지만 레스터가 곧 먼 길을 떠나고 다시는 함께 퀘스트를 할 수 없다는 대강의 뜻은 짐작했다.

만약 어제 이전의 나라면 그가 세상을 방랑하며 현상금 사냥꾼이나 용병이 되려는 줄 알았을지 모른다. 하지만 지금의 나는 그가 카오스 대륙에서 사라지고 잠시 만날 일이 없음을 가리킨다는 사실을 안다.

파티원의 만남과 헤어짐에는 익숙하더라도 지금의 내게는 그 의미가 다소 다르다. 동료들은 모두 현실 세계의 사람이고 그들은 파티뿐 아니라 이 〈카오스 - 이세계〉도 떠난다. 필디, 레스터, 카이라, 포프 그리고 키다리 아저씨도 그럴 테고, 나만이 평생 이곳에서 싸워야 한다.

울적하다.

"참, 너 재고 털이한다고 하지 않았어?"

카이라가 물었다. 레스터가 뭔가 생각난 듯 아, 하더니 말했다.

"그래, 그래, 그래. 한참 떠나 있을 거라 장비를 갖고 있어봐야 낭비니까 덕 쌓는 셈치고 모두에게 나눠줄까 해."

그러고는 마을에 두는 자기 아이템 보관함으로 걸어갔다.

"각 직업에 맞는 장비가 다 있다고! 자, 자, 자. 싸우지들 말고 자기한테 맞는 걸 찾아봐. 레어는 아니지만 내가 고생해서 합성한 무기도 끝내줘."

"레어 아이템이 없어?"

조금 이상했다. 이미 오래도록 이곳저곳으로 원정을 다닌 레스터가 이곳을 떠나는 시점에서 레어 아이템이 하나도 없다니.

카이라가 귓속말로 내게 말했다.

"쉿! 레어 아이템은 돈이 된다고! 선물하면 낭비야."

"어, 응……."

난 별다른 뜻 없이 그저 이상하다 싶어 물었을 뿐이다. 떠나는 마당에 이곳의 돈이 왜 필요할까 생각하다가 문득 깨달았다. 그 돈이란 현실 세계의 돈이구나! 틀림없이 다른 게이머와 거래하는 걸 거다.

"그래도 일이 년 자리를 비우는데 물건을 다 정리하니 꼭 다시는 돌아오지 않을 것 같네."

"응?"

카이라의 이 말에 난 깜짝 놀랐다. 다시는 돌아오지 않는다니, 영원한 이별이라는 건가?

아니겠지?

레스터가 아이템 보관함을 뒤집자 곧 장비들이 바닥으로 떨어졌고 차곡차곡 쌓인 무기와 방어구가 작은 산을 이루었는데, 눈 돌릴 여지도 없이 훌륭한 물건으로 가득했다. 찬찬히 세어보니 모두 사십, 아니 오십여 가지나 되었다.

"오오!"

"레스터, 너 정말 좋은 사람이구나!"

동료들이 큰 목소리로 환호하며 일제히 달려들었다. 어떤 사람들은 일단 자기 아이템 보관함이 있는 곳으로 돌아가 온몸의 장비를 떼어버리고 와서 고르기 시작했다. 그렇게 하면 줍는 순간에 바로 장비가 몸에 장착되어(그 장비가 직업과 레벨에 맞기만 하다면) 그 자리에서 맞는지 맞지 않는지 시험해볼 수 있다.

사람들은 정신없이 달려들어 장비를 시험해보기 시작했고 뒤이어 난 이전에 보지 못했던 우스운 광경을 목도했다.

온몸의 장비를 다 떼어낸 승려 하나가 아이템 산에서 추장이나 요술사 전용 아이템인 조각된 가면을 집어 어느 정도 거리가 있는 곳에 두고 다시 아이템이 쌓인 곳으로 돌아왔다. 그리고 다시 법사 전용의 수정 마법 지팡이를 집어 일정 거리를 걸어가 떨어뜨렸다.

다른 동료도 비슷했다. 바이킹은 큐피드의 활(헌터와 엘프 전용)을, 엘프는 성스러운 도포(승려 전용)를 집었다……. 다들 장착할 수 없는 아이템을 주우면 그걸 먼 곳에 옮겼고 착용할 수 있는 아이템이 나올 때까지 그런 행동을 되풀이했다. 한편 첫 번에 바로 결정하는 사람도 있어서, 물건이 줄어들수록 처음에 성공하는 사람의 비율은 점점 높아졌다.

나도 모르게 웃음이 터졌다. 마치 제비뽑기를 하는 것 같다. 좋은 제비를 뽑자는 마음 하나로 끝없이 제비를 뽑는 것이다.

그렇게 망연히 눈앞에 펼쳐진 광경을 보다가 자칫하면 내가 주운 다이아몬드 건틀릿을 잊을 뻔했다.

“로샤가 묻고 싶은 건 어차피 누구 주겠다고 선물 상자에 포장할 것도 아니니까 처음부터 자기한테 필요한 장비를 주우면 되는 것을 왜 그렇게 운을 시험하듯 마구잡이로 주워대느냐는 말이지? 게다가 잘못 주운 걸 먼 데 두기까지 하고?”

내가 고개를 끄덕였다. 저녁에 페이리와 오랜만에 재회한 나는 바로 오늘 있었던 일을 페이리에게 말했다. 수정구 속 페이리는 무척 안정돼 보여 이전과 완전히 달랐다. 페이리의 말에 따르면 내일이 휴가라서 그렇다.

“내 생각에는 이런 이유가 있을 거 같아.”

페이리는 방 한쪽으로 가서 어떤 기기를 몇 번 눌렀고, 오래지 않아 판면에 카오스 대륙의 평원 모습이 나타났다.

“이건 미라지시스의 내부 시험용인 싱글 모드 〈카오스 - 이세계〉야.”

공중에서 내려다보는 시선에는 중앙에 갖옷을 입은 헌터가 있었고 그의 주변 사방 풍경과 적병이 남김없이 보였다.

“이게 설마 제어하는…….”

“맞아. 전에 너한테 말했던 것처럼 게이머는 마우스로 게임 캐릭터의 행동을 제어해. 그게 바로 이거야.”

페이리는 탁자에서 평면 작업대를 당겨 꺼냈다. 키보드와 마우스라고 불렸던 물건이 그 위에 놓여 있었다. 페이리가 오른손으로 마우스를 쥐고 팔목을 중심으로 둥근 선을 그리자 화면에 아주 작은 화살촉이 그에 따라 바로 이동했다.

"이 움직이는 화살촉 모양을 커서라고 해. 커서를 어떤 곳에 놓고 마우스의 단추를 누르면 캐릭터를 그쪽으로 이동시킬 수 있는 거야."

"그게 클릭이야?"

페이리가 고개를 끄덕이며 연달아 손을 움직였다. 마우스로 헌터를 조종해 곳곳의 적을 죽였고, 때때로 키보드에 놓인 왼손을 함께 써서 좀더 수준 높은 활 기술을 펼치기도 했다.

나는 입을 딱 벌린 채 아무 말도 하지 못했다. 페이리가 대충 이야기를 해주기는 했지만 분명하게 머리에 들어오지는 않았는데 지금 보니 완전히 새로운 세계였다.

수많은 적병이 쓰러지며 포션, 도구, 레벨이 낮은 장비를 바닥에 떨어뜨렸고, 이 아이템 옆에는 일일이 문자가 떠서 게이머에게 그것이 어떤 물건인지 알려주었다. 페이리는 커서를 '비수'라는 문자 위로 옮겨 클릭했다.

헌터가 앞으로 나아가 비수를 주웠다. 다른 전리품까지 하나하나 챙긴 뒤 페이리가 몸을 돌려 내게 말했다.

"이제 네가 말한 상황을 재현해보자."

페이리가 키보드의 어떤 단추를 누르자 화면에 장비와 몸에 지닌 아이템 목록이 떴다. 페이리는 마우스를 움직여 이 물건들을 하나씩 버렸고 헌터가 있는 자리 근처에는 금세 아이템이 높이 쌓였다. "그럼 내가 여기에서 비수를 다시 집으면 어떻게 될까?"

어느 정도는 이해가 되는 것 같다.

떨어뜨린 아이템이 서로 지나치게 가까운 나머지 아이템 표시 문자가 완전히 한 덩어리가 되고 말았다. 가까이서 보지 않으면 비수의 실제 위치를 알기 어려웠고, 그 문자 덩어리 위를 적당히 눌러 줍는 아이템은 비수가 아닐 가능성이 높았다.

"레스터가 나눠준 아이템은 이것보다 훨씬 많았던 거 같아!"

오십여 가지 장비가 한 덩어리로 쌓여 있으니 게이머가 그 속에서 원하는 물건을 실수 없이 고르기란 꽤나 어려운 일이었다. 그래서 다들 물건들을 계속 자기들의 지도상에서 분산시켜 자기와 다른 사람이 고르기 편하게 한 것이었다.

"그리고 말야, 싱글 모드에서는 알아보기 힘들겠지만…… 같은 구역의 게이머와 적의 수가 많아질수록 딜레이 현상도 일어나기 쉬워. 일단 딜레이가 일어나면 조종이 무척 어려워져서 캐릭터의 행동도 느려지고 끊어져 아이템을 잘못 줍는 일이 자주 일어나."

"그렇지만 난 그런 적이 한 번도 없었어."

"그야 당연하지. 이 화면은 게이머가 보는 거니까. 게이머만 딜레이를 겪는 거야. 넌 지능형 에이전트니까 이런 일을 겪을 일이 없는 거지."

그제야 알 것 같았다. 파티에서 전리품을 분배할 때면 항상 한두 명이 적병이 떨어뜨린 아이템을 모두 주워 도시로 돌아와 다시 나누곤 했다. 예전에는 자기가 필요한 걸 각자 주우면 될 것을 왜 그렇게 하는지 알 수 없었다. 이제야 그렇게 하면 너무 어수선해진다는 걸 알았다.

"이제 알겠어?"

궁금증이 해소된 내가 고개를 끄덕였다.

"그럼 요 며칠간 무슨 생각을 했는지 말할래?"

"어……."

갑작스럽기는 했지만 페이리의 말뜻은 금세 알아챘다. 나와 카오스 대륙과 현실 세계에 관한 일이다.

"로샤 네게 뭔가 하라고 강요할 생각은 없어! 지금까지 넌 줄곧 내 친구였어. 루화 언니와 약속한 걸 지키려고 우리 두 사람이 속한 세계의 관계를 너한테 말하기는 했지만 그걸로 뭔가 잘못되기를 바라지 않아. 네가 생각이 너무 많아져서 우울해진다면 난 정말 괴로울 거야. 고민이 있다면 모두 말해줘!"

페이리의 목소리가 가진 부드러운 마력에 감화돼 나도 모르게 얼굴이 빨개졌다.

그러나 내 대답은 조금 울적했다.

"난 모르겠어……. 전에는 내가 로샤라고 믿었고 앞으로도 난 어엿한 기사를 목표로 노력하는 로샤로 있고 싶어. 하지만 동료들이 말로는 아니라고 해도 속으로는 나를 페이리라고 생각하는 걸 알아. 전투에서 내가 잘못하면 다들 날 놀리고, 내가 보스 몬스터를 물리치면 다들 날 칭찬해줘. 그런데 이제는 이렇게 생각하게 돼. '다들 내가 한 행동 때문에 이렇게 하는 걸까, 아니면 내 '신분' 때문일까?' 우리가 오랫동안 쌓아온 동료 간의 우정 때문이라면, 그건 처음부터 내가 페이리라는 기반 위에서 쌓인 거고, 그럼 나는……."

입을 다물었다. 말이 궁해서가 아니라 말하기에는 너무 잔혹했기 때문이다.

수정구 속 페이리의 눈빛이 점점 슬퍼졌다. 마치 페이리의 한숨 소리가 들린 듯했다.

"날 도와주는 키다리 아저씨만 해도, 처음에는 그가 돕는 상대가 낮은 레벨의 기사인지 아니면 현실 세계의 아이돌인지 의심하게 됐어. 키다리 아저씨는 오늘 나한테 장비 일곱 개를 줬지만 난 하나도 줍지 않았어. 그때 전투 상황이 혼란스럽긴 했어도 한두 개 정도는 집을 수 있었어. 다만 그 사람이 내게 그런 걸 주는 이유를 아는 게 무서웠어. 그게 페이리에게 잘 보이고 싶어서일까, 아니면……."

"네가 그렇게 고민할 줄 몰랐어……."

"그래! 나도 이러면 안 되는 건 알지만 생각이 멈추지 않아. 어쨌든 마음속에 답답하게 두는 것도 좋지 않아서 이렇게 말로 하니 훨씬 편해지네."

나는 억지로 웃는 얼굴을 만들어 보였고, 페이리도 웃었다. 씁쓸한 표정이었다.

"그렇지만 너무 아쉬워. 잠깐 훑어보기만 했는데 전부 기억나거든. 어디 보자……. 흑요석 투구, 아이언 갑옷, 드래건 부츠, 수정 건틀릿, 루비 반지, 뇌신검에 빛의 방패도 있었어! 지금 나는 아이템을 많이 장착할 수 있고 모두 내가 원하는 거였지만 갖지 않았어. 아아, 페이리가 말한 '공짜 점심은 없다'라는 게 어떤 건지 알 것 같아."

"사실 너는 그렇게 고생할 필요가 없어……. 응? 기다려봐."

계속 나와 마주보고 있던 페이리가 시선을 내리고 두 손으로 뺨을 고이며 뭔가 생각하는 듯했다.

"로샤, 네 시체 옆에 떨어져 있던 물건들 다시 한번 말해볼래?"

내가 아까 말한 일곱 개 장비의 이름을 하나도 빠뜨리지 않고 다시 말했다.

"그리고 전에 두 번 받은 장비도……."

"음……. 좀 가물가물한 것도 있어. 처음에는 하늘 투구, 갑옷하고 건틀릿, 아이언 부츠와 반지 두 개였고, 두 번째에는 플래티넘 실드에 대검, 건틀릿, 가죽 신발, 투구였어. 종류는 확실히 이런데 정확한 이름은 잘……."

"괜찮아. 그걸로 충분히 알았어."

페이리가 고개를 숙인 채 중얼거렸다. "지난 두 번도 마찬가지인가……." 페이리는 머리를 두드리기도 하고, 뭔가 무서운 걸 본 것처럼 찡그리기도 했다.

마침내 페이리가 숨을 들이마시더니 시선을 내게 향했다.

"로샤, 억지스러운 부탁이 있는데 그냥 좀 들어줘."

"무슨 부탁?"

"나 내일 쉬는데 네 몸을 빌리고 싶어. 오래 걸리지는 않을 거야. 퀘스트 수행하는 시간 정도면 돼."

"네 말은, 제어한다는 거지? 하고 싶은 일이라도 있어?"

"있어." 페이리가 오른쪽 눈을 살짝 감으며 내게 미소를 보냈다.

"너의 키다리 아저씨를 만날까 하고."

다음 날의 퀘스트는 전날과 같았지만 내 마음은 처음부터 불안으로 두근거렸다.

원인은 물론 곧 만날(만나기를 바라는) 키다리 아저씨다. 그 밖에 오랫동안 게임을 하지 않았던 페이리가 어떨지도 걱정되었다. 실제로 전장에 나면 실력이 드러날 것이다.

출발 전, 다들 평소처럼 마을 입구에 모였는데 카이라의 곁에 모르는 사람이 서 있었다.

"이 사람이 파티에 참가하고 싶다고 해서 우리 파티를 소개했어."

레벨 15의 여성 제사장이 예복 차림에 법장을 들고 있었다. 그리고 앞으로 걸어 나와 모두에게 잘 부탁한다고 인사했다.

"회복 마법이 있으니 전투에 좀 도움이 되겠네." 레스터가 말했다.

"레벨이 낮은데 괜찮겠어? 오프상의 일격이면 바로 쓰러질지 몰라." 포프가 신참의 능력에 의문을 품었다.

"괜찮을 거야." 내 입이 재빨리 움직이는 게 느껴졌다. 평소와 별반 차이 없는 목소리가 입에서 흘러나왔다. "제사장은 본래 마법 방어에 추가 포인트가 붙고 내 영기 효과까지 더하면 몇 턴 정도는 문제가 안 될 거야. 영 안 될 것 같을 때라도 제사장은 스스로 체력을 회복할 수 있고."

페이리가 속으로 웃고 있겠다.

"로샤 말이 맞아. 그렇게 하는 걸로 하자." 레스터가 찬성했다.

신참의 이름은 제루샤로 부대의 후방에 배치돼 전투의 체력 보충을 맡았다.

팔마 평원으로 가는 길은 별다른 어려움이 없었고, 나는 순조롭게 검을 휘두르며 마인 군단을 쓰러뜨렸다.

오늘의 퀘스트는 반드시 성공해야 한다. 모두들 곧 떠나는 레스터에게 영광스러운 승리를 선물하기 위해 같은 마음으로 최선을 다했다.

우리 부대는 금세 최종 보스와 대치했다. 동료들은 바로 날 둘러싸 원을 이룬 다음 천천히 오프상에게 다가갔다. 마법 방어 영기를 발동시키니 발밑에 따뜻한 기류가 흐르며 나와 다른 동료를 둘러싸는 게 느껴졌다.

모두들 화력을 집중해 어제보다 맹렬히 공격했다. 상대의 위치가 바뀌고 진형이 다소 무너져도 내 발은 언제나 머리보다 한 발 앞서서 전 대원의 중심으로 이동해 모든 사람이 영기의 보호를 받도록 했다.

페이리는 마지막으로 전투를 한 게 언제일까? 실력이 녹슬지 않은 것 같았다.

신참 제루샤의 활약이 상당했다. 제루샤가 후방에서 기회를 보며 움직이는 것만 봤는데, 먼저 회복 주문을 외워두었다가 동료 한 명의 체력이 절반 이하로 떨어지면 적절한 때에 보강해주어 전투 상황에 한결 여유가 있었다. 지난 신참과 달리 제루샤는 첫 퀘스트 참가에서 꽤 도움이 되었다.

제루샤뿐 아니라 레스터, 포프, 카이라 등 다른 동료도 열심히 자기의 능력을 발휘해 비도, 긴 창, 얼음 기둥, 화살 등 무기를 계속 오프상에게 날렸고, 완벽한 방어에 막힌 그에게는 버틸 여력이 없었다.

아, 이렇게 통쾌한 전투를 언제 다시 할 수 있을까?

마지막에 레스터의 비수가 오프상의 목에 꽂혔고 오프상이 소리를 내며 땅으로 쓰러지자 모두 승리의 환호성을 올렸다. 전투 과정에서 죽은 사람도 없어서 우리는 완벽한 승리를 손에 넣었다.

퀘스트를 마치고 마을로 돌아와 전리품을 나눈 다음에도 동료들의 흥분은 가라앉지 않았다.

"오늘 정말 신났어! 열 번이나 필살기를 쓸 수 있었다니까!"

적지 않은 사람이 오늘의 전투를 이야기했고, 레스터도 무척 흥분해 모두의 전투를 칭찬했다.

"너 신참 아닌 거 아냐? 체력 회복 타이밍이 절묘하던걸! 내가 곧 떠나는 게 너무 아쉽네. 이제 단체 퀘스트에 참가할 기회는 두세 번 정도 남았는데."

"그냥 기본 기술인데 뭘, 칭찬해줘서 고마워."

제루샤가 웃으며 상대방의 칭찬을 받았다.

파티가 해산하고 모두들 자기의 아이템 보관함 쪽으로 장비를 정리하러 돌아갔고, 많은 이가 속속 자리를 뜨면서 마을 안의 용사는 몇 남지 않았다.

심장이 점점 빨리 뛰었다. 곧 행동을 시작할 텐데 페이리는 어떻게 하려는 걸까?

기분이 오르락내리락하는 데 맞춰 알림창에 한 글자씩 떠올라 새로운 소식을 전했다.

귓속말 to 포프: 시간 있어? 할 말이 있어. 개인 퀘스트를 열어서 널 참가시킬 테니 기다려줘.

귓속말 from 포프: 무슨 일인데? 직접 말할 수 없는 거야?

귓속말 to 포프: 귓속말을 하려면 타이핑을 해야 하는데다 우리가 계속 여기에 있으면 다른 사람들이 이상하게 여길지도 모르잖아.

귓속말 from 포프: 왜 사람들을 피해야 하는데? ……됐다, 네 말대로 할게.

나는 빌다 마을의 중앙 분수 근처에 서 있었고 포프가 내게 달려왔다.

"대체 무슨 일이야? 비밀스럽게."

포프의 말투는 기분이 좋지 않아 보였고 아까부터 느껴진 나의 긴장감도 점점 상승했다. 페이리, 여기 있어?

입이 또 움직였다.

"아, 급한 일이라도 있어?"

"없어. 그저 이렇게 몰래몰래 움직이는 게 이상해서. 그러고 보니 여기에는 정말 너 혼자 있어?"

"응?"

"됐어. 시스템 오류겠지. ……그래서 무슨 일이신가요?"

"그게…… 저번에 슬라임 특수부대와 싸웠던 거 기억나? 배케어 산에서 있었던……."

"기억하지. 한참 싸우고 있는데 네가 슬라임 군대에 둘러싸여 맞아 죽었잖아."

포프는 가볍게 웃으며 분위기를 돌려보려고 한 것 같았지만 오히려 어색해지기만 했다.

패를 펼칠 때가 왔다. 내 오른손에는 등 쪽에서 꺼낸 하늘 투구가 있었다.

"이건 그날의 전리품이야. 내가 이걸 어떻게 얻었는지 기억해?"

"누가 그런 걸 기억하겠어……."

포프가 날 정면으로 마주하고 한참 생각에 잠겼다. 게이머가 이 순간에 보이는 반응에 대해서는 잘 모르지만 틀림없이 눈썹을 찌푸린 채 고민하고 있지 않을까.

"이날 퀘스트를 마친 다음에 내가 모두에게 물었어, 내 시체 옆에 장비를 떨어뜨린 사람이 누구냐고."

"아, 그래, 생각났어. 적이 떨어뜨린 걸 거라고 결론이 났잖아!"

"그렇지만 그 뒤에도 두 번이나 이런 일이 일어났어. 한 번은 자이언트 드래건 모달루, 또 한 번은 어제 오프상과 처음 싸웠을 때. 두 번 모두 보스 몬스터에게 맞아 죽고 돌아와서 뼈 줍기를 하는데 시체 옆에 장비들이 흩어져 있었어."

"그런 일이 있었어? 음……. 네 말대로 정말 그런 일이 있었다면 확실히 이상하네. 자이언트 드래건과 마인은 병사를 소환할 수 없어서 이론적으로 볼 때 아이템을 떨어뜨릴 수 없어. 시스템 오류 아닐까?"

나는 시스템 오류가 뭔지 모르지만 내 입은 계속 떠들었다.

"모두 세 번 일어났어."

"그것도 그렇네. 세 번 모두 시스템 오류라고 하는 건 억지스럽지. ……그런데 말야, 그건 전혀 중요하지 않잖아! 이런 별것 아닌 일로 날 불러낸 거야?"

"나한테는 별것 아닌 일이 아냐!"

내 말투가 포프를 놀라게 한 것 같았다. 포프는 침묵했고, 우리 사이의 분위기는 순간적으로 가라앉았다.

"그때 나는 정말 기뻤다고! 누군가 내게 몰래 장비를 선물하는데 그 사람이 파티의 동료이기도 하잖아. 포프는 대학생이지? 수호천사 게임 해본 적 있어? 천사를 맡은 사람이 몰래 연결된 친구에게 선물을 주고, 친구는 천사에게 편지를 보내는 걸로 수호자와 피수호자가 서로 소식을 전하는 게임. 나도 그 사람에게 감사를 표시하고 싶지만 도대체 어떻게 해야 하는지도 몰라."

어제 페이리는 외부 촬영에 나간 이야기를 하면서 대학 동호회 사이에서 이 게임을 하는 게 유행이라는 말을 했다. 그리고 이 게임의 바탕이 키다리 아저씨와 같다고도 했다.

포프는 침묵을 지켰고, 난 그의 표정을 상상할 수 없었다.

"하지만 그 사람의 의도를 깨닫고 모든 게 변했어."

"의도?"

상대방에게 반응이 있었다.

"네 말은 그 사람이 너에게 장비를 준 데 다른 목적이 있다는 거야?"

포프의 말투에는 모르는 척하는 기색이 없었다. 내 입이 계속 움직였다.

"난 확실히 투구와 방패를 챙겼지만 그게 선물이라고 하기에는 이른 것 같아."

"선물이 아니라니? 포장해주지 않아서?"

포프가 다시 웃었지만 난 따라 웃지 않았다.

"시체 곁에 흩어진 수많은 물품이 만약 선물이라면 시체는 뭐야? 아니지. 당시 내 상황으로 보면 이렇게 물어야겠다. 〈카오스 - 이세계〉라는 이 게임 안에서 시체는 영혼만 남은 캐릭터에게 어떤 의미인 거지?"

"뼈 줍기 말하는 거야?"

"그래. 시체는 그 장비들처럼 영혼이 주울 수 있는 물건이야."

제어를 벗어난 입이 멈추지 않고 말을 쏟아냈다.

"그렇다면 주울 수 있는 물건이 수없이 많을 때 정확하게 시체를 줍지 못하는 잘못을 저지를 수 있을까? 답은 그렇다야. 껍데기를 잃은 영혼이 어수선하고 피아가 엉킨 전장에 돌아와서 더미처럼 쌓인 장비 속에서 실수 없이 뼈 줍기를 완성하기란 확실히 어려운 데가 있어."

어제저녁의 재고 털이를 떠올렸다. 한 무리의 사람이 장비가 산처럼 쌓인 곳에서 자기가 원하는 물건을 찾는 모습은 몹시 우스웠다. 지능형 에이전트인 나로선 그런 일쯤 누워서 떡 먹기다. 그러나 장비를 떨어뜨린 사람이라면 사정을 모를 수도 있다.

"그렇다면 실수했을 때 어떻게 될까? 그냥 다른 물건을 주우면 돼. 하지만 일반적으로 영혼은 순조롭게 뼈 줍기를 하기 위해 몸에 아무런 장비가 없는 상태라서 줍는 무기와 방어구가 직업과 레벨 제한에 맞으면 자동으로 몸에 장착돼."

재고 털이 때 동료들은 장비를 하나씩 벗어, 장비를 줍는 동시에 바로 시험 장착을 하기 편하도록 했다. 살아 있는 캐릭터도 그러니, 영혼 상태 또한 마찬가지다.

"그렇기만 하다면 게이머는 주운 무기나 방어구를 내려놓고 다시 뼈 줍기를 하면 돼. 그런데 항상 그렇지는 않지. 시스템의 딜레이 현상이 심할 때는 게이머가 느려진 속도 때문에 종종 마우스를 헛누르고, 그래서 어떤 기사의 영혼이 방패A를 실수로 주운 상태로 시체로 가서 뼈 줍기를 하는 일이 벌어질 수도 있어."

"그럼 실패하겠지."

포프는 이제 화제가 어떻게 이어질지 안 것 같았으나 나는 말을 멈추지 않았다.

“그래. 이 점은 너도 필디에게 설명했어. 시체에서는 방패B 이외의 모든 장비가 영혼에 이동하지만 뼈 줍기는 성공할 수 없어. 이때 영혼이 최종 보스의 강력한 공력을 당해 다시 사망하면…….”

“아폭하게 되지.”

포프는 그때 필디에게 말했다. 그렇게 이동되는 장비는 처음에 주운 방패A와 함께 시체라는 그릇에 보존할 방법이 없기 때문에 영혼이 일단 사망하면 모두 땅에 떨어지고…….

누구든 집어 갈 수 있게 된다.

그렇다. 키다리 아저씨 같은 건 원래부터 없었다.

장비를 선물하는 것처럼 보였지만 사실은 기회를 틈타 다른 사람이 가진 물건을 훔치려던 비겁자가 있을 뿐이었다.

내 입은 계속 말을 쏟아냈다. 내 몸이 떨리는 게 느껴졌다.

“그 사람은…… 내 물건을 훔쳐가고 싶었던 거겠지? 장비를 한무더기 쏟아놓고 내 뼈 줍기가 실패해서 시체의 장비가 영혼으로 이동하다가 아이템 폭발이 일어나면 그 때를 노려서 장비를 가져가려고 말야.”

“그런 망할 놈이 있겠냐? 아니, 동기가 좀 이상하지 않아? 그 사람이 떨어뜨려놓은 물건은 꽤 괜찮은 것들 아니었어? 네 장비를 훔쳐가고 싶었다면 좀 레벨이 낮은 물건을 떨어뜨리면 되지 않아? 무엇보다 하늘 투구는 그때 네가 쓰던 것보다 훨씬 좋은 장비잖아."

내가 내뱉는 한숨 소리가 들렸다. 포프는 정말 모르는 걸까, 아니면 모르는 척하면서 자기변호를 하는 걸까?

"내가 방금 예로 든 그 기사에게 단 하나의 물건만 남았어. 그게 뭔지 알아?"

"원래 들었던 방패겠지. 아직 영혼으로 이동하지 못해서 시체에 남은 방패B 말야."

"그래. 뒤집으면 이렇게 말할 수 있어. 범인이 방패B를 원한다면 방패를 시체 옆에 둘 리 없다는 거야."

"그래서? 그게 뭘 의미하는데?"

"이 결론으로 보면 범인의 목표는 일목요연해. 그래서 이 세 번에 걸쳐 그 사람이 떨어뜨린 장비를 자세히 되돌아봤어."

어젯밤 페이리가 갑작스럽게 시체 옆에 떨어져 있던 물건들을 다시 한번 말해보라고 했던 건 이 때문이었다.

내 목소리는 점점 높아졌고, 그 속에 담긴 분노가 가림막 없이 쏟아져 나왔다.

페이리, 날 보호해줘!

"그래서…… 알게 됐어. 이것이 없었어! 몸 여덟 곳에 있는 장비 장착 부분에서, 세 번 내내 범인은 한 번도 이 부분에 해당하는 물건을 둔 적이 없어. 그러니까 그 사람이 원한 건 바로 이거야!"

분노의 목소리는 외침이 되어 무고한 표정의 추장에게 날아갔다.

"가져가! 계속 이런 짓 할 것 없어. 원하면 줄게!"

나는 목에 걸린 복수자의 네클리스를 떼어 바닥에 내던졌다.

그러나 눈앞의 포프는 전혀 반응이 없었다.

"내 말이 틀렸어? 내가 자이언트 드래건에게 반격했던 싸움 전에 나한테 이 목걸이가 있다는 걸 안 사람은 나한테 목걸이를 준 레스터와 너뿐이야. 전장에서 네 위치도 내 시체 옆에 장비를 떨어뜨리기에 아주 적합하지. 처음 오프상과 대결할 때, 넌 유일한 생존자였어. 사람들의 영혼이 돌아오지 않았을 때 손을 쓸 수 있지. 맞지? 오래도록 그걸 노리지 않았어? 추장은 장착할 수 없지만 따로 기사도 하나 키우고 있지 않아?"

내 입이 쉬지 않고 무정한 질문을 퍼부었지만 상대방은 대답은커녕 작은 움직임조차 없었다.

놀란 건가, 아니면…… 도망갔나?

조종이 어떤 식으로 이루어지는지는 잘 모르지만 게이머가 아무것도 하지 않으면(마이크로 대화를 하는 것을 포함해서) 게임 캐릭터도 아무런 행동을 하지 않는다. 포프의 게이머에게 무슨 일이 생긴 걸까?

나는 멍하니 자리에 선 포프를 지켜봤다. 페이리, 이런 상황이라면 넌 어떻게 하겠어?

한동안 시간이 지난 후에 움직임이 있었다.

빌다 마을 입구에 사람의 그림자가 비치더니 곧 이쪽을 향해 달려왔다.

"바로 이 녀석이야."

눈앞의 포프가 드디어 입을 열었다.

달려오는 사람의 모습을 봤다. 파티에서 내가 줄곧 리더로 여긴 사람이었다. 머릿속이 의문부호로 가득 찼다.

그가 여기에 왜 왔지?

도적 레스터였다.

"미안……. 아창이 말해줬어. 모두 내가 한 짓이야."

기가 막혔다. 눈앞에 선 레스터의 목소리는 평소보다 작고 기운이 없어 부끄러워하는 기색이 역력했다.

"방금 휴대폰으로 전화해서 물었더니 바로 인정하더라고. 이 녀석더러 말하라고 해. 난 방해하지 않을게."

레스터가 나타난 후 포프는 인사를 하고는 어쩔 줄 모르는 우리 두 사람을 남겨두고 떠났다.

페이리는 이런 상황을 예상했을까? 페이리라면 어떻게 처리했을까?

레스터가 먼저 입을 열었다.

"이유를 알고 싶겠지? 기사를 키우지 않는 내가 어째서 그 목걸이를 원하는지……."

그뿐 아니라 질문은 아주 많았다. 왜 이런 방식을 선택했지? 왜 떠나기 전이야? 왜 이제 와서 솔직하게 다 말하는 거야?

"실은 내가 계정을 팔려고 해서 그래."

"계정을 팔아?"

"이 도적은 레벨이 꽤 높아. 여기에 제법 훌륭한 장비를 더하면 틀림없이 좋은 가격에 팔 수 있을 거야. 군대 가기 전에 손을 뗄 작정이었거든."

카이라와 나눈 대화가 생각났다. 그때 레스터가 떠나기 전에 레어 아이템이 전혀 없는 걸 보고 내가 놀랐고, 카이라의 설명을 듣고야 이해했다. 현실 생활이라는 곳에서는 레어 아이템이 게이머의 매매 대상이라고 했다.

설마 게이머와 게임 캐릭터가 맺은 관계도 돈으로 거래가 된단 말인가.

그러므로 앞으로는 눈앞에 있는 이 도적이 레스터가 아니게 되는 건가? 아니다. 이름은 유지된 채 그저 그 뒤에서 조종하는 게이머가 다른 사람으로 바뀌는 거다. 목소리도, 심지어 개성도.

그러므로 그는 파티를 떠나고, 장비까지 나눠줌으로써 영원한 이별의 의식을 행한 거겠지. 갑자기 사람이 바뀌어서 동료들을 곤란하게 하고 싶지 않아 사라지는 쪽을 택했을 것이다.

"구입 희망자는 금세 찾았어. 부른 가격도 상당히 높아."

레스터는 틀림없이 상대방에게 계정을 받은 이후에는 이 파티에 참가하지 말라고 말해두었을 것이다.

"그런데 그쪽에 조건이 있었어. 복수자의 네클리스가 있어야 사겠다는 거야……. 키우는 기사가 있겠지. 그런 레어 아이템을 내가 어떻게 금세 손에 넣겠어. 집에 급전이 필요하기도 해서 어쩔 수 없이……."

"다들 전투에 집중하고 있을 때 몰래 내 시체 옆에 장비를 두었던 거지?"

"응, 예상보다 훨씬 간단했어. 그리고 설령 들키더라도 슬쩍 넘어갈 수 있기도 했고……."

"그렇지만 손에 넣은 다음에는 어떻게 날 상대하려고 했어? 분명히 모두에게 누가 내 목걸이를 가져갔느냐고 물을 텐데."

"동료들 앞에서는 대충 넘어가고 나중에 개인적으로 너한테 사실대로 말하려고 했어. 목걸이는 이미 내 손안에 있으니까 너도 거절할 수 없을 것 같았거든."

"거절? 내가 왜 네 말을 거절하겠어? 그러고 보니, 왜 직접 나한테 말하지 않은 거야? 굳이 그런 수단을 쓰지 않아도……."

"처음에는 나도 그러려고 했어."

레스터는 잠시 말을 멈추었다가 마침내 결심한 듯 입을 열었다.

"하지만 지난달에 〈골탕 먹이기 폭소 쇼〉를 봤는데 거기 진행자가 한 질문이……."

뒤이어 나오던 말이 순간 끊어졌고, 나는 아연실색했다.

아무 말도 할 수 없었다.

— 친구가 당신에게 선물한 물건을 다시 필요해졌다면서 돌려달라고 하면 돌려주겠습니까?

그때 페이리만 싫다고 대답했다. 그리고 높고 히스테릭한 목소리로 다른 사람들에게 물었다.

— 설마 다들 거절하지 않을 거야?

"너…… 그 프로그램……."

"미안해. 난 진작 네가 허페이리라는 걸 알고 있었지만 굳이 아는 척을 할 필요는 없다고 생각했어. 어쨌든 너도 시끄러워지는 건 싫어할 테니까. 필디가 네 정체를 밝혔을 때는 나도 화가 났어……. 연예인을 알고 지내는 것보다 동료로 함께 전투하는 기분이 훨씬 좋았거든. 무척 서글서글한 네가 다른 게이머와 온라인으로 함께 게임을 즐기는 걸 보면 가끔은 내가 인기 아이돌과 같이 온라인 게임을 한다는 만족감이 들기도 했어."

"나는…… 그러니까……."

"그런데 그 프로그램을 본 순간 마음속에…… 어떻게 말하지 하는 생각이 들었어. 따귀라도 맞은 기분이 들더라고. 그래도 나 자신에게 열심히 말했어. 연예인도 보통 사람이고 자기 생각이 있기 마련이니까 허페이리가 속이 좁다고 생각할 필요 없다고……."

레스터는 페이리가 그저 프로그램에 맞추려고 한 부분을 자신에게 보낸 대답으로 여겼다.

"그렇지만 정말로 돈이 필요해서 이런 비겁한 수를 쓸 수밖에 없었어……. 하아, 그래도 그런 일을 해서는 안 됐겠지. 정말 미안해!"

조금 실망스러웠다. 레스터에게 나는 신참 기사 로샤가 아니라 아이돌 허페이리였다. 걱정했던 일이 순식간에 현실로 다가왔다.

생각을 제대로 하기 전에 말이 먼저 튀어나갔다.

"아냐!"

"……응?"

"난 허페이리가 아냐!"

레스터가 내 말의 뜻을 이해하지 못한 듯 한참을 멍하니 서 있었다.

"난 정말로 허페이리가 아냐. 다들 오해하고 있다고! 우리가 서로 엄청 익숙해서 나도 모르게 페이리의 목소리를 흉내낸 걸 수도 있고, 마침 고른 캐릭터도 페이리를 닮아서 그런 식으로 오해가 쌓인 것 같아."

"아냐? 그럼…… 너는?"

"난 페이리 친구야. 아주 친한 친구."

사실만 놓고 말하자면 이 말이 거짓은 아니다.

"그럼 전에 허페이리가 이 게임의 홍보 대사를 맡아서 게임을 한다는 소식은……."

"그건 진짜야. 그런데 계정은 내가 말해줄 수 없어."

"그러고 보면 그렇네. 아무래도 내가 실수한 것 같다."

레스터가 쓰게 웃었다.

"언제 정말로 허페이리와 퀘스트에 참가할 수 있으면 좋겠다……. 아, 하지만 기회가 없겠네."

레스터가 한숨을 쉬더니 다시 한번 내게 정중하게 사과를 했다. 나는 땅바닥의 목걸이를 주워 그에게 돌려주었다.

"로샤, 정말 미안해. 결국 모두 내 오해에서 시작된 일인데 그나마 큰 문제를 일으키지 않아서 다행이야."

"난 괜찮아. 그리고 한 가지 더 분명하게 해둘 게 있어. 내가 아는 페이리는 좋은 아이야. 오늘 같은 상황이 그 친구에게 일어났다고 해도 네 부탁을 거절할 리 없어. 그 프로그램은…… 내가 해줄 수 있는 말은, 페이리에게 이따금 자기 뜻대로 움직일 수 없는 때가 있다는 것뿐이야."

상대방은 잠시 침묵했고, 좋은 벗을 위한 내 변호가 어느 정도 진실인지 고민하는 듯했다.

"그렇다면 난 정말 그래서는 안 됐네……. 한 번에 두 사람을 상처 입혔어."

"미안하다고 느낀다면 페이리의 새 앨범을 사면 되지! 우리에게 보상하는 마음으로 말야. 아, 넌 돈이 필요하다고 했지."

"집안 문제가 정리되면 꼭 살게."

레스터는 말을 마치고 몸을 돌려 빌다 마을을 떠났고, 나는 그의 뒷모습을 보며 속으로 미소를 지었다.

사실 넌 벌써 페이리와 함께 싸웠어.

고개를 돌려 분수 쪽 어두운 곳을 보자 수풀 속에서 사람의 그림자가 모습을 드러냈다.

"로샤, 멋지더라."

그곳에는 예복을 입고 법장을 든 여성 제사장이 서 있었다. 내게 한쪽 눈을 감으며 미소를 짓는 걸 본 듯도 하다.

어젯밤, 페이리가 이튿날에 날 조종하고 싶다고 했다. 키다리 아저씨를 만나고 싶다면서.

"응? 그 사람이 누군지 알겠어?"

"내 추측이 틀리지 않았다면 그 사람에게는 틀림없이 다른 의도가 있어."

그러면서 페이리는 내게 자신의 추측을 하나하나 설명했다. 장비를 떨어뜨린 이유가 상대방이 아폭하길 바라서라는 점, 그 목적은 복수자의 네클리스이고 범인이 포프일 가능성이 높다는 점 등등. 페이리의 설명을 들으며 나도 모르게 눈을 동그랗게 떴다.

말도 안 된다. 무엇보다 동료가 날 함정에 빠뜨려 해치려고 했다는 점을 믿을 수 없었다.

"불가능해! 우리는 생사를 함께하는 전우라고. 퀘스트에서 얻은 아이템도 공평하게 나눠. 이런 일은 불가능해!"

"로샤, 뒤에는 그 사람들을 조종하는 인간이 있고 인간에게는 욕망이라는 게 있어."

"욕망……."

"하나의 물건을 얻기 위해서 수단을 가리지 않는 게 바로 인간이야. 너무 잔혹하지? 그렇지만 여기에서는 항상 이런 일이 일어나서 훔치고 빼앗고 속이는 일로 가득해. 현실이 이런데 허구 세계는 말할 것도 없지. 인터넷은 보호 우산이야. 거기에서 무슨 짓을 하든 망설일 필요가 없어."

"어떻게 그런 인간이 있을 수가……."

"네가 있는 카오스 대륙에서 용사들은 서로 협력해서 적을 죽여야 최대 이익을 얻을 수 있어. 이게 설계자의 처음 바람이었어. 설계자들은 그 세계를 선의라는 이름의 당의정으로 포장했고, 그 안에 있는 너는 당연히 무엇이 악인지 모르지. 나도 전에는 네게 다 알려줄 생각이 없었고, 네가 거기서 용기와 결의와 의지만 가지면 잘 성장할 수 있을 거라고 믿었어. 하지만 내 생각이 너무 천진했어. 현실의 인간이 일단 허구의 세계로 들어가면 그곳도 더러워지기 마련인데."

페이리가 엄숙한 얼굴을 거두고 연민과 슬픔이 깃든 미소를 지었다.

"그래서 다시 키보드와 마우스를 가지고 널 조종하려고 하는 거야. 인간의 마음속에 있는 악의는 이따금 지나치게 무거워서 네가 감당할 수 없어. 그 사람과 직접 일대일로 만나서 담판을 짓고 이렇게 한 이유를 물으려고 해. 게다가 그 사람은 날 노리고 이런 짓을 했을 거야. 더더욱 내가 가서 처리하는 게 맞지."

나는 멍하니 서 있었다. 마음은 여전히 어수선한데 동시에 페이리의 말도 고민해야 했다.

언제나 서로 돕는다고 믿어왔던 동료들이 서로 해치다니. 이

사실이 머릿속을 파고들어 떨어지지 않았다.

가능하다면 이 크고 검은 안개 속에서 도망쳐 나 자신의 평온한 세계 속으로 숨고 싶은 마음이 간절했다. 페이리에게 조종하라고 할까, 아니면……. 난 한참을 고민했고, 마침내 대답했다.

"거절할게."

"응?"

"나는 카오스 대륙의 기사 로샤야. 앞으로도 이 신분을 계속 유지하고 싶어. 만약 이걸 너에게 넘긴다면 난 평생 네가 만든 페이리라는 껍질 속에서 움츠려 살 수밖에 없어. 정말 미안하지만 이것만은 들어줄 수 없어."

"로샤……."

"나는 네 친구 루화를 모르지만 그분 말이 맞아. 카오스 대륙은 허구의 세계가 아냐. 인간이 들어오면서 여기는 이미 선의와 악의가 섞이게 됐고 현실이 됐어. 사정을 모르는 그 게이머들에게 나는 현실 세계의 사람이고, 그 사람들이 내게 한 일은 나 자신이 해결해야 해."

페이리가 헉하고 숨을 들이켰다. 무척 놀란 표정이었다. 내가 이렇게 말할 줄 예상하지 못했을지도 모르겠다.

"괜찮겠어? 정말 내가 돕지 않아도 되겠어?"

"최선을 다할게. 이런 일조차 해결하지 못한다면 어떻게 어엿한 기사가 되겠어?"

페이리의 입가가 조금씩 올라가더니 근심 어린 얼굴에서 웃는 모습이 되었다. 내가 말을 이었다.

"그렇지만 페이리가 돕고 싶다면 한 가지 제안이 있어……."

그리하여 신참 제사장이 탄생했다.

페이리는 우선 마을 밖에서 카이라를 만나 적당한 이유를 대고 파티에 들어온 다음 계속 내 행동을 지켜보며 언제든 지원할 준비를 했다. 좀 전에도 마을 한쪽에 숨어 내가 포프, 레스터와 나눈 대화를 들었다.

"난 아무 도움이 안 됐네. 처음부터 끝까지 로샤 혼자 해결했어. 이렇게 잘할 줄은 몰랐어."

"네가 용기를 줘서 그렇지. 하지만 아까는 위험했어. 하마터면 들킬 뻔했어."

페이리의 말에 따르면 퀘스트에는 파티 인원수가 공지된다. 포프는 빌다 마을에 있는 용사가 나뿐만이 아니라는 걸 발견했지만, 그걸 시스템 오류라고 여기고 더 깊게 생각지 않았다.

"참, 왜 이 이름으로 했어?"

"제루샤는 『키다리 아저씨』의 여자 주인공의 본명이야. 주디는 주인공이 나중에 바꾼 이름이고. 나도 언젠가 나의 키다리 아저씨를 만나면 좋겠다."

"네가 방송에 나온 걸 보고 지레짐작하지 않는 사람이면 좋겠다." 내가 가볍게 웃으며 대답했다.

"아, 말도 마. 아까도 그것 때문에 내가 잃은 이미지가 얼마나 되는지 고민했다니까. 아무래도 매니저와 상담 좀 해야겠어. 그런 프로그램에는 나가지 않게 해달라고. 참, 나 대신 좋은 말 해줘서 고마워. 그리고 앨범 홍보해준 것도."

"별말씀을. 그런데 궁금한 게 있어. 제루샤는 만들어진 지 얼마 되지 않았는데 어떻게 레벨이 벌써 15나 되는 거야? 기술 사용도 무척 능숙하던데."

"그건, 루화 언니한테 부탁해서 그래. 뭐라도 치트가 없느냐고 물었거든……."

"치트?"

"음. 몰라도 괜찮아……."

그날 이후 나와 페이리는 로샤라는 캐릭터에서 정식으로 나뉘었다. 난 계속 나 자신으로 지내고 페이리는 신참 제사장이라는 방식으로.

우리가 공개적으로 무언가를 설명하지 않았지만 나는 레스터가 이야기를 퍼뜨려주리라 믿는다. 다들 내가 페이리가 아니라 페이리의 친한 친구라는 걸 알 테고, 페이리의 게임 속 신분은 수수께끼처럼 사람들의 끝없는 추측을 부르리라.

파티에 새로 들어온 사람 중에는 페이리의 팬이 있기도 해서 내게 대신 좋은 말을 전해달라 하기도 한다. 전에는 이런 일을 무척 좋지 않게 생각하던 카이라도 어느 날 내게 귓속말을 보내 말했다.

"너한테 살짝 말하자면, 나도 허페이리를 무척 좋아해."

나도 페이리의 허가를 거친 최신 소식을 동료들에게 알리곤 한다. 페이리가 퀘스트에 참여하는 횟수는 손가락으로 꼽을 정도지만 페이리가 있을 때면 난 언제나 페이리가 한쪽에서 몰래 킥킥 웃고 있는 기분을 느낀다.

레스터의 아폭 수법이 널리 소문이 나 수많은 게이머가 이용했고, 미라지시스에서는 즉시 대응책 마련을 준비하고 뼈 줍기 메커니즘 수정에 착수했다. 오래지 않아 아폭으로 아이템을 바꾸는 방법을 악용하는 사람이 나타나 레어 아이템을 허무하게 빼앗기는 경우도 생겼다.

"루화 언니네가 아주 골치를 썩나 봐." 페이리가 쓴웃음을 지었다.

이곳은 카오스 대륙. 선과 악으로 가득하다. 이곳에 몸담고 있는 나는 매일 캐릭터 뒤의 게이머와 대화하며 이 두 종류의 인간성과 특징을 학습하고 지구라는 세계와 연결 고리를 만든다.

난 여전히 어엿한 기사가 되고자 하지만 예전과 달리 좀더 크고 먼 목표가 생겼다. 발밑에서 동료들을 보호하는 나의 영기가 전 세계로 범위를 확장하기 바란다.

나는 〈카오스 - 이세계〉의 기사 로샤이자 지구의 기사 로샤.

허구의 세계에 몸담고 있지만 현실을 산다.

작가 후기

타이완 추리작가협회에서 창작 시합을 몇 차례 벌인 적이 있습니다. 각 참가자가 천 위안씩 내서 모은 상금을 1위에게 주는 거죠. 이런 도박 행위를 외부에는 당연히 개방할 수 없어서 협회 작가만 참가했지만 투자수익률이 극도로 낮은 이 시합에 많은 작가가 신나게 참여했습니다. 이 작품은 몇 회째인가의 시합에 참여하면서 썼는데 그때 주제가 '안락의자 탐정'이었습니다. 대체로 이런 종류는 탐정이 사건의 설명을 듣고 현장에 가지 않은 채 진상을 찾아내는 패턴이죠. 하지만 저는 탐정이 '문밖을 나서고 싶어 하지 않는다'라는 이유만으로는 너무 재미가 없지 않나 생각했습니다. 현장에 '가고 싶어 하지 않는다'가 아니라 '갈 수 없다', 여기에 더해 '갈 수 없는' 이유가 강력해서 극복할 수 없는 것이면 좋겠다 싶어서 여러분이 보신 MMORPG의 세계를 무대로 만들었습니다.

제가 대학 시절에 '디아블로 2'를 즐겼기에 작품에서 사용한 트릭도 그 게임에서 유명한 장비 사기 수법에서 가져왔습니다. 적지 않은 독자가 트릭을 이해할 수 없다고 하셨는데 어쩌면 게임을 즐기셨던 분이어야 내용에 쉽게 몰입하실 수 있을지도 모르겠습니다.

『버추얼 스트리트 표류기』의 등장인물 루화는 집필하는 동안 그녀가 그 자리에 있으면 무척 적절하겠다 싶어 등장시켰습니다. 저는 로샤라는 캐릭터도 무척 좋아합니다. 로샤가 『버추얼 스트리트 표류기』의 어떤 등장인물과 닮았다고 보시는 분이 계실지도 모르겠는데 부정하기가 어렵네요. 언젠가 이 두 사람이 연결되는 작품을 쓸 수 있기를 바라봅니다.

옮긴이 **이경민**

대학과 대학원에서 중문학을 공부하고 현재 출판 관련 일을 하고 있다. 옮긴 책으로 『맨발의 완선생』, 『고양이의 서재』, 『추리소설 읽는 법』 등이 있다.

범죄의 붉은 실 — 미스터 펫 단편집

犯罪紅線 — 寵物先生短篇集

초판 발행 2020년 4월 10일

지은이 미스터 펫
옮긴이 이경민
펴낸이 염현숙

책임편집 이송 | **편집** 임지호
표지디자인 이경란 | **본문디자인** 이정민
저작권 한문숙 김지영 이영은
마케팅 정민호 정진아 함유지 김혜연 김수현
홍보 김희숙 김상만 오혜림 지문희 우상희 김현지
제작 강신은 김동욱 임현식 | **제작처** 상지사

펴낸곳 (주)문학동네
출판등록 1993년 10월 22일 제406-2003-000045호
임프린트 엘릭시르

주소 10881 경기도 파주시 회동길 210
문의 031-955-1918(편집) 031-955-8896(마케팅) 031-955-8855(팩스)
전자우편 editor@elmys.co.kr | **홈페이지** www.elmys.co.kr

ISBN 978-89-546-7105-7 03820

엘릭시르는 출판그룹 문학동네의 임프린트입니다.

잘못된 책은 구입하신 서점에서 교환해드립니다.
기타 교환 문의: 031-955-2661, 3580